文春文庫

アナザーフェイス

堂場瞬一

文藝春秋

アナザーフェイス◎目次

アナザーフェイス

第一部　五万人のダミー

1

サツマイモ一本八十七円……これは安い。ジャコと焚き合わせよう。優斗《ゆうと》は小魚が苦手だが、サツマイモと一緒だと何とか食べてくれる。カルシウムは大事だ……サツマイモは早く火が通るから、他にもう一品作れるな。やはり優斗の嫌いなピーマンが安い。栄養バランスの問題もあるが、今のうちに好き嫌いをなくしておきたかった。問題は、どうやって食べさせるかだ。冷蔵庫にひき肉があったから、濃い目の味つけで炒め合わせてみるか。肉と一緒なら、誤魔化せるかもしれない。

朝刊から引き抜いてきた近くのスーパーのちらしと首っ引きになるのは、大友鉄《おおともてつ》の昼休みの日課だった。警視庁一階の食堂。親子丼を食べながら、今日の買い物をメモしていく。何もなければ、今日も六時半には優斗を引き取れるだろう。その際に義母と顔を合わせる儀式にはまだ慣れないが、これも生活の一部だ。

「よう、テツ。今夜のメニューはもう決まったか？」

顔を上げると、捜査二課にいる同期の刑事、武本一朗《たけもといちろう》が盆を持って立っていた。狐を思わせる細い顔に、すかした笑みを浮かべている。大友がちらしを畳んでワイシャツのポケットに入れた途端、向かいに腰を下ろす。

「サツマイモとジャコの煮物。それにピーマンとひき肉のキンピラ」大友はさらっと答えた。

「帰ってから、そんなに手の込んだ料理を作ってる暇があるのか？」武本が蕎麦を手繰った。警視庁の食堂の蕎麦はやけに長く、箸で持ち上げようとして腕が伸び切ってしまうこともある。

「大したことはないよ。サツマイモの煮物は二十分でできるし、その間にキンピラも作れるから」

「うちの嫁にも見習わせたいもんだね。今夜なんか、何を食わされることか……」武本が力なく首を振る。「ところで優斗、元気か？」

「好き嫌いが多くて困ってる」

「今、二年生だっけ？」

「そう。小学生になったのに、まだまだ子どもで困るよ」

母親——大友の妻がいないのが最大の理由だ。学校が終わってから大友が帰るまで預かってくれている義母の矢島聖子《やじませいこ》が、甘やかしているせいもあるだろう。

「小学生なんてのは、基本的に子どもだよ」蕎麦をどっぷりと汁に浸しながら武本が言った。

「早く大人になってもらわないと困るんだ」

「お前が一線に復帰するためにも、な」顔の半分だけで笑って、武本が音をたてて蕎麦を啜った。

一線ね……大友は丼を取り上げた。捜査一課時代の仕事の記憶は、日々薄れつつある。炎天下の街を聞き込みに回る時、髪の中を伝う汗。相手の表情の裏に潜む物を見いだそうと集中する時に、決まって襲ってくるかすかな頭痛。不貞腐れた容疑者の心をマッサージするように解《ほぐ》していく取り調べ——ほんの二年前までは、それが大友の日常だった。自分は一生こうやって仕事をしていく、それが当然だと思っていたのに、将来の計画はあっさり挫折して、素早く過去になろうとしている。

「ところで最近、忙しいのか？」頭を振ってから、大友は武本に訊ねた。

「ああ、まあ」武本が言葉を濁す。「ここだけの話、暇だ」

「何だよ」大友は丼を置いて、両手を前へ投げ出した。「しっかりしてくれ。せっかく現場にいるんだから、仕事してもらわないと」

「二課の仕事の基本は情報収集なんだぜ」武本が自信たっぷりに言い切った。「お前みたいな一課育ちの乱暴者には分からないだろうな。起きた事件に対処するだけじゃ、いつまで経っても知恵がつかないぜ」

ちまうぜ」

「悪かったな」むっとして言い返し、大友は箸を武本に突きつけた。「お前が頭脳労働専門の人間だってことは分かったよ。だけどたまには事件を挙げないと、頭が干上がっちまうぜ」

「刑事総務課の人間に言われると怖いな」武本がにやりと笑った。「サボってるわけじゃないからな。変な査定しないでくれよ」

「僕は査定には係わってない」大友は溜息をついた。だったら何をしている？　暇潰し、というのが一番適当な説明かもしれない。刑事総務課の仕事は、一言で言ってしまえば刑事部全体の調整役である。経費の書類を処理し、課と課の間の協力体制が円滑に進むように根回しをし、会議を上手く運営して議事録を作る。様々な研修のセッティングも大事な仕事だ。定時で仕事が終わるのはありがたかったが、大友はこの二年、ずっとアイドリングが続いているような感覚を消せずにいる。こういう仕事が必要なのは分かっているが、「刑事」という名称は外すべきではないかと常々考えていた。

「だけど俺も、サボってるわけじゃないからな」武本が抗議した。「ちゃんと日々情報収集はしてる」

「例えば」

武本が急に周囲を見回し、前屈みになる。二課の奴は……と大友は苦笑を漏らした。何でも秘密主義。握っている情報にどれだけの価値があると思っているのだろう。政治家が絡んでくるような大きな事件になれば、東京地検に持っていかれてしまうのに。

「テツだから話すけどさ、やばい銀行があるんだ」

「金絡みか」

「銀行だから、金絡みは当然さ……不正融資の噂なんだ。回収の可能性が少ない取引相手に対して、無理に融資してたってやつ」

「そういうの、よくある話じゃないのか？　特に最近は」

「ただ、その裏で別の金が動いていたとなれば、事件になる」

「賄賂？」

「一種の、ね」

「僕たち一般の預金者には関係なさそうな事件だな。目に見えないところで金が動いてるだけだろう？　被害者のいない犯罪じゃないか」

「だから一課の人間は嫌いなんだよ」武本が唇をねじ曲げる。「そういう単純思考しかできないんだから」

「大きなお世話だ。ところでそれ、どこの銀行なんだ」

「それはまだ秘密」武本がいっそう声を絞った。

「何だよ、もったいぶってるのか？」大友は身を乗り出した。「僕が預金してる銀行だったらどうするんだ」

「それは心配だな――やっと人の話を真面目に聞く気になったか」武本がにやにや笑った。「ま、それで銀行が傾くような案件じゃないから心配するな」

「支店レベルか？　本店の方か？」

「そこまでは……」武本が口を濁す。「まだ本当に噂の段階だからさ。もう少し事情がはっきりしたら耳打ちしてやるよ。その段階で、預金を引き上げるかどうか、決めればいいんじゃないか？」

「引き上げなくちゃいけないほど大変な話なのか」

「いや、だから、まだ分からないって」武本が苦笑した。「そういうことを判断できるほどの情報はないから」

「そういう情報をいち早く知って資産の保全を計ったら、一種のインサイダー取引になるんじゃないかな」

「変な心配するなよ」武本が口一杯に蕎麦を頬張った。ゆっくり嚙んでから飲み下し――そうしているとひどく不味そうに見える――話を再開する。「俺たちの情報のうち、事件になるのは一割もないんだぜ」

「それ、何の自慢にもなってないぞ」

「だから、情報イコール事件っていう発想から自由になれって。刑事総務課の人間が、一課の考えだけに凝り固まってたら仕事にならないだろう」

「まあな」当たっているだけに、いちいちカチンとくる。

「それで、復帰の目処は？」

「分からない」正直に答えた。自分でもタイミングが摑めていないのだ。妻が亡くなって、息子と二人暮らしになってから二年。一課にいれば家を空けることも多くなるが、息子に任せられる日はいつ来るのだろうか……とにかく、もっと大人になってもらわないとな。今日は絶対ピーマンを食べさせてやる、と大友は決意を固めた。今の自分の「決意」はこの程度のレベルなのか、と苦笑しながら。

「誘拐だ？」隣席に座る刑事総務課の同僚、畑野《はたの》が受話器に向かって怒鳴った。腰が浮きかけている。大友も思わず彼を注視した。畑野は怒りと興奮で耳を赤く染めながら、立ち上がって、さらに声を大きくした。自分が聞いている話を周りの人間にも知らせようという心遣いである。刑事総務課まで入ってくる新聞記者などほとんどいないから、大声で叫んでも部外者に知られる恐れは少ないのだ。

「ああ、現場は？　そう、じゃあ、被害者宅からどうぞ……はい、目黒区青葉台、な。被害者は？　内海《うつみ》貴也《たかや》、年齢六歳。詳しい個人データは……」畑野の声のボリュームがさらに上がり、怒気を含む。「父親は？　職業は銀行員、勤務先は首都銀行渋谷支店の係長。了解。それで要求は？　一億？」

今や、畑野の周りを課員たちが取り囲んでいる。総務課が直接捜査に当たるわけではないが、子どもの誘拐となれば聞き流せるわけもない。

「特捜本部は？　もう準備できてるんだな？　分かった、こっちからもすぐに人を出す。ああ、課長には報告しておくから」

畑野が受話器を架台に叩きつけた。顔は真っ赤になり、怒りで目が潤んでいる。「クソ」とつぶやくと、大股で課長席に突進した。身振り手振りを交えながら、事件の概要を課長の白木《しらき》に報告する。漏れ伝わってくる彼の言葉を聞いているうちに、大友は鼓動が高鳴るのを感じた。心臓が喉を駆け上がって、口から飛び出してしまいそうな感じ……子どもが被害者の事件では、いつもこうなる。すぐに、自分の子どもに置き換えて考えてしまうのだ。

畑野が自席に戻って来た。相変わらず顔は赤く、握り締めた拳がかすかに震えている。大友の顔を見ると「ちょっと目黒署に行って来るわ」と告げた。突発事件での特捜本部設置は基本的に所轄署に任されるが、刑事総務課からも人が出向き、立ち上げ時の雑用を引き受けるのが慣例だ。捜査をスムーズにするための潤滑油のようなものである。

「特捜本部の手伝いですか」

「ああ……畜生、胸クソが悪い」右手を握り締め、左の掌に思い切り叩きつける。鈍く重い音が、大友の耳を突き刺した。

「ちょっと行ってくるわ。今、もう……三時か」畑野がちらりと壁の時計に目をやる。「お前は時間、ないだろうけど、後は頼む」

「すいません」

ちくりと胸に刺さる言葉。子どもがいるから、仕事は五時までだから——言外に「お前も人並みに仕事しろよ」と匂わせる発言にはもう慣れたつもりだったが、時に胸が痛む。大友の見たところ、警視庁の中で彼の立場に理解を示し、同情してくれる人間は半分。残りの半分は「さっさと新しい嫁をもらえばいい」「仕事と子どもとどっちが大事なんだ」と思っているはずだ。

畑野が飛び出して行くと、白木が残った課員を集めて事件の概要を説明した。とはいっても大友は、畑野の大声のおこぼれで、かなりの部分を知ってしまっていたが。

「あぁー」いつもの癖で、白木が語尾を伸ばした。「聞いていた人間もいると思うが、目黒署管内で誘拐事件が発生した。被害者は内海貴也、六歳。身長百十八センチ、体重二十二キロ。念のためだが、血液型はＡＢ。家族構成は、父親の貴義《たかよし》、三十六歳、母親の瑞希《みずき》、三十三歳。父親は首都銀行渋谷支店の貸付係長だ。状況だが、本日十三時十分頃、男の声で自宅に電話があった。在宅していた母親の瑞希が電話を受けたが、内容は『子どもを預かっている。銀行が一億円払えば安全に返す』というものだった。被害者の内海貴也は幼稚園に行っていたが、問い合わせたところ、いつの間にか姿を消していた、ということだ。一一〇番通報は母親から」

大友は頭に血が上って怒りが沸騰するのを感じた。何というい い加減な……幼稚園は、子どもにとっても親にとっても一番安全な場所でなくてはならないはずなのに。

「捜査一課が既に目黒署に入って、特捜本部設置の準備を進めている……ちょっと待て」白木のデスクの電話が鳴り出した。受話器を拾い上げ、相手の話を聞いているうちに、顔面から血の気が引いていく。受話器を置くと、声のトーンを下げて言った。「銀行にも脅迫電話が入った。本物だな、これは……長尾《ながお》、高橋《たかはし》、今岡《いまおか》は、特捜本部が軌道に乗るまで待機。別命があった場合はすぐに動けるようにしてくれ」

名指しされた三人が無言でうなずいた。白木は他の課員たちの顔を一渡り見回し、最後に大友に視線を停める。何か言いたそうに口を開きかけたが、結局唇は一本の細い線になった。僕には何の指示もなしか……暗黙の約束でそうなっているから仕方ないのだが、大友は一抹の寂しさを噛み締めた。


ざわついた雰囲気は、時間が経つに連れて拡大した。始終鳴り響く電話。応対する課員たちの声が興奮で熱を帯びているため、普段は静かな刑事総務課の部屋は、株のトレーディングルームのような様相を帯びた。僕には関係ないことだ、と大友は小さく溜息をつく。やることがあるのだから。地下鉄の霞ヶ関駅から町田の自宅まで、一時間弱。買い物をして、六時半には優斗を連れて家に帰る――繰り返される日常が大友を待っていた。苦に思うことは、最近はめっきり少なくなった。刑事としての興奮を失う代わりに大友が得たのは、美味い料理を作れた時の喜び、部屋を綺麗にした後の満足感、そして優斗とあれこれ話す楽しみだ。悪いことではない。僕はちゃんとやっている。子育ては大人の立派な義務だし、刑事総務課の仕事も遅滞なくこなしている。

なのに何故、胸騒ぎがする？

携帯電話が鳴った。優斗、あるいは聖子だろうか。息子に何かあったら……別の不安を感じながら、大友は電話を取り上げた。

「大友です」

「福原《ふくはら》だ」

「はい」

福原聡介《そうすけ》。刑事部特別指導官――刑事部の実質的なナンバースリーであり、全ての捜査に介入できる立場にある――にして、二度にわたって大友の上司になった男である。彼の声を聞くのは久しぶりだった。

「ちょっと出てこい」

「どこにですか？」

「日比谷公園」

反射的に時計を見る。どうして庁内で――あるいは電話で話ができない？　今から日比谷公園に行っていたら、帰るのが遅れてしまうかもしれない。しかも外は雨だ。まだ梅雨は明け切らず、今日は朝から降りっぱなしである。雨の日比谷公園で、元上司と二人で面談……考えただけでも気が重くなる。

「すぐに来い」それだけ言って、福原は電話を切ってしまった。元々気が短く、相手にもすぐに結果を求める男である。それにしても、もう少し愛想良くできないものか……苦笑しながら、大友は立ち上がった。事情を説明するのも面倒臭く、課員たちには何も言わずに部屋を抜け出す。

福原は公園の藤棚の下で傘をさして、つつじの植えこみに視線を注いでいた。凝視といっていい熱心さだったのに、大友が近づいて行くとすぐに気づいて顔を上げる。それと分かる程度にかすかにうなずくだけで、言葉を発しようとはしなかった。こうやって二人きりで会うのはいつ以来だろう。

福原は小柄な男で、背丈は大友の肩を少し超えるぐらいしかない。しかしかつては軽量級の柔道の選手として鳴らし、忙しい刑事の道を選ばなければそちらでも大成した、と言われているほどである。定年までさほど間もないが、体はまだ萎《しぼ》んでいなかった。太い首、背広のバランスを崩してしまう厚い胸板。手はごつごつしていて、握り締めると岩のようになる。

「何のご用でしょうか」公園には既に、夕闇が忍び寄ってきている。雨のせいで少し冷えており、大友は半袖のワイシャツ一枚で出て来てしまったことを後悔した。

「目黒の現場に行ってくれ」

「特捜本部の設置なら、別の人間が――」言いかけて、自分の解釈が間違っていたことに気づく。

「正式に特捜本部に入るんだ」

「私は捜査一課の人間じゃありませんよ」

「分かってる」福原の顔に、露骨な不満が浮かんだ。「状況はどこまで聞いてる?」

「初動の段階については知っています。その後は、詳しいことは分かりません。刑事総務課には、まだあまり情報が入ってきていないんです」

「銀行側が身代金を出すそうだ」

「何ですって？」大友は背筋が強張るのを感じた。家族ではなく、家族の勤務先に身代金を要求する――南米辺りのゲリラがやりそうな手口である。最初にこの話を聞いた時、銀行側は絶対に即断しない、できないだろう、と考えたのを思い出す。とっさに腕時計に目をやる。午後四時過ぎ。刑事総務課に一報が入ってから、一時間しか経っていない。事件が発生してからも三時間弱だ。一億円という大金を動かすにしては、銀行側の判断が早過ぎる。もちろん、人命第一に考えてやっているなら立派なことだが、銀行というところは金にシビアなはずだ。そんなに簡単に身代金を出すとは思えない。

「よく金を出す気になりましたね」

「銀行の内部事情については、詳しくは分からん。判断が相当早かったのは確かだが」福原がかすかに傘を傾けた。垂れた雨粒がまだらな銀髪を濡らして流れ落ちる。「とにかく、すぐに目黒に向かってくれ」

「指導官、私の家の事情は……」

「電話は何のためにある？」

大友は抗議の言葉をぐっと呑みこんだ。妻が死んだ時、上司の捜査一課長だった福原は、当然大友が抱えた事情を知っている。しかしいきなりプライバシーに手を突っこまれると、さすがにいい気分はしなかった。

「分かりました」

「結構」険しい表情を保ったまま、福原がうなずく。「子どもの命がかかっていることだ。全力でやってくれ」

「一つ、聞いていいですか」

「何だ」

「どうして私なんですか」

福原がまた傘を傾け、大友の顔をまじまじと見た。

「分からんのか」

「私はもう、二年もまともな仕事をしてないんですよ。何でここで出番なんですか」

「自転車、水泳、スキー。共通点は何だ」

「一度覚えたら忘れない」

「それに、刑事の捜査技術をつけ加えろ」福原が煙草をくわえた。ライターを手にしたが、雨が石を濡らしてしまったのか、火花も散らない。舌打ちして、煙草をパッケージに戻した。「たかだか二年で、それまで覚えたことを忘れるわけがない。さっさと行け」

「分かりました」うなずき、踵《きびす》を返す。だが一つだけ、どうしても聞いておきたいことがあった。脚を止めて振り返ると、福原はまだ、傘の下で顔をしかめていた。

「何だ」

「この事件の筋、指導官はどう読んでるんですか」

「まだ何も分からん。嫌な感じはするが」

「勘、ですか」

「勘は習練を積み重ねたところから生まれる。確か、松下幸之助もそう言っていた」

無言でうなずき、再び福原に背を向ける。雨は依然として、街を黒く濡らしていた。

2

「何？　仕事なの」聖子の口調は常に遠慮がない。亡くなった妻の菜緒《なお》とは学生時代からのつき合いだが、その頃からずっとこうだった。本当の息子だと思ってくれている——わけではなく、誰に対してもこうなのだ。菜緒が亡くなり、聖子とのつながりは息子の優斗だけになったのだが、彼女の遠慮のない態度には一向に変化がなかった。別に苦痛ではないが、ずけずけと人の心に土足で踏みこむような物言いには、時々苛々させられる。

「ええ、申し訳ないですが」

「優斗のご飯は？」

「すいませんけど、お願いできませんか」

「夕飯は、ちゃんと家で食べさせること。それが最初の約束でしょう。父親が約束を破っちゃ駄目よ」学校が終わると、大友が迎えに行くまで聖子の家にいるのが優斗の日課だ。

「それは分かってます」

大友はかすかな苛立ちを胸の奥に押しこんだ。確かに菜緒が亡くなった後、聖子とはそういう約束をした。優斗を自分で育てると宣言した時、彼女は「手伝いはする」と言ってくれた。ただし、食事は自分で作って優斗にきっちり食べさせること、という条件をつけて。一番面倒な食事の世話を聖子に頼めないかと期待していた大友は、先手を取られてダメージを受けた。どうも聖子は、食事だけは親が作って食べさせなければならない、という信念を持っているようである。この件に関しては、絶対に譲ろうとしない。

農水省を左手に、裁判所を右手に見ながら足早に歩く。傘の花が咲き誇り、歩きにくいことこの上ない、警視庁までは結構距離があるのに……耳に突き刺さる聖子の声が、不快感に拍車をかけた。

「二年持ったのは、褒めてあげてもいいけどね」

「褒めてもらっても嬉しくも何ともありませんよ」

「また、減らず口を……だけど、仕事は忙しくないんじゃなかったの？」

「たまにはこういうこともあります」

「仕方ないわね」聖子が演技臭い溜息を漏らした。「こういうのはこれっきりにしてね。約束は約束だから」

「承知してます。ただし今回は、いつ帰れるか分かりません」

「何、それ」

「捜査の事情です。申し訳ないんですが、詳しいことは言えません」

「私にも？」

あなただからこそ、です。そう言いそうになって、大友は思わず苦笑した。誘拐は、絶対に外に情報が漏れてはいけない事件なのだ。聖子は町田にある自宅で、お茶を教えながら悠々自適の毎日を送っているのだが、そこに集まる生徒たちの噂話の中心にいるのは、常に聖子である。一片たりとも情報を与えたくなかった。

「そういう事件もあるということです。とにかく、また連絡しますから」

「優斗と話さなくていい？」

「そうですね。代われますか？」

「ちょっと待って」

ごそごそと何かを擦るような音。聖子が声を張り上げ、息子を呼ぶ声が耳を刺激した。すぐに優斗の大人しい声が聞こえてきてほっとする。

「あのな、パパ、今夜は帰れないかもしれないんだ」

「そうなんだ」少しだけ声から元気が抜ける。子どもに頼られているのは嬉しいが、もう少し独立心を持って欲しい。

「ごめんな。ちょっと仕事があるんだ。だから今夜はお婆ちゃん——聖子さんの家に泊まって、明日はそこから学校に行ってくれ」

「明日は？」

「明日は、ねえ……」大友は上手い説明がないか、と言葉を探した。誘拐事件の捜査は、時に長引く時がある。特に身代金を奪取されたり、人質が殺されたりすると、犯人を捕まえるまで家に帰れないことも珍しくない。結局、正直に言うしかなかった。「明日もどうなるか、分からないんだ。また連絡するけど、聖子さんのところでいい子にしていてくれよ」

「分かった……」不満そうに優斗の声が途切れる。ほんの二年前までは、こういう生活が当たり前だったのだ。僕が家にいなくて、菜緒と二人だけで……しかし今、優斗には僕しかいない。母親がいない状態で、父親である自分に頼りたがる気持ちは分からないでもないが、寂しがり屋というよりも、甘ったれになりつつあるのでは、と考えると不安になった。

「ちゃんとご飯、食べるんだぞ。聖子さんのご飯、好きだろう？」

「パパのご飯も好きだけど」

「今日はピーマンの予定だったんだ。それでもか？」

「うーん」優斗が真剣に考えこんだ。「ピーマンは……」

「聖子さんに、好きなものを食べさせてもらえよ。今日は特に許可する」

「何で偉そうなの？」

「実際、偉いんだよ。だからパパが作った料理は全部食べないと駄目だぞ。今度は本当にピーマンだからな」

「……じゃあ、いい」

優斗が下唇を突き出し、目を細くする様子が目に浮かんだ。息子を見ていると、八歳という年齢はこんなに子どもだったかな、と時々思う。自分が八歳の頃は……生意気な、やけに大人びたガキだった。

「ちゃんと寝ろよ。夜更かし禁止、な」

「分かってるって」

「本当に？」

「本当」

「あとでお婆ちゃんに確かめるからな」

「……ねえ」

「ああ？」霞が関一丁目交差点の信号が変わり、人の流れが再開する。大友は傘と傘がぶつかるのを感じながら、巧みに身を捩《よじ》って隙間に身をこじ入れた。

「お婆ちゃんって言っちゃ駄目だよ」

「……ああ、そうだった」

「聖子さん」。それが大友に許された呼び方である。

「告げ口するなよ」

「了解」

了解？　どこでこんな言葉を覚えてくるのだろう。戦隊物の特撮ドラマか。確かに日曜の朝はいつも、派手なオープニングテーマで起こされるからな……電話を切り、大友は気を引き締めた。自然と歩幅が広くなっているのに気づく。浮かれているのか？　人の命がかかった事件だというのに？

事件はお前のものじゃない、と気を引き締める。刑事は単なる脇役。被害者の心を癒し、犯人を捕まえるためだけに存在するのだ。

警視庁に入る直前に電話が鳴り出した。着信画面で確認すると、捜査一課にいる同期の柴克志《しばかつし》だった。

「テツか？　今どこにいる？」

「庁舎に入るところだ」

「よし、一緒に特捜本部に行こう」

「お前も駆り出されたのか」

「そういうこと。ちょっと出遅れたけど、第二派で行くことになった。お前も参加するって聞いたぜ」柴の声は前のめりになっていた。「久々に二人で暴れてやろう」

「暴れる、は違うんじゃないかな。難しい、デリケートな事件だ。慎重にいかないと」

「ああ、ああ、分かってるよ」にわかに声を潜めた。「とにかく、一緒に行こう。三々五々集まるよりもいいんじゃないか」

「一度、刑事総務課に戻らせてくれ。荷物を持ってくる」

「何分かかる？」

言葉が先走っている。相変わらずだな、と大友は思わず苦笑した。柴の得意技——暴走。どこかで誰かが手綱を引かないと、どこまでも突っ走ってしまう。昔はそれは大友の役目だった。また同じようなことをするのかと思うと、二年前まで在籍していた捜査一課時代の様々な想い出が、一瞬で脳裏を駆け抜けていく。

「十分くれ」

「五分だ」

「ここのエレベーターが遅いの、知ってるだろう？　お前も焦ってないで、少し冷静になれよ」

「俺はいつでも冷静だぜ」

そう考えてるのはお前だけだ、と突っこみそうになったが、何とか理性を働かせて言葉を引っこめる。柴が暴走気味なのは、態度だけではない。放っておくと延々と無駄話が続くのだ。余計な突っこみは、彼のお喋りを引き出す引き金になってしまう。

「とにかく十分待ってくれ。向こうへは地下鉄で行くか？」

「そのつもりだ。この時間に都内で車に乗るのは、馬鹿だけだぜ」

確かに。不景気のせいで都内の交通量は減ったと言われているが、夕方四時から七時頃までのラッシュは依然として強烈である。山手線の内側全部が巨大な駐車場になってしまうようなものだ。

「じゃあ、正面で」

「了解」柴の「了解」はさすがに優斗とは年季が違う。思わず低い笑いを零してしまったのを、柴が聞きとがめた。

「何だよ」

「いや、さっき優斗にも『了解』って言われてね」

「お前の息子の話は後でゆっくり聞いてやる。今はそれどころじゃない」

「分かってる」

「おい」柴の声が急に真面目になった。

「何だ？」

「お前、こっちへ帰って来るつもりはあるんだろうな？」

帰って来る——捜査の現場へ。彼の質問の意図は簡単に読めた。読めたが、すぐに答えられるものではない。

「そんなこと、僕には分からないよ」

「いい機会だから考えろ。ただし、自分に嘘をつくな」

何でお前に説教されなくちゃいけないんだ。文句を言おうとした時には、もう電話は切れていた。そういえば福原にも同じようなことを言われたが……僕は自分を騙して生きているとでも言うのか？

刑事総務課の部屋に入ると、課長の白木が電話を切ったところだった。顔を上げて大友に気づくと、手招きする。大友は意識してゆっくりとデスクに歩み寄り、少し距離を置いて「休め」の姿勢を取った。

「今、上から電話があってな」

福原自らが電話してきたのだろうか。緊張しながら大友はうなずいた。

「目黒署の捜査本部に合流してくれ。総務課としての手伝いじゃなくて、正式な戦力としてだ」

「はい」どう答えていいものか分からず、短く返事をするに留《とど》めた。「分かっています」とでも言おうものなら、白木は自分の頭ごなしに勝手に命令されたと思い、怒りの矛先を大友に向けてくるかもしれない。

「これは、刑事特別捜査係としての業務の範囲内だからな」

「分かりました」あまり話していると、ややこしいことになる。大友は一礼して「すぐに行きます」と答えた。だが、白木の話は終わらない。

「息子さんの方、大丈夫なのか」

「はい。近くに義母がいますので」

「普段も預けておく方がいいんじゃないか。それならお前は普通に仕事ができる」

「私の息子ですから」

「そもそも男に子育てができるのか？」白木が目を細めた。普段から、大友が毎日定時に帰るのを快く思っていない様子だが、こんなタイミングで疑義を呈さなくても。

「この二年間はちゃんとやってきました」

「そうか……」白木が拳を自分の顎に打ちつける。「ま、刑事部長じきじきのご指名だ。しっかりやってきてくれ」

熱の籠らない物言いに、大友は再び一礼で応じた。荷物をまとめながら、自分の立場を改めて考える。刑事部刑事総務課刑事特別捜査係主任。巡査部長。名前こそ「特別捜査係」であり、「刑事部長の特命により捜査に当たる」という、どうとでも解釈できそうな役割を持たされているが、実際には部長の特命など下ることもなく、この二年間、大友の仕事はデスクワークに限定されていた。刑事総務課内の遊軍のようなもので、研修の手伝いをしたり、統計係を補助してデータの整理なども担当していた。今回の件は、福原が自分で決めて刑事部長に出動を上申したということなのだろうが……福原の意図が読めるようで読めない。

男手一つで子育てをするのは大変だ。菜緒が亡くなった後、どちらかと言うと苦手な義母の聖子の近くに移り住んだのも、ただ優斗のためである。仕事と子育ての両立などできないのだ。絶対にどちらかが犠牲になる。それ故大友は、仕事を半分捨てた。九時から五時までという刑事総務課の仕事は、規則正しいが故にストレスが溜まるものだったが、いつの間にかそれが当たり前だと思うようになってきた。

柴などは「さっさと再婚しろよ」といつもけしかけるのだが、小学生の子どもがいるというだけで条件が悪いし、そもそも女性とつき合っている暇もない。出会う機会もない。柴は「合コンでも見合いでもセッティングするぞ」とやけに乗り気なのだが、そもそも四捨五入して四十歳になるのに未だ独身の彼にそんなことを言われても、説得力が感じられなかった。

人は就職した時に、私生活の大部分を失うのだ。もちろん、多くの人に会う仕事もある。名刺の数が増え、電話一本で気楽に会えるようになり、酒を呑んで互いの仕事の愚痴を零し合う関係を構築することもできるだろう。だがそういう関係には必ず「仕事」という枕詞がついて回る。損得勘定抜きでつき合える友人たちとの距離は、開くばかりである。時折、大学時代に熱を入れた芝居の仲間たちの顔を懐かしく思い出すこともあった。あいつら、今頃どうしているだろう……子育てに追われている仲間、リストラされそうになって青褪めている仲間、未だに小劇団に身を置き、かつかつの暮らしをしながら夢を追いかけている仲間。誰が一番幸せなのだろう。

幸せは計量できない——毎日ぶつぶつ文句を積み重ねている僕。

集中しろよ、集中。あれこれ渦巻く疑念を、意識して心の外に追い出す。そうやって最後に残ったのは、意外にも「興奮」なのだった。少なくとも今夜のおかずの問題は、綺麗さっぱり頭から消えていた。

電車で移動する時の難点は、秘密の話ができないことだ。どうしても声が大きくなり、その結果、周りじゅうに秘密を教えてしまう。結局大友と柴は、目黒署に入るまで事件については何も話さなかった。柴は怒ったような表情を浮かべ、肩を怒らせて足早に歩く。大友は頭の中で渦巻く考えをまとめながら、一歩遅れて彼の後を追った。署に足を踏み入れた瞬間、柴が速射砲のように話し始める。

「身代金要求の電話は家と銀行に対して一度だけ。その後動きはまったくないんだ。電話をかけてきたのは若い男のようだが、受けた母親が動転していたから、断言はできない。コインが落ちる音が聞こえたから、公衆電話からだったらしいんだが」

「携帯電話を使わないぐらいには、犯人は頭がいいということか」

「特別頭が良くなくても、今時、そんなことは誰でも知ってるよ」柴が鼻を鳴らした。馬鹿にしているわけではなく、始終鼻をぐすぐす言わせているのだ。昔、柔道の試合中に折ってからだ、というのが本人の説明である。

「一回の電話だけで信用するのも変な感じだけど」

「だけど、誘拐の事実に間違いはないんだ」

「どうしてそう言い切れる」

「犯人が、子どもの服装を正確に言ってきたんだよ」

「ああ」思わず暗い気分になった。優斗の今日の格好は……薄手のグレイのトレーナーにストレッチ素材のジーンズ、アディダスの子ども用スニーカーだ。そう、親は子どもの服装を忘れない。「だったら間違いないだろうな……しかし、何で銀行員の子どもを狙ったんだろう」

「俺は新手の手口と見たぜ」柴が二段飛ばしで階段を上がって行く。「個人から搾り取ろうとすると、大抵失敗するよな。企業相手なら、確実に金を吐き出させられるとでも思ってるんじゃないか」

「新手の手口だろうが何だろうが、関係ないよ」大友は反論した。「誘拐は割に合わない犯罪なんだ。身代金の受け渡しで、大抵失敗する」

「だけど、こっちが予想もしていない方法を思いつけば、成功する可能性は出てくるんじゃないかな。犯罪者は日々研鑽してるから」

「研鑽って……」大友は苦笑したが、彼に背中を向けている柴には当然届かない。

「おい」柴が突然足を止めて振り返る。小柄な体を精一杯大きく見せるつもりなのだろう、思い切り胸を張っていた。

「ああ」

「準備はできてるか、テツ？」

うなずくしかできなかった。心の熱は……依然として高い。しかし今は同時に、不安も感じていた。できるのか？　二年も現場を離れていて、こんな大変な事件に取り組めるのか？　やるしかないとは分かっていても、声を大にして「任せろ」と言うほどの自信はなかった。

　特捜本部に割り振られた三階の会議室は、人で埋まっていた。そこに畑野の姿を見つけ、近づいて行くと、驚いたような視線をぶつけられる。

「何だよ、うちの仕事はもう終わってるぜ。そろそろ引き上げようかと思ってたんだ」

「別件なんですよ」言い訳めいているな、と思いながら大友は説明した。

「別件？」畑野の眉間に皺が寄る。「この件じゃないのか」

「いや、この件なんですけど、本筋の捜査を手伝えというお達しなんです」

「刑事特別捜査係としては、そういう仕事はおかしくないけど……」畑野が上から下まで大友の体を眺め回した。「何でお前なんだ？」

「上からのご指名なんで、よく分かりません」大友は肩をすくめた。どうやら畑野には、連絡が回っていなかったらしい。

「ま、足を引っ張らないようにな……お前には無意味な忠告か」

「忠告ならいつでも歓迎です」

「おい、テツ！」柴の声が響き渡る。大友は一礼して、畑野の側を離れた。彼は依然として、怪訝そうな視線を送ってくる。

　柴が、関係者に引き合わせてくれた。知っている人間も知らない人間もいる。昔からの顔見知りは一様に、驚いた表情を浮かべた。僕の現場復帰がそんなに大変なことなのか——まさに大変なんだろうな、と大友は苦笑した。

　最後に、特捜本部の指揮を取る管理官の牛山《うしやま》に紹介された。大友は直接面識はない。初対面の印象は「死にそうな男」だった。「ほっそりしている」というレベルを超え、頬は病的に削げている。眼窩《がんか》も落ち窪み、長い間土中に埋められていた死体のように見えた。筋の浮いた手の甲、充血した目。しかし、第一声を聞いて、「死にそう」という印象は吹っ飛んだ。太い、生命力に溢れたバリトンである。

「二人とも、家族のところへ行ってくれないか」

「構いませんけど、向こうはもう、満員じゃないんですか」柴が反論する。

「大丈夫だ……大友君」

「はい？」

「君を行かせるように、と指示があってな」

「誰からですか」

「上からに決まってるじゃないか」牛山が露骨に不満気な表情を浮かべる。警察は典型的な上意下達の組織だが、いきなり訳の分からない命令を下されて、笑顔で「イエス」とうなずける人間はいない。「どういうことか分からんが、とにかく被害者の親と会ってきてくれ」

「目的は何ですか？　家族にはもう、担当がついていますよね」

「顔つなぎ、だそうだ。意味は分からんが、早く行ってくれ……柴、頼むぞ」

「了解」柴がさっと敬礼をした。

二人で捜査本部を出た途端に、柴が疑問を口にする。

「何のことかね、いったい」

「さあ」

「お前の顔を見ると、被害者の親が安心するとでも思ったのかな」

「まさか」

「いやいや、イケメン刑事は、こういう時だからこそ役に立つ」柴の表情がだらしなく崩れる。

「何だよ、それ」

「だいたいお前、何で刑事になったんだよ。俳優でもいけたんじゃないか?」

それはそれ、これはこれとしか言いようがない。学生時代に熱を入れた芝居はあくまで趣味の範囲であり、それで飯が食えないことぐらい、分かっていた。だが、もしも続けていたら……本当に俳優になっていたら、今頃は「個性的な脇役」ぐらいの評価は得ていたかもしれない。間違っても主役を張れる顔ではない、という自覚はあった。

「僕は現実主義者なんだ」

「現実主義者が芝居なんかやるか?」

「あれは趣味だから」

柴はまだ何か言いたそうにしていたが、大友は歩調を速め、階段を駆け下りた。「おい、待てよ!」柴が声を張り上げる。この男を黙らせるには、追い抜けばいい。こんなことでも、負けるのが何より嫌いなのだ。追い返そうとして集中し、言葉を失ってしまう。

それにしても、どうしてだろう。競うように階段を下りながら、大友は、自分がこの役目を負わされた意味を未だに計りかねていた。

「青葉台」という地域は、目黒区の北西部分にかなり広く広がっている。被害者宅は、その気になれば渋谷までも歩いて行ける、旧山手通り沿いにあった。周辺には、年季の入ったマンションが林立している。その中で、被害者宅は比較的新しかった。

車を停めると、柴が音を立ててサイドブレーキを引き――気合が動きに現れているのだ――ドアに手をかける。大友は逸る柴に「ちょっと待ってくれ」とストップをかけた。

「何だよ、早く行こうぜ。雨も降ってるし……」

「雨は関係ない」大友はバッグからブラシを取り出し、バックミラーを自分の方に向けて覗きこんだ。軽く後ろへ流しているいつもの髪型を一瞥し、携帯用のワックスを両手に馴染ませ、髪につけた。両脇の髪を下ろし、耳を半分ほど隠す。素直に中央から分かれているのを、無理に七三に変えた。少し髪がはねているが、これぐらいは不自然ではないだろう。続いて伊達眼鏡を取り出し、かける。黒く太いフレームが、三十五歳という実年齢に、二、三歳上乗せをした。

「何やってるんだよ」じれたように柴が言った。

「誰がどこで見てるか分からない。顔を覚えられたくないんだ」

「そんなので、変装って言えるのか？」

「髪型を変えて眼鏡をかけるのが、一番簡単だよ」大友は一度下を向き、表情を作った。瞬時に架空の人物の人生を構築する。今の僕はこういう人間だ。大学の経済学部を出て、都市銀行に就職。窓口から法人営業に回り、リーマンショックの時期には営業成績ががた落ちして、ボーナスの査定ががっくり下がった。家族は妻と子ども一人。子どもはまだ三歳の女の子で、最近子育てを巡って妻との関係がぎくしゃくしている——「これでどうだ？　どう見える？」

「そうだな……」柴が顔をしかめる。「疲れた銀行員って感じだ」

「これでスーツがもう少し小奇麗なら、完璧なんだけど」大友のスーツは、三回の夏を経てくたびれきっていた。信用第一の商売なら、もう少しぱりっとした、硬いイメージのスーツを身に着けるだろう。しかし服装は、取り敢えずはどうしようもない。

「よし、行くぞ」声に出すことで自分に気合を入れ、大友は濡れた路上に下り立った。雨は止む気配がなく、気温はぐっと下がっていた。眼鏡に触らないよう気をつけること、と大友は自分に言い聞かせた。普段から眼鏡をかけている人は、ほとんどその存在を気にしないものである。伊達眼鏡をかけていると、気になって一々直したくなる。

七階建てのマンション。ここを監視できる場所は……旧山手通りを挟んで向かい側にあるマンションが一番いい。だがそのマンションは、道路に向かって窓がなかった。監視役の刑事たちは、あちこちに散って、このマンションを囲んでいるだろう。

　誘拐事件の捜査では、自宅への出入りが一番気を遣うところだ。特に一戸建ての場合は、あまりにも頻繁に人が出入りしていると目立ってしまう。そういう場合に一番効果的なのが、リフォーム業者を装う方法だ。一日中、家の前に車を停めておいても目立たない。今回は、少なくともそういう心配をする必要はなさそうだ。

「四〇四号室だ」後ろからついてきた柴が、小声で指示する。大友はインタフォンで部屋を呼び出した。向こうからはこちらの姿が見えているはずである。

「はい」自棄《やけ》になったような男の声が響く。大友はホールに柴と自分しかいないのを確認してから、「刑事総務課、大友です」と名乗った。ぴっと甲高い電子音がして、オートロックの扉が開く。

「よし、行くか」柴が肩を大きく上下させて気合を入れた。

「落ち着けよ」

「誰に物を言ってるんだよ」柴が微かな怒りに唇を歪める。「お前に言われなくても分かってる」

「ああ」下らない口論禁止。自分でルールを決めて、大友はエレベーターの到着を待った。かなり大きなマンションだが、一基しかないようである。エレベーターは最上階にいて、なかなか降りてこなかった。仕方なく、掲示板の張り紙を見て時間を潰す。空き駐車場の抽選、配水管清掃のお知らせ、理事会開催の予定……穏やかな生活の臭いがある。四〇四号室で不安に怯えている夫婦は、とてもこんなことを気にしてはいられないだろうが。

部屋に入るまで、二人とも無言を押し通した。「誰に物を言ってるんだよ」と大きく出た割に、柴が緊張しているのは分かっている。この男は昔からそうだ。気合が入るのと緊張するのが混同してしまう。

ドアには鍵がかかっておらず、ストッパーがかまされてかすかに開いている。それでも大友は、手順を踏んでインタフォンを鳴らした。すぐに、目つきの悪い男がドアの隙間から顔を覗かせる。四十代半ば。えらの張った、意思の強そうな顔。上着を脱いでネクタイを緩め、ワイシャツの袖をラフに捲り上げていた。

「大友か？」

「はい」

「バッジ」

顔の高さにバッジを掲げて見せた。相手がうなずき、ドアを少しだけ広く開ける。大友と柴は、身を捩るようにして中に入った。狭い玄関は、地味な黒い靴で埋まっている。何人来ているのか……人が多ければ多いほど、夫婦の動揺は激しくなるだろう、と心配になった。家族のための場所。そこを屈強で目つきの悪い男たちが占拠している。子どものためとはいえ、居心地が悪いはずだ。こんなことがいつまでも続けば、ストレスで精神的におかしくなる。綺麗に並んだ靴を見て、少なくとも女性刑事を一人送りこんでいるようだと思い、少しだけほっとする。こういう場合は、やはり女性がいた方が空気が和む。

　短い廊下の向こうがリビングルームになっていた。十畳ほどの部屋に、自分たちを入れて七人。女性が一人いても、むさくるしい雰囲気に変わりはなかった。夫婦はこの部屋にはいないようだ。先ほどドアを開けてくれた中年の刑事が、状況を説明する。

「一課特殊班、係長の杵淵《きねぶち》だ……ご夫婦には今、寝室で少し休んでもらっている」

「その後、犯人からの連絡は何もないんですか」自然に声が低くなった。

「いや、実は五分ほど前にあった」

「この家に？」

「銀行に、だよ」杵淵が簡単に内容を説明してくれた。身代金は銀行が出せ、そうしないと、人質を見殺しにしたという話を広める——シンプルな脅し文句だが、世間の評判を気にする銀行に対しては効果的だろう。もっとも銀行は既に、金を出すことを決めているのだが。

「銀行の人間は来てないんですか」

「遠慮してもらってる。あまり出入りが頻繁になると、疑われるからな」

「外から監視は不可能ですよ」

「分かってる。だが、念のためだ」

「受け渡しの方法は決まったんですか」

「まだだ。追って指示する、ということになっている。ただし、金はここのご主人――内海さんが一人で運ぶように、と指示していたな」

「犯人も、銀行の人間が運ぶのは嫌がるかもしれませんね」内海も行員なのだが、今の彼は単なる被害者である。

「ああ」

一億と言えば、相当の大きさ、重さになる。銀行から一度この家に運びこむとなると、途中で事故が起きる可能性も心配しなければならない。犯人側の狙いは……この段階ではまだ読めなかった。

電話が鳴った。一斉に刑事たちの顔が上がる。奥の部屋――そちらが寝室だろう――のドアが勢いよく開き、男が飛び出してくる。ネクタイを取ったワイシャツ姿。最初の脅迫電話が入ってから数時間で、髪はくしゃくしゃになり、目は血走っていた。これが内海貴義か……自分と同年輩のはずだが、ショックのせいか、やけに老けて見えた。

呼び出し音が五回鳴った後、内海がサイドボードに置いた受話器を引っ摑む。緊張感が刑事たちの間に伝播した。最初の電話から既に五時間近く。誘拐事件の場合、犯人も人質を持て余しがちになるから、さほど時間をおかずに指示の連絡があるのが普通だ。しかし家族は、放置されたままである。

彼が「内海です」と答えた瞬間、部屋の緊張感は最高潮に達した。

3

内海が送話口を手で覆い、気の抜けた声で告げる。

「銀行からです」

気の抜けた空気が流れ、実際、立っていた刑事たちのうち二人は、力尽きたようにフローリングの床に座りこんだ。話し振りから、内海の相手は上司らしい、と大友は見当をつけた。焦りと怒りに全身を支配されている状況であっても、丁寧な口調を崩そうとはしない。話し終えた内海が、ことさら意識するようにそっと受話器を置くと、杵淵に向かって話し始めた。

「上司からでした。本店の方で正式に決裁が下りた、と」

「余計な心配かもしれませんが、どういう仕組みになっているんですか？」杵淵が心配そうに訊ねる。

「最終的にどういう名目になるかは分かりませんが、おそらく損金扱いになるんでしょうね」内海の表情が歪んだ。「銀行にとっても大変な損害ですよ」

一億の損金で経営が傾くことはないだろうが、「気にならない」と言いきれる額でもない。とにかく無事に人質を救出して犯人を逮捕し、最終的に金を取り戻すしかないのだ。大友は両肩に軽い凝りを感じた——久しぶりの緊張感。

「金の用意はいつできるんですか」杵渕が訊ねる。

「もう、いつでも大丈夫です……でも、犯人から指示がないですから」

「ええ」

「まさか、もう……」嫌な想像をしたのだろう、内海の顔が瞬時に青褪める。

「内海さん、余計なことを考えちゃいけない。精神衛生上良くないですよ」杵渕が忠告した。「奥さんのこともあるんだ。あなたがしっかりしないと駄目です」

「しかし……」

「とにかく、落ち着いて。子どもが誘拐されても、無事に戻って来るケースがほとんどなんですから」

余計なことを……大友は歯嚙みした。「ほとんど」ということは、数は少なくとも例外があると認めたことになる。実際、杵渕の言葉に敏感に反応して、内海の眉間の皺が深くなった。

「今は犯人からの連絡を待ちましょう。どうぞ、休んでいて下さい」

促され、内海が寝室に消えた瞬間、杵渕の携帯電話が鳴り出す。杵渕は相手の話を一方的に聞いただけで、すぐに電話を切ってしまった。手招きして、刑事たちを自分の側に寄らせる。

「銀行で待機している連中からだ。今の話に間違いはない。銀行側は役員会で正式に決定した」

「銀行も、随分優しいところなんですね」

柴が白けたように言うと、杵淵が睨みつけ、低く押し殺した声で言った。

「誰だって、悪者にはなりたくないさ。銀行に対して金を要求してきたことは、マスコミの連中だって、報道協定でもう知ってるんだから。拒否でもしたら、後でどう叩かれるか、分からんだろう。とにかくこれで、こっちは戦う準備ができた」

「戦う」というのとは少し違うのではないか、と大友は首を捻った。犯人の姿が見えない誘拐事件の場合、身代金の引き渡しまでは、相手のやり方に乗ってやる――乗った振りをするのが普通である。特に今回のように、犯人の背中も見えない状態では、変に策を弄さない方がいい。本当の捜査は、人質を無事に取り戻した後で始まるのだ。

「このまま待機を継続する。森嶋《もりしま》、そろそろ飯の手配をしてくれないか」腕時計に視線を走らせながら杵淵が命じた。

「分かりました」その場で一番若く見える刑事が、少し嫌そうな表情を浮かべてうなずく。若僧だからという理由で、面倒なことを全部押しつけてくるのか……と不満に思っているのは明らかだった。

「私も手伝いましょう」大友は遠慮がちに名乗り出た。杵淵がすっと眉を上げたので、思わず言い訳する。「いや、今のところ、何の役にもたちそうにないですから。飯の調達ぐらい、やりますよ」

「そうだな……この人数分だと結構重くなる。ちょっとつき合ってやってくれ。それに正直」声を一段落とす。「しばらくは動きがないような気がする」

「そうですね。犯人も慎重になっていると思います」

「分かってるじゃないか」

杵淵の顔に、少しだけほっとしたような表情が浮かぶ。僕のことを、海のものとも山のものとも分からない男だと思っていたのだろうな、と考え、大友は苦笑した。

「近くにコンビニがあるから、飯はそこで調達してきてくれ。ご夫婦の分もな……食べられるかどうかは分からんが」

一礼して部屋を出る。若い刑事は、エレベーターで二人きりになると、いきなり「森嶋亜樹《あき》です」と名乗って頭を下げてきた。

「亜樹？　男にしては珍しい名前だね」

「亜細亜の亜に樹木の樹、で亜樹です。親の気まぐれで、ひどい目に遭ってますよ」森嶋が顔をしかめた。「いつも、女の子と間違えられるんです」

「それはご愁傷様……大友鉄です」

「はい、分かってます」

「何で？」大友は目を細めながら一階のボタンを押した。

「有名ですから」

「そんなはず、ないけど」

「子育てで頑張ってるって」

「いや、それは……」思わず苦笑が浮かぶ。仕事のことならともかく、私生活の方で名前を知られても困る。「仕方なくだよ、仕方なく」

「今日は大丈夫なんですか」

初対面の若い刑事にまで、こんなことを言われるとは。何だか情けなく思いながらも、大友はできるだけ愛想よく答えた。

「義理の母が近くに住んでるんで、預けてきたんだ」

「大変ですね、本当に」森嶋が本当に心配しているように、表情を暗くする。「そういうの、尊敬しますよ」

「勘弁してくれないかな」苦笑しながら顔の前で手を振った。向こうは真面目に言っているのかもしれないが、何だかからかわれているような気分になる。「褒められても全然嬉しくない」

言葉を切り、森嶋をざっと観察した。中肉中背、地味な顔立ち。薄い唇が少し冷たい印象を与えるが、話した感じではそういうこともないようだ。実際大友は「やや軽い」という印象を受けていた。

旧山手通りに出ると、すぐにコンビニエンスストアを見つけた。わずかな距離を歩いて行く間にも、森嶋は大友の私生活についてあれこれ探りを入れてきた。

「あまりそんなことを聞かれても、ね」大友がやんわりと回答を拒絶すると、森嶋は首を振った。

「ここで仕事の話はできないでしょう」

「だったら黙って歩けばいい」

「それは我慢できないんです。黙って歩いてるのって、辛くないですか？」

「変わってるね、君」

「そんなこと、ないですよ」

自己評価と、他人が下す評価はまったく違う。彼とて、それぐらいのことが分からないはずはあるまいに。ふと気づくと、拳をきつく握り締めているのが見えた。異常に緊張していたのだ、と気づく。あの部屋での数時間は、彼にとっては神経を素手で絞られるような体験だっただろう。外へ出たことで少しは解放されたのだろうが、こうやって喋りまくることで何とかバランスを取ろうとしているように思える。若いうちは仕方ないな……大友はしばらく、森嶋の無意味なお喋りにつき合うことにした。

目についた握り飯やサンドウィッチ、お茶のペットボトルを次々に籠に放りこむ。二人で来て正解だった、と大友は思った。大き目の袋三つ分。

「これで明日の朝まで持ちますね」森嶋が安心したように言った。

「朝ねえ……」まだ雨の残る街に踏み出しながら、大友は首を捻った。犯人がそこまで待つ――待てるだろうか。子どもを持て余し始めると怖い。

「自分、何か変なこと、言いました？」

「そういうわけじゃないよ」

誰かとこの事件について語り合いたかった。しかし路上では無理だし、家族がいるあの部屋だと、言葉を選ばなくてはならない。マンションの周囲には覆面パトカーが何台も張りこんでいるはずだが、そういうところに潜りこんで、あれこれ推理を披露し合うのも変な話である。結局事件についての話はそれ以上せずに、二人はマンションに戻った。

部屋に入ると、杵淵が困惑した表情を浮かべていた。荷物を下ろしたばかりの大友の腕を取って、玄関に通じる廊下に連れ出す。

「上から電話があったんだがな」

「はい」

「お前さんは本来、ここにいるべき人間じゃないんだよな」

「ええ」

「だけど、ここにいる。自分の役目は理解してるんだよな？」

「どうでしょう」肩をすくめる。「普通に、兵隊として指示してもらって構いません。私もそのつもりで来ましたから」

「ああ、それはまあ、そうだな」上からかかってきた電話。何を言われたか分からないが、杵淵が解釈に困っているのは明らかだった。それが癖なのか、盛んに目を瞬かせる。

「正直、何ともやりにくいんだが」

「すいません」

「いや、お前さんが頭を下げるようなことじゃないんだが……上の考えてることは、よく分からんな」

「ええ」

「それと」杵淵の表情が急に引き締まった。「あまり感情的にならないように」

「私が、ですか？」大友は自分の鼻を指差した。「冷静なつもりですが」

「小さい子どもがいると、こういう事件には感情移入しがちなんだよ」

「分かります。ご心配はごもっともですが、今のところは大丈夫ですから」

「今のところは、ね」杵淵が鼻を鳴らした。「しかし、他人事じゃないだろう。うちの坊主はもう高校生だからどうでもいいが……可愛い頃もあったんだがな」

「ええ」

「一つ、仕事を頼む。あの夫婦に飯を食べるよう、勧めてくれないかな。あんたは……その、何というか、そういう仕事に向いていると聞いた」

「そうかもしれません」

「森嶋と一緒に行ってくれ。あいつもこういう時には役に立つだろう。害のない人間だから」杵淵が皮肉っぽく言って笑った。

「ご夫婦は――特にご主人は、だいぶストレスが溜まっているようですね」

「こういう時にストレスを感じない人間はいないさ」杵淵が大友の肩を軽く叩いた。

「早く取り除いてあげないとな」

一礼してリビングに戻り、杵淵の意図を理解しようと努めた。子どもを誘拐された夫婦に接するのは、どんな刑事にとっても厄介な仕事である。杵淵は面倒事を押しつけたのか、あるいは本当に僕がそういう仕事に向いていると判断したのか……どうでもいい。仕事は仕事なのだから。デリケートな話になるのは分かっているが、誰かがやらなければならないことなのだ。あの夫婦を、空腹のまま放っておくわけにはいかない。こういう時は、体力の消耗が一番怖いのだ。

森嶋を伴い、寝室のドアをノックする。彼の肩が少しだけ盛り上がり、明らかに緊張しているのが分かったので、何度か肩を上下させて、リラックスするように指示する。

「いやあ、やばいですね。緊張します」溜息をつくように森嶋が言った。

「僕だって緊張してる」

「そうは見えませんけど」

「見えないだけだよ」

反応がない。もう一度ノックしようかとした瞬間、ドアが開き、内海が顔を見せた。部屋に籠っていた間に一気に疲労度が増したようで、目の下の隈が濃くなっている。ベッドに横たわっていた女性がのろのろと体を起こすのが見えた。手首のつけ根を額に当てながら、自分の意識を確認するようにゆっくりと首を振る。ぼんやりとこちらを見る目は、薬物の影響下にあるように濁っていた。長い髪は乱れ、血の気のない唇は、不安のせいか細かく震えている。何かにすがるように、ブラウスの襟元を細い指でかき合わせた。

「刑事総務課の大友です」静かに、あまり慌てて見えないようにゆっくりと頭を下げる。

「今のうちに何か食べておきませんか」

「……どうもすいません」

内海がかすれた声で言い、慌てて咳払いをした。大友はコンビニエンスストアの袋を差し出したが、内海の手は上がらなかった。

「食べておいた方がいいですよ」

「何とかならないんですか」内海の声には明らかな焦りが見えた。

「申し訳ありません」大友は軽く頭を下げた。「これればかりは、今の段階では何とも言えません。もう一度電話があれば、その時点ですぐに動けると思いますが」

「警察は……」内海の声に怒気が滲み、握り締めた拳に力が入った。だがそれも一瞬のことで、すぐに体の力を抜くと、肩越しに妻の方を振り向いた。「私はいいけど、妻がね……」

「分かります」大友は声を低くした。「体調はどうなんですか」

「元々、そんなに体が強い方じゃないんです。それが今度のことですっかり参ってしまって……」がしがしと頭を掻く。耳の上に少し白髪が混じっているのに大友は気づいた。

「だったらなおさら、少しでも食べておいた方がいいですよ。食べないと、体力を消耗しますから。何か必要なものがあったら、すぐに用意します。遠慮なく言って下さい」

「そうですか……どうもすいません」内海が力なく腕を上げ、ビニール袋を受け取った。

「大したものはありませんけど、こういう時ですから我慢して下さい」

「何か、変な感じですね」

「何がですか」

「だって、こういうの、我々の税金から出てるわけでしょう？」

「それはそうですけど、そういうことを心配する必要はありませんよ」

「申し訳ない」内海が薄い唇に笑みを浮かべた。「普段、金の話ばかりしているものですから、つい金中心の発想になるんです」

「銀行の仕事は、そういうものでしょうね。でも我々は、金の問題はあまり気にしないんです。金を惜しんで、捜査が上手くいかない方が問題ですから」

「それはそうでしょうね」内海が深く溜息をついた。

「ちょっと奥さんと話をさせてもらえませんか？」

「いや……どうかな」内海が躊躇《ためら》い、声を低くした。「実はちょっと、薬を飲ませたんです」

「薬？」

「睡眠薬。しばらく前に私が不眠症になった時に、医者から処方してもらったものです。あまりにも落ち着かなかったものだから、このままだとショック症状に陥るかもしれないと思って」

それで、あの目の虚ろさも説明がつく。あまり褒められたやり方ではないが、仕方のない処置だったのだろう。

「そうですか……しかし、薬が必要な時は、お医者さんに来てもらう方がいいと思いますよ」

大友はやんわりと釘を刺したが、それが内海の怒りに火を点けたようだった。

「そんなこと、言われなくても分かってる！　だけど、医者を呼んでる暇なんかないいんですよ。誰も助けてくれないんだから、自分たちで何とかするしかないいんです」

「我々は助けます」

「どうですかねえ」急に馬鹿にしたように、鼻を鳴らす。

「ここで綺麗な言葉を連ねることはできますけど、そんな言葉を聞いても安心できないでしょう。だから余計なことは言いません。ただ、我々はあなたたちを助けます。それだけは約束します。それが私たちの仕事ですから」

赤く染まっていた内海の耳が、ゆっくりと白くなった。「すいません」という謝罪の言葉は、辛うじて聞き取れる程度だったが。大友は深追いせず、小さくうなずくに留めた。

「一つ、お願いがあるんですが」

「何ですか」

「息子さんの部屋、見せてもらって構いませんか」

「構いませんけど……」小さな溜息。「こんなことがあると、プライバシーなんかなくなってしまうんですね」

「もうしばらく我慢して下さい」

「もうしばらくって、どれぐらい……」一瞬声を荒らげたが、すぐに諦めたように首を振る。「ああ、そんなこと言っても仕方ないですね」

「もうしばらくです」うなずきかけ、大友は夫婦の寝室を辞した。妻の瑞希がこちらに顔を向けたが、目つきはやはりぼんやりとしている。この様子は、薬の影響だけではないのでは、と大友は疑った。

貴也の部屋に行くには、リビングルームを横切っていかなければならない。大友はすぐに杵淵に捕まった。

「どんな感じだ」

「ご主人はだいぶかりかりしてますけど、まだ大丈夫だと思います」二人は顔がくっつかんばかりの距離で話した。「パニックになるほどではありません。怒っているうちは、正気を保っていられるでしょう。それより奥さんの方が心配です」

「参ってるのか?」

「睡眠薬を飲ませたようです。眠らせようとしたんでしょうが、あまりいいやり方じゃないですね」

「勝手に睡眠薬か……それは困るな」杵淵が舌打ちをした。「医者を呼んだ方がいいんじゃないか？」

「今のところは大丈夫でしょう。取り敢えず、起きてましたから。あまり騒ぎを広げない方がいいと思います」

「そうか……」

「子どもさんの部屋は、もう確認しましたよね」

「ああ」

「私もちょっと見せてもらいます」

「構わんけど、どうかしたのか？」

「感じてみたいんですよ」

「……そうか」納得したように杵淵がうなずく。「そっちだ」

子ども部屋のドアを開けると、森嶋が黙ってついてきた。

「僕に何か用かな？」振り返って訊ねる。

「そういうわけじゃないですけど、自分、まだそこを見てないんで」バツが悪そうに森嶋が言った。

大友は手探りで灯りを点けた。ベッド、小さなクローゼット、机。小学校に上がるのは来年なのに、優斗の部屋よりもよほど立派に独立した子ども部屋になっていた。大友の家は広い１ＬＤＫで、優斗の部屋はリビングの一角を可動式の間仕切りで区切ったスペースである。あと数年経ったら、引っ越さざるを得ないだろう。いくら何でも中学生になったら、ちゃんとドアが閉まる部屋を欲しがるはずだ。

「立派な子ども部屋ですね」森嶋が溜息を漏らした。「自分、四人兄弟で、一人の部屋がずっと憧れだったんですよ」

「古い話じゃないか」

「そんなに古くもないですよ」森嶋がむっとして反論した。

「君、今何歳なんだ」

「三十です」

「十分古い話だと思うよ。それに三十過ぎると、時間が経つのがますます早くなる」

まだ何か言いたそうな森嶋を無視し、部屋の真ん中に腰を下ろして胡座《あぐら》をかく。毛足の長い円形のラグマットは柔らかく、座っていると気持ちがいい。ドアを閉めるよう、森嶋に指示した。まだ仏頂面を浮かべていたが、森嶋は黙ってドアを閉め、壁に背中を預けて立った。

「座って」

「はい？」

「ここに座ってくれ」

大友は自分の前の床を拳で叩いた。森嶋が不承不承、床に直座りする。

「何ですか、いったい」

「ここなら誰にも聞かれないで話ができる。さっきのご主人の態度、どう思った？」

「どうって……」森嶋が戸惑いの表情を浮かべた。「よく分かりません。誘拐の被害者を見たの、初めてですから」

「そうか。僕もそうなんだ」

「何だ」森嶋が両手を投げ出すようにした。「てっきり、何か摑んだのかと思いましたよ」

「僕は霊感の持ち主じゃない。それにしてもこの誘拐には、一つ、どうしても腑に落ちない点がある」

「何ですか？」

「質問するだけじゃなくて、自分で考えてみたら？」

「謎かけしている暇なんかないでしょう」むっつりとした表情で森嶋が言い返す。

「しばらく事態は動かないと思うよ。考えたり議論したりする時間はたくさんある」

「そんな呑気なことでいいんですか」森嶋が目を見開いた。

「いいんだよ、全員がじたばたしても仕方ないんだから……さっきの腑に落ちない点っていうのは、犯人がどうして銀行に金を要求してきたか、だ」

「銀行からなら確実に金が取れると思ったから？」

「そういう保証はないんだよな」

「だったら、銀行に恨みがあるんですかね」

「そうかもしれない……君の知っている限りで確認させてくれ。ご主人の年収は？」

「一千万円は越えてるはずですよ。最初にここに来た時、杵渕さんが確認してました」

「そうか……やっぱり銀行員は儲かるんだろうね。不況とは言っても、三十六歳でそれだけ貰ってるんだから」

「皮肉を言ったら可哀想ですよ」

「失礼。だけど、一千万円稼いでいても、普通のサラリーマンであることに変わりはない。一億なんて金を払えないことは、どんな犯人でも分かるはずだよな。だから犯人は、首都銀行の行員なら誰でもよかったんじゃないかな」

「でも、首都銀行、あまり業績は良くないらしいですよ」

「それでも、一億ぐらいのキャッシュフローは何とかなるだろう。犯人は、結構頭のいい奴かもしれないな。断れば銀行に非難が集まる可能性もある――それを予想して、要求してきたんじゃないだろうか」

「犯人を褒めたくはないですね」森嶋が鼻を鳴らす。

「冷静に評価しているだけだよ。とにかく、舐めてかからない方がいい。その前に、あの夫婦が精神的に持つかどうかが心配だ」

「さっきの様子だと、だいぶ参ってますよね」森嶋がまた声を潜める。「奥さんが特に心配です」

「ああ……できるだけフォローしてやってくれ」

「大友さんも上手かったじゃないですか。あのご主人、自分たちに対しては、もっと挑発的でしたよ。こっちが悪いみたいに怒りまくるんだから」

「怒りのぶつけ先がないんだから、仕方ないさ。ああいうのを受け止めるのも、僕たちの仕事だ」

「それが給料のうちだとすると、警察もちょっときついっすよね」

「まあまあ……愚痴を言っていても始まらないから」

「大友さんって、人に警戒心を与えないタイプなんですね。それも一種の才能かもしれませんよ」

「昔から安全パイって言われてるんだ」打ち明けてから、思わず苦笑してしまった。初めてそう指摘したのは、妻の菜緒だった。つき合い始めて間もなくのことであり、少しむっとしたのを思い出す。

『あなたといると安心できるわ』

『どうして』

『他の女の子が寄ってくるかもしれないと思ったけど……安全パイみたいだから』

まったく、人を何だと思っているのか。しかし刑事になってからも、同じように指摘された——からかわれたことが何度もある。被害者の心に壁を作らない。容疑者を警戒させせない。それは努力しても手にいれられない能力だから大事にするんだぞ——前向きにそう説教したのは福原だった。

思い出した瞬間、大友は自分がどうしてここにいるのかを悟った。福原は、不安定になっている被害者二人の気持ちを落ち着かせるために、僕をここに送りこんだのだ。だったらその思いに応えなくては。

「あとでもう少し話してみるよ。話して捜査が進むわけじゃないだろうけど、被害者と信頼関係を作っておいて損はない。身代金の受け渡しの時とか、スムーズに話を進めたいからな」

「そうですね」

「君もクッションになってくれよ」

「頑張りますけど……俺にできますかね」森嶋が唇を噛んだ。

「できるさ。こっちが心を開けば……」

リビングで電話が鳴った。大友はすかさず立ち上がり、ドアを開ける。緊迫した内海の顔が眼前にあった。

4

録音された犯人の声は、何の加工もされていないようだった。若い……二十代後半から三十代前半ぐらいではないか、と大友は見当をつけた。

『内海さんですね』

『内海です』短い返事が上ずる。

『金の件で電話した』

『金は大丈夫だ』内海の声はかすれがちで、大友と話していた時よりも明らかに早口になっている。『用意できます』

『よし。今回はその確認だけだ』

『ちょっと待ってくれ。貴也の声を聞かせて下さい』汗が滲むような声だった。

『それは駄目だ』

『頼む。無事だと分かればいいんだ。それだけだ』

『残念だが、子どもはここにはいない。明日の昼、十二時ちょうどにまた連絡する。その時までに金を用意しておけ』

『ちょっと——』

録音を三度、聞き直した。犯人側の妙に冷静な態度、それに比して次第に焦りを募らせる内海。

「クソ！」という叫びに、大友は我に返った。杵淵が自分の携帯を押し潰さんばかりの勢いで終話ボタンを押したところだった。刑事たちの視線が、一斉に彼に突き刺さる。溜息とともに押し出される、「遅かった」という台詞。

公衆電話からの脅迫電話だということはすぐに分かった。ただし都内からではなく、川崎市多摩区……小田急線の登戸駅近くである。すぐに本庁の捜査共助課経由で神奈川県警に協力要請が飛んだのだが、所轄の警察官たちが急行した時には、近くに怪しい人物はいなかった。それが杵渕の「クソ！」につながっている。

「現在、うちからも捜査員が出て周辺を捜索中だ」杵渕が短く結論を口にした。悔しさが滲み出る。ここから聞き込みで犯人につながる可能性は、ゼロとは言えないが極めて低い。「音声ファイルを銀行詰めの連中に送って聞かせてくれ。何か分かるかもしれん」

大友はもう一度録音を聞き直した。犯人と人質の親との会話——不審な点は何もなく、敢えて捜せば、犯人の妙な落ち着きが気になる程度だった。会話を交わしているというよりも、脚本を読み上げている感じ。もう一つ、「ここにはいない」という言葉が気になった。別の場所に監禁しているという意味だろうが、それは仲間がいることの示唆でもある。人質を一人で放置しておくはずはなく、監視の人間をつけているはずだ。そんなことを明かしてもメリットはないはずだが……いや、複数の人間でやっていると知らしめることで、内海にプレッシャーをかけるつもりなのかもしれない。もっとも、それならそれではっきり言えば済むことだ。

「ちょっと内海さんと話してきます」杵渕に声をかけて立ち上がる。電話が切れた後、夫婦はまた寝室に閉じこもってしまっていた。

「ああ、頼むわ」杵渕の顔にほっとしたような表情が浮かんだ。上手くいかなかった——その事実を告げるのは、どんな場合でも気が重い。

遠慮がちにドアをノックし、眼鏡を外す。ドアを開けた内海が、一瞬怪訝そうな表情を浮かべた。

「ああ、大友さん」気の抜けた声。「眼鏡をかけてないから分かりませんでしたよ」

「これは伊達眼鏡なんです」大友は改めて眼鏡をかけた。部屋に入る直前にかけてからずっとそのままなので、そろそろ不快になってきていた。「ちょっとよろしいですか」

「ああ――はい」内海は既に、よい知らせではないと覚悟したようだ。一つ深呼吸をして、大友を招き入れる。部屋が湿っぽくなっているのに大友はすぐに気づいた。ベランダに通じる窓が開いているのだ。激しくなってきた雨の音が、まともに部屋に入りこむ。

「閉めた方がいいですよ」

「息苦しいんです」

「分かりますけど、濡れますから」

内海が虚ろな表情でうなずき、窓に向かった。ベッドに座ったままの瑞希が低い声で「閉めないで！」と叫ぶ。内海の脚が止まり、困ったように大友を見た。仕方ない……部屋は四階だから、よほど大声を出さない限り、話し声が外に漏れることもあるまい。

内海がベッドの横に立ち、瑞希の肩に手を置いた。瑞希はそうされたことにも気づかない様子で、ぼんやりと宙の一点を眺めている。大友は片膝をつく姿勢で、二人よりも視線を低くした。

「残念ですが、犯人の捕捉に失敗しました」

どんなに悪いことでも、結論を最初に言う。この辺りのノウハウは、福原に教わったものだ。物事を説明するのに、一から始めてしまうと、相手を途中で苛立たせることも多い。ショックを与えるなら、早い段階がいい。

「そうですか……」内海が吐息を漏らして肩を落とし、瑞希は体を強張らせる。

「犯人は、小田急線の登戸駅付近の公衆電話から連絡してきました。神奈川県警にすぐ連絡して、急行してもらったのですが、既に辺りには誰もいなかったということです。現在、こちらからも応援を出して、周辺の捜索を続けていますが、あまり期待しないで下さい」

「もう少し気の利いたことは言えないんですか」内海が怒りを滲ませながら言った。

「申し訳ありません」大友は小さく頭を下げた。「変に期待させるわけにはいきませんから。この捜査は、あくまで極秘で行っています。あまり表立って動けませんから、どうしても制約を受けます。しかしそれは、貴也君の身の安全を考えてのことですから、どうかご容赦下さい」

「分かってます……分かってますよ」内海が拳を腿にぶつけた。「分かってるけど、悔しいじゃないですか」

「申し訳ありません」先ほどよりも少し深い一礼。部屋の空気が強張るのを感じたが、ここで引き下がるわけにはいかない。「いろいろありますが、言い訳はしません。お疲れのところ申し訳ないんですが、これから先スムーズに捜査を進めていくために、少し話を聞かせてもらえませんか？」

「それは構いませんけど……もう、話すことなんかありませんよ」

内海が首を傾けて妻の様子を見やった。瑞希は依然としてぼんやりした様子である。まだ薬が抜けていないのかもしれない。

「ここで話しにくければ、向こうの部屋でもいいんですが」

「いや、ここにいます」

内海がちらりと、開いた窓を見やった。一人にすると、妻が飛び降り自殺するとでも思っているのだろうか。大友は首を振り、その場に座りこんだ。寝室はさほど広くなく、シングルサイズのベッドを二つ、それにチェストを置いてあるので、どこにいても息苦しくなる。内海が瑞希の肩を抱いてベッドに腰を下ろすのを待って、話し始める。

「電話の相手ですが、声に聞き覚えはありませんでしたか」

「ないです」内海が即座に否定する。

「奥さん、一回目の電話の時はどうでした？　あなたの知り合いではありませんでしたか」

瑞希が無言で首を横に振った。両手を揃えて腿に置き、ぎゅっと握り締めている。内海が肩を抱く手に力を入れると、身を強張らせた。

「私も電話の声を聞きました。相手は随分落ち着いた感じでしたね」

「ええ」内海が同意する。

「何か気づいたことはありませんでしたか？」

「分からないですよ、そんなこと。あなたこそ、電話の声を聞いたんでしょう？　専門家なのに、何も分からなかったんですか」わずかに声のトーンが上がる。

「声紋を調べることはできますけど、それは犯人を逮捕してからでないと、あまり役に立たないんです。現在は比較対象がありませんから」

「そうですか……」体が萎んでしまいそうな、盛大な溜息。

「次のチャンスがあります。明日の昼……十二時には必ず電話がくるはずです。犯人側には焦りはありません。今のところ、予定通りに進めているつもりなんでしょう」

「そんな、他人事《ひとごと》みたいな……」内海が歯を食いしばった。

「ここで怒ったり焦ったりしたら、連中の思う壺ですよ。冷静にいきましょう」

「口で言うのは簡単だけどね、親の身にもなって下さい！」

「なれますよ」大友は正面から内海の顔を見た。疲労はさらに色濃く、顔面は蒼白だった。「私の息子も八歳なんです。貴也君とは二歳しか違いません。だから親の気持ちはよく分かるつもりです」

「そうは言っても……」

「私だって、怒りで爆発しそうなんですよ。仕事だから無理に抑えているだけです。その気になれば抑えられるんです。だから内海さんも、ここで怒らないで下さい。冷静さを失ったら、絶対に上手くいきません」

「……分かりました」内海が唇を噛み締めた。

「じゃあ、深呼吸しましょうか」

大友は立ち上がり、自ら両手を広げて深呼吸して見せた。内海が呆気に取られて、大友を見上げる。

「どうですか？　気持ちが楽になりますよ。肩が凝っているなら、ストレッチも有効です」

「……別に凝ってませんよ」ようやく内海の顔から苦笑を引き出せた。呆れているにしても、苦虫を嚙み潰したような表情を浮かべたままでいるよりはましである。

「結構です。じゃあ、一つずつ、思い出していきましょうか」

大友は慎重に事情聴取を進めたが、犯人につながる手がかりは摑めなかった。最後に、ある可能性を持ち出す。少しは慰めになるかもしれない、という期待もあった。

「これはあくまで私見で、分析してみないと何とも言えないんですが、犯人は鹿児島出身の可能性があります」

「鹿児島？」

「ええ。微妙にイントネーションが似ていました。ただし、鹿児島から東京――関東に出てきて長い人間だと思われます」

「そんなことまで分かるんですか」内海が目を見開いた。

「警視庁の人間には、何故か鹿児島出身者が多いんですよ」この件をやはり鹿児島出身の柴に話すと、彼も同意した。「犯人は完全に訛っているわけではなく、微妙にイントネーションが残っている、という感じです。あなたの周辺に、鹿児島出身の人はいませんか？」

「いますよ」内海があっさり認めた。「うちの支店の後輩に一人……本店でも同期に二人います。でもそういう連中は、声を聞けば分かりますから。それにまさか、ね」

そんな奴らが誘拐などするわけがない。同意を求めるように、内海が必死に私を見た。うなずき返しておいてから、瑞希に顔を向けた。

「奥さんはどうですか？　お知り合いで、鹿児島出身の方は？」

瑞希は無言で首を横に振るばかりだった。本当に知らないのか、話せないほど衰弱しているのか……瑞希が突然顔を上げ、涙目で訴えた。

「貴也は大丈夫なんですか？」

「保証はできません。残酷なようで申し訳ありませんが、今の段階では何とも言えないんです」

「何なんですか、それ！」瑞希がいきなり立ち上がった。両手を拳に固め、唇を細かく震わせる。「どうしてそんなことも分からないんですか！」

「瑞希……」内海が立ち上がり、妻の肩に手をかける。その重みに耐えかねるように、瑞希がすとんと腰を落とした。ベッドの上で体が二度跳ねた後、小さく落ち着く。立ち上がった時に、意外と大柄な女性だと気づいたのだが、座った途端に体が縮んでしまったようだった。

「我々は全力で犯人を捜します。身代金の受け渡し以前に犯人を逮捕して、貴也君を保護できればベストです。そのためにも努力もしています。申し訳ないんですが、今の段階ではこれ以上は言えません」

重い気分を抱えて、大友は部屋を出た。手がかりはなし。ただ瑞希を悲しませてしまっただけだ。腕が錆びついたのか、そもそもまだ未熟なのか……自己嫌悪に陥ったが、森嶋はまったく別の感想を抱いたようだった。

「さすがですね、大友さん」

「何が」

「内海さんにしっかり食いこんでるじゃないですか」

どうやらドアの外で聞き耳を立てていたようだ。趣味が悪い。話を聞きたいなら、中へ入ってくればいいのに。

「奥さんを怒らせたよ。これじゃ、話にならない」ゆっくり首を振る。昔はもう少し上手くやれたのだが……。

「そんなことないですよ。こういう事件の時って、家族と信頼関係を築くのも大変だって言うじゃないですか」

「それは教科書通りの答えだな」

「褒めてるつもりなんですけどねえ」

「こんな状態で褒められても、嬉しくも何ともない」

大友は溜息をついた。森嶋が白けたような表情を浮かべて離れて行く。代わって柴が近づいて来た。

「鹿児島訛りの方はどうだった？」

「心覚えはないそうだ」

「そうか……聞き間違いじゃないと思うんだけどな」柴が天を仰ぐ。

「出身者のお前が言うから、間違いないとは思うけど」

内海の銀行内の知り合いに鹿児島出身者が三人いる、と話したが、柴はあっさり否定した。

「違うだろうな、それは」

「僕もそう思う……銀行班の動きの方はどうなんだ」

「関係者の事情聴取を続行中だ。でも、あまり範囲を広げるわけにはいかないから……上手くいってないみたいだな」柴が声を潜めた。

「となると、結局次の電話を待つしかないわけだ」大友はゆっくりと顎を撫《な》でた。無精髭が鬱陶《うっとう》しい。

「登戸から電話してきたっていうのは、どう思う？」

「何とも言えないな。あの辺、神奈川県だと意識しない人間もいるから」実際、多摩川を渡っただけで東京なのだ。逆に町田に住んでいる大友は、自分が神奈川県民だと思ってしまうことがある。もちろん町田は東京なのだが、飛び地のようなものなのだ。同じ小田急線なら、登戸の方がずっと東京に近い。

「犯人はあちこち動き回ってる可能性もあるな」柴が独り言のように言った。

「ああ」

「複数だと考えて間違いないだろうな」

「同感だ」大友は同調した。

「根拠は？」

「脅迫電話の声が落ち着いてる。一人でやっているとしたら、あそこまで冷静でいられないはずだ。背中を守ってくれる人間がいるから、安心してるんだよ。ただし、犯人は二人じゃないかな」

「どうして」柴が怪訝そうな表情を浮かべた。

「三人以上いると、事態が複雑になって仲間割れを起こす恐れもあるから。誘拐を成功させようと思ったら、人数は少なく、計画はシンプルにしなくちゃいけない——それでも絶対に成功させないけど」

「お、言ってくれるね」柴が凶暴な顔に笑みを浮かべた。「昔の気分が戻ってきたんじゃないか」

「そういうことじゃない」大友は首を振って否定した。「僕はあくまで手伝いにきてるだけなんだから」

「そんなこと、ないぜ」柴が顔の横で人差し指を振ってみせる。いかつい表情の彼がやっても、まったく似合わなかった。「お前の居場所はここじゃないか。事実、家族を上手く安心させてる。腕は衰えてないよ」

「そんなことはない」子どもを誘拐された家族に、心の平穏は訪れない——少なくとも子どもが無事に戻って来るまでは。どんな人間が宥《なだ》めても同じなのだ。自分に特殊な能力があるとは思えない。

「お前には、人にない力があるんだ」一人納得したように柴がうなずく。「お前を見ると、人は安心する。信頼する。そういう能力は、頑張っても身につくものじゃないからな。変な超能力よりも、よほど役に立つ」

「今のところ、それほど役に立ってるとは思えないけど」

肩をすくめると、柴がにやりと笑った。いつもこの男には「笑うな」と忠告してきたのだが……残念ながら柴の面相は、刑事というよりはヤクザに近い。やたら迫力のある凶暴な顔は、容疑者に脅しをかける時には役立つが、被害者を萎縮させてしまうこともままある。しかも笑うと、凶暴さのレベルが上がるのだ。

のろのろと時間が過ぎる。深夜、打ち合わせの電話を終えた杵淵が、また全員に招集をかけた。といっても狭いリビングルームのことで、全員が二歩前へ進めばそれで小さな輪ができてしまう。一応の作戦本部になっているダイニングテーブルの上には書類やメモが散乱し、一家団欒とはほど遠い雰囲気である。

「銀行の幹部の方の事情聴取も、一通り終わった。電話の録音も聞いてもらった。やはり、聞き覚えがないそうだ」

全員から押し殺した溜息が漏れる。杵渕は苛立ちを隠そうともせず言った。

「というわけで、今のところ犯人に結びつく材料はない。取り敢えず、明日昼の電話待ちになるから、今日のところは休んでくれ。二時間交代で待機。待機要員は一人でいい。今後のことだが、犯人がここを監視している可能性を鑑みて、交代要員はいない。明日の昼以降、動きがあるまではこのメンバーでいく……大友も大丈夫だな」

「問題ありません」

本当は問題あり、だ。どこかのタイミングで聖子に電話をかけ、今夜はやはり帰れないと言っておかねばならないが……無理だろう。時計の針は十二時をだいぶ回っている。彼女は十一時過ぎには寝てしまうはずだ。仕方ない。明日の朝、何とか電話をかけて謝っておこう。

「大友、ご夫婦にも休むように言ってくれないか。あまり気を張りつめていても、仕方ないからな」

「そうですね……睡眠薬の件、もう少し強く言っておいた方がいいでしょうね」

「ああ、奥さんか」杵渕が顔を歪めた。「辛いだろうが、しゃっきりしていてもらわないと困るからな。そこは上手く、ご主人を説得してくれ」

「分かりました」そういう役目は全部こっちに回ってくるわけか……。「お前を見ると人は安心する。信頼する」と柴は言っていた。しかしこっちはそういうわけにはいかない。辛い立場にある人を前にした時、決して冷静な気持ちではいられないのだ。相手の辛い心を吸い取って、こちらが代わりに引き受けるようなものである。

どうしてこんなことが自然にできるのか、と自分でも不思議に思うことがある。たぶん、芝居を経験しているせいだろう。もちろん大友は素人俳優に過ぎなかったが、役作りのための感情移入の方法は学んでいる。人物になり切ること——すべてはそこに要約されるが、大友はそれが人一倍上手い、と評されていた。役者は主に二種類に分けられる。どんな役でも自分の個性に当てはめてしまう「個性型」と、自分を殺して役になり切る「憑依型」だ。後者の代表が、体重までも自在にコントロールして役作りに入るロバート・デ・ニーロである。自分とデ・ニーロを比較するのも滑稽だったが、彼の考えは理解できないでもない。そして大友が役になりきるための最大にして唯一の手法が、入念で素早い観察だった。たとえ脚本に書かれた架空の人物であっても、観察することはできるのだ。解釈ではなく観察。特に優れた脚本なら、登場人物の体温や動きの癖まで、行間から立ち上がってくる。

あの夫婦は……どうもまだよく分からない。子どもを誘拐された夫婦の典型的な姿かもしれないが、そもそも大友も、誘拐事件の捜査はあまり経験していないのだ。取り敢えず今のところ、拒絶されているわけではない、ということだけは分かる。危うい関係だが、この距離感を保っていくしかないだろう。

大友は刑事たちの輪を離れ、寝室のドアをノックした。既に見慣れたドア。これから何回、このドアをノックすることになるのだろうと思うと、暗い気分になる。

内海が顔だけ覗かせた。ドアの隙間からベッドが見え、瑞希が布団を被っているのが見える。もう寝てくれたか、とほっと笑みを浮かべた。

「まだ何か？」内海が不審気な表情を浮かべる。

「いえ……これから我々も、しばらく待機に入ります。お二人もどうぞ、休んで下さい」

「明日の昼まで、連絡は来ないということですね」

「我々はそう判断しています。犯人も寝るでしょうから」

「そうですか……」内海が深々と溜息をついた。「明日の昼まで、長いですね。体が持ちそうにないな」

「だからこそ、休める時に休んでいただかないと」

「分かってますけど、眠れそうにないですよ」内海が両手で顔を擦った。

「横になっているだけでもいいんです。それでも、起きているよりはましですから。奥さんは、もうお休みになったんですね」

「念のために薬は呑ませましたけどね」

「それはよくないな」

大友は思い切り顔をしかめてやった。非難されたと思ったのか、内海の顔が強張る。

「奥さん、普段睡眠薬を呑みつけてないんでしょう？　起きてもぼんやりしますよ。重大な局面では、すっきりしていてもらいたいんですが」

「私がいるから大丈夫です」

妻には重大な決断は任せられない、とでも言いたげだった。それはそれでいい。一家の悲劇を一人で背負って立つ決意を固めたなら、こちらはサポートするだけだ。それにしても彼は、妻を少し子ども扱いし過ぎていないだろうか。内海の方が三歳年上だが、夫婦となればそれぐらいの年齢差はないに等しい。

「それでは、とにかく内海さんも休んで下さい」

「努力しますよ」

薄い笑みを浮かべて内海がうなずいた。眠れるはずもない。明日の朝は、今日よりも充血した目の内海と再会することになるだろう。その目を見ることを想像すると、今から辛かった。

大友は待機要員――電話が鳴るのを待ち、寝ずの番をする――には選ばれなかった。刑事総務課からの応援ということで、杵渕も遠慮したのだろう。

十畳のリビングは、全員が雑魚寝するには狭い。森嶋は要領よく、一人で子ども部屋に引っこんでいた。一人はソファの上――二人がけなので足がはみ出し、苦しそうだった――を確保できたが、残りはフローリングの床に直に横たわっている。当然、布団などないので、自分の背広を掛け布団代わりにするしかない。それだとかえって寝にくいので、壁に背中を預け、足を投げ出した姿勢を取っている刑事も二人いる。柴はこの悪環境を気にする様子もなく、すぐに軽いいびきを立て始めたが、大友は予想した通り、簡単には眠れなかった。横になっていたのだが、やはり床の硬さが腰にダメージを与える。起き上がり、壁に背中を預けて両足を投げ出した。首もとまで背広を引き上げると、腹の辺りが涼しい。人が多いので、部屋の温度は下がってはいないはずだが……最初の待機要員を命じられた刑事が、ダイニングテーブルについている姿がぼんやりと浮かび上がる。ノートパソコンの画面が発する光、それに複数の携帯電話の充電中を示すLEDの光が、蛍のように柔らかい光を投げかけている。閃光ではないが、睡眠を妨げるには十分な光量だった。

いつの間にか、携帯電話を握り締めていた。無性に優斗の甘ったれた声が聞きたくなる。あと何年かすると、生意気な口をきくようになるだろう。それでもあいつは、僕の側にいる……意識が薄れてきた瞬間、寝室のドアが静かに開いた。ダイニングテーブルで待機していた刑事が驚いて立ち上がりかけたが、瑞希だと気づいて一礼し、すぐに腰を下ろしてしまった。トイレだろう。

案の定、瑞希はおぼつかない足取りでトイレに向かった。やがてトイレから出て来た瑞希は、貴也の部屋のドアをそっと開けた。森嶋が寝ているだけなのだが、まるでそこに貴也がいるかのように、優しげな視線を注ぎ続ける。

何か声をかけようか。安心できる一言を――しかしそんな台詞を何も思いつかず、大友は彼女がドアの前を離れるまで、その背中を凝視し続けた。

5

昔はよかった、と大友は寝ぼけ眼《まなこ》で溜息をついた。電話の呼び出し音の種類など限られていたから、かかってくればすぐに分かったものである。携帯電話の着信音は、電話なのかどうかすら分からず、混乱してしまうことも少なくない。

かすかな歌声は、子ども部屋の方から聞こえてきた。目覚まし時計なのかラジオなのか……慌てて飛び起き、無理な姿勢で寝てしまったために居座った背中の痛みを我慢しながら、薄暗がりの中、目を凝らす。歌声——携帯の着信音は消えており、子ども部屋から森嶋の声がかすかに聞こえてきた。

「はい……はい……分かってるって。後で電話するから。勘弁してよ、こんな朝早く」最後は怒ったような声で言って、電話を切ってしまった。大友は寝ている他の刑事たちを起こさぬよう、静かにリビングルームを横切り、子ども部屋のドアを開けた。ぼんやりとした表情で床に座りこんでいた森嶋が、目を向ける。

「すいません」かすれた声で言ったが、大友に対して申し訳ないと思う気持ちよりも、不快感の方が強そうだった。

「朝っぱらから何だい」自分の腕時計に目をやった。無骨なルミノックスの時計の時針は、自発光して六時過ぎを指している。

「いや、ちょっと……プライベートな電話なんで」

「こういう時なんだから、電話がかかってきそうな相手には予め連絡しておかないと」

大友は頭をがしがしと掻いた。少し長く伸ばしている髪は、今は見るべくもない無惨な状態になっているだろう。

「すいません」少しはっきりした声で、森嶋が再度謝った。

「もう少し寝てろよ」大友はかすかな同情を覚えた。何があったか知らないが、こんな早い時刻に電話してくる彼女というのも扱いにくいだろう。

「ええ、あの……そうですね、はい、寝ます」ぼやっとした声で答える。

「そうしろよ。今日も長くなるだろうから」

大友はドアを閉め、監視役についていた柴に目配せして玄関に向かった。朝の偵察。本当は表に出ない方がいいのだが、マンションだからそれほど気にする必要もあるまい。上手くいけば優斗と話せるかもしれない。

昨夜から降り続く雨のせいで、七月だというのに肌寒いほどだった。ずぶ濡れになるほどではないが、体を湿らせる霧雨が鬱陶しい。今年の梅雨冷は結構厳しいようだ。実家の水田は大丈夫だろうか、と急に心配になる。高校の歴史教師をしていた大友の父親は、元々細々と家庭菜園をやっていたのだが、定年退職後、ついに自分で米作りを始めてしまった。まだ自宅で使う分の米を賄《まかな》うまでもいっていないようだが、毎日が充実している様子である。今年の年賀状に、墨痕鮮やかに「日々勉強」と書かれていたのを思い出した。自分の父親とはいえ、ああいうタイプの人はいるんだな、と妙に感心したものだ。どんなに年を取っても、新しいことにチャレンジするのを厭わない性格。

その父親に、しばらく優斗を会わせていない。最後に帰省したのは去年のお盆。今年の正月は忙しく、実家に戻っている閑がなかった。実際、里帰りが年々面倒になってきている。特に菜緒を亡くしてからは、その思いが強かった。実家なのに気詰まり……彼女がいれば、どこにいてもそこが世界の中心になったのに。大友は心の中で、彼女を「司令塔」と呼んでいたものだ。任せておけば、必ず正しい方向に連れていってくれる。

マンションを離れ、旧山手通りを歩き出す。この辺りは住所が複雑に入り組んでおり――道路がきちんと整備されていないせいもある――少し歩くだけで、渋谷、世田谷、目黒と三つの区に次々と足を踏み入れることができる。どこを歩いても高級住宅街であることに変わりはないのだが。

淡島通りに入ってすぐ、覆面パトカーが一台停まっているのに気づいた。周囲をぐるりと一周する間に、さらに二台の覆面パトカーを発見する。警戒されないよう、夜中のうちに何度か交代しているだろう。マンションの前に戻った時、旧山手通りの向かい側にも一台停まっているのを見つけた。監視に死角はない。

短い散歩の間に、案外人出が多いのに気づいていた。六時を過ぎれば、早朝出勤や遠隔地への出張で家を出る人もいるだろうし、雨にも負けずに犬の散歩やジョギングをしている人も少なくない。犯人が何気なくこの付近を歩いて、マンションの様子を監視していても、まず分からないだろう。周辺を警戒している刑事たちは、マンションに出入りする人間、不自然に長く近くに止まっている人間、何度も顔を出す人間をチェックしているだろうが、不審者として認識できるだろうか。声をかけるタイミングが難しい。

マンションに戻ると、既に刑事たちは活動を始めていたが、寝室のドアが開く様子はない。いくら緊張していても、疲労には勝てないということか。少しだけ安心した瞬間、優斗に電話し忘れたことに気づいた。しょうがない。優斗、男にはどうしても仕事を優先しなければならない時があるんだ。子どものうちから、それを肝に銘じておけよ——そう考えて自分を納得させようとしたが、聖子がどんな風に話すかを考えると、少し心配になる。自分に対する悪感情を植えつけるような悪口を言わなければいいのだが。

髪の先端から滴を垂らしながら、杵淵が洗面所から出てきた。順番に顔を洗っているようだが、タオルを使うのは遠慮しているようだ。しわくちゃになったハンカチで手を拭いながら、大友にうなずきかける。

「散歩はどうだった」目を瞬かせながら訊ねる。

「陣形はきちんと保たれています」

「結構。お前も顔を洗ってこい」

「二人はまだ寝てますね？」

「ああ。このまましばらく、起こさずにおこう。何もないのに、無理に起きている必要はない」

「そうですね」

「もうしばらくの辛抱だ。動き出せば、こういう事件は一気に解決に向かうものだから」右手の人差し指と中指を揃え、自分の腕時計を叩く。

「そうですね」同じ調子、同じ言葉で相槌を打ったものの、その確率は五分五分、あるいはそれより低いのではないか、と不安になった。犯人側にも焦りはあるだろうが、だからといって早急な手に出てミスを犯すとは限らない。現時点では、主導権はあくまで犯人側にあるのだ。

「ああ、煙草が吸いたいな」ヘビースモーカーの柴が漏らした。この家には煙草を吸う人間が誰もいないので、刑事たちも禁煙を強いられている。

「そろそろ禁煙したらどうなんだ」大友は彼に顔を向けた。

「お前、いつやめたんだっけ？」

「子どもができてから」

「そういうきっかけがあればいいけど、俺には何もないもんでね」

「そもそも、きっかけを作る努力をしてないからだよ」

「余計なお世話だ」小さな声で怒鳴りながらも、柴の目には笑いが浮かんでいた。本番に入る前の軽いウォーミングアップという感じである。

「煙草が吸いたいなら、少し散歩してくればいいじゃないか」

「目立つことはしたくないんだ」

「これ、貸してやるよ」

大友は眼鏡を外し、柴に向かって差し出した。柴が一瞬躊躇った後、眼鏡をかける。困ったような表情を浮かべ、つるに指先をやった。

「何だか変な感じだな」

「悪くない。知能指数が少し上がったみたいに見える」

「ほざけ」吐き捨てたものの、柴は眼鏡を外そうとしなかった。ワイシャツの胸ポケットに入れた煙草を取り出しながら、玄関に向かって歩いて行く。

「確かにあいつ、煙草はやめた方がいいな」杵淵がつぶやいた。「こういう現場で、度々席を外されるのは困りものだ」

「まあ、数少ない楽しみですから」

「そうなのか？」

「家族もいない、酒も呑まない男ですからね。人生の友は煙草だけですよ」

「それは……あまりにも寂し過ぎるな」杵淵が苦笑した。

結局内海夫妻は、七時過ぎに起き出してきた。瑞希はやはり薬の影響なのか、ぼうっと虚ろな目をしていたが、それでも刑事たちのためにお茶を用意してくれた。その間にシャワーを使った内海は、真っ白いワイシャツにシルバーと紺色の縞のネクタイという格好に着替えて、リビングルームに戻って来た。大友の視線に気づくと曖昧な笑みを浮かべ、「サラリーマンはこういう格好が一番落ち着くんですよ」と言い訳するように言った。大友は同意の印に、軽くうなずくだけにとどめた。冷静でいてくれるなら、格好などどうでもいい。素っ裸でも構いはしないのだ。

「しかし、やっぱり落ち着きませんね……効果なし、か」内海が苦笑しながら両頬を叩いた。

「十二時に電話がきます。今はそれを待つだけです」

「どうして十二時に間違いなく電話があると分かるんですか」

「経験と勘から、としか言いようがありませんね」

「そうですか……」内海の視線が鋭くなる。大友の言い分に穴がないか、探るような目つきだった。

「リラックスですよ。できるだけリラックスして待つのが大事です」

「そうは言われても、ね」内海が寂しげな笑みを浮かべる。「普段仕事でてんてこ舞いしている人間に、ただ待てというのは残酷ですよ。何かの罰を受けてるみたいだな」

「そんなことはないでしょう」

内海の声には依然として苛立ちが感じられたが、それでも会話は成立している。今後も夫を中心に話をしていこう。薬の影響が残っているのかどうか、相変わらず、瑞希とはまともに話ができそうになかった。

十時過ぎ、銀行から金が運びこまれてきた。大袈裟にしないようにという配慮からか、専用のトランクなどではなく、二つの旅行用バッグに分けて詰めこまれている。部屋に入ってきた銀行員は二人だけで、しばらく内海と一緒に寝室に籠っていた。森嶋がドアに耳をくっつけて聞き耳を立てていたが、ほどなく首を振って「聞こえない」と合図を寄越した。よほど小声で話しているらしい。

銀行からの使者が帰る段になって、杵渕が二人を呼び止めた。

「身代金に関しては、きちんと整理できているんですね」

「それは、本店にいらっしゃる捜査員の方にもお話ししました」年長の行員が、固い口調で返事をする。「何も問題ありませんから、ご心配なく」

「思い切ったものですな、銀行も」わずかに皮肉を滲ませながら、杵渕が言った。

「人命がかかっていますから、当然です」

行員がさらりとやり過ごして優等生的な返事をし、一礼して去って行った。後ろ姿を見送る杵渕の横顔に、不満がありありと浮かんでいるのを大友は見て取った。もう少し人間らしい対応ができないのか、と憤りを感じているのかもしれない。仲間の家族が危機に陥っているというのに……。

「柴、もう一度中身の確認を」

柴が両手でバッグを持ち上げ、杵渕の足元に置いた。先ほど、行員二人、それに内海が慣れた手つきで確認し終えているが、杵渕は自分でも確かめておきたいようだった。柴と森嶋がバッグを開け、札束を床に直に並べ始める。百万円の束、百個。冷たい緊張感がリビングルームに満ちる。銀行員でもない限り、これだけの現金を目の当たりにする機会は滅多にないのだから当然だ。百万円の札束の重さは約百グラム。一億円になると十キロで、持ち運びはそれほど容易ではない。警察では今回の事態に、専用のスーツケースを用意していた。アルミ製で、軽く頑丈。一億円をきっちり並べて隙間が生じないサイズで、天板に細工をして、内部にＧＰＳの発信機を取りつけてあった。このスーツケースそのものは途中で放棄されてしまう恐れはあるが、少なくともある地点までは追跡できる。もちろん犯人も、このケースが追跡用のツールを兼ねていることは、想定しているだろう。その場合でも、金の移し替えにはある程度の時間を要するわけで、警察側にも急襲するチャンスが生じる。犯人側が特定のバッグを要求してくる可能性もある——当然そうするはずだ、と大友は読んでいた。

読みは当たった。

十二時、無音で画像を送り出しているテレビで、ＮＨＫの昼のニュースが始まった瞬間に電話が鳴る。杵淵が合図を送り、呼び出し音が三回鳴ったところで内海が電話を取った。寝室のドアの隙間から、両手を揉みしだきながら瑞希が覗きこむ。化粧っ気のない顔は蒼白く、唇は小刻みに震えていた。イヤフォンをつけた大友の耳に、二人の会話が飛びこんでくる。

『内海です』

『金は用意できたか』

『手元にある』

『結構。二つのバッグに五千万円ずつ分けろ。ただしバッグは、ポケットのない、軽い布製の物に限る。発信機やＧＰＳがあればすぐに分かるからな。その場合、子どもの命はない』

『……分かった』内海の喉仏が上下する。

『よし。四時四十五分に後楽公園の少年野球場のバックネット裏に、二つのバッグを置け。内海さん、あんたが自分で、一人で運ぶんだ。分かってると思うけど、警察官の姿を見つけたら、その場で取り引きは終わりだ』

『後楽公園……』内海の声に困惑が混じった。あの辺の地理には詳しくないのだろう。

『東京ドームの横だ』犯人の声に微かな苛立ちが混じる。

『東京ドームの横だな。分かった。それでどうする？』

『金を置いたらすぐ、その場を立ち去れ。子どものことに関しては、その後で連絡する。以上だ』

『ちょっと、ちょっと待って――』内海の言葉が相手を追いかけたが、既に電話は切れていた。

すぐに杵渕の携帯電話が鳴り出す。ひったくるように電話を取り上げた杵渕は、相手の声に一瞬だけ耳を傾けていたが、すぐに「クソ」と怒気荒く吐き捨てる。

「今度は埼玉だ」

緊張感が一気に緩み、諦めの気配が流れる。川崎に続いて埼玉……犯人側は、明らかにこちらの動きを読んでいる。緊急手配が間に合わない場所を移動しながら、電話をかけてきているのだ。おそらく、近くに交番もない場所だろう。このタイミングでの逮捕は、まず無理だ。

内海が受話器を手にしたまま、呆然とその場で立ち尽くした。大友はすっと近寄り、その手から受話器を取って架台に戻した。

「次がチャンスですよ。その時は、あなたが自分で金を運ばなければいけません。気を確かに持ちましょう」

「あ……ああ」気が抜けたように言って、内海が床にへたりこんだ。寝室からふらふらと出て来た瑞希が、寄り添うようにその脇に座る。

動きも会話もないまま、五分が過ぎた。沈黙を破ったのは杵淵の携帯で、大友が予想した通り、悪い知らせをもたらした。杵淵はしばらく相手の報告を聞いていたが、最後は重い溜息をつきながら電話を切る。刑事たちの顔を一渡り見回してから、電話の内容を伝えた。

「犯人が電話してきたのは、三郷《みさと》市内の公衆電話だ。電話が切れて五分後に所轄の連中が到着したが、誰もいなかった。現在、目撃者の捜索と同時に、検問を実施している」

検問は空振りするだろう、と大友は予測した。犯人は当然、車を使っているだろう。五分あれば、相当遠くまで逃げられる。

「よし、勝負は身代金の受け渡し時だ。まだ五時間近くある。こちらには準備の時間はたっぷりあるということだ……内海さん、使うバッグは警察で用意します。要求通り、布製のバッグを」

「ちょっと待って下さい」内海が立ち上がった。「まさか、発信機をつけるつもりじゃないでしょうね」

「それで犯人を追跡します」

「冗談じゃない！」唾を飛ばしながら内海がまくしたてた。「さっきの犯人の電話、聞いてたでしょう？　発信機があるのが分かれば貴也を殺すって言ってるんですよ。むざむざ人の息子を殺すつもりですか！」

「分からないようにしこみます。そういうノウハウはありますから、心配しないで下さい」

「駄目です。無理です。犯人は、ポケットのない軽い布製のバッグと指定してきているんですよ？　そんなバッグに発信機なんかしこんだら、すぐに分かるじゃないですか。向こうは、警察の動きを読み切っているんですよ」

「内海さん――」

「向こうの言う通りにして下さい！」

残っていた冷静さをかなぐり捨て、内海が杵渕に詰め寄る。思わず柴が割って入ろうとするほどの勢いだった。杵渕は一歩下がり、苦渋の表情で内海を見詰める。指揮官として判断を迫られる場面だ。

「――分かりました。バッグは要求通りの物を用意します。受け渡し現場には、内海さん、あなたに行ってもらいます」

「もちろん、そのつもりだ」無意識の動作だろうか、曲がったネクタイを直しながら内海が吐き捨てた。「警察には着いて来て欲しくないですね。向こうはきっと、こっちを観察してるんです。ばれたら終わりですよ」

「それは大丈夫です。約束します」

嘘をついてしまった、と大友は悔いた。一人で行かせるはずがない。そんな危険な真似をしたら、犯人の思う壺だ。内海には黙って、周辺に刑事を張りこませる。それが内海にばれたら――宥め役はやっぱり僕になるんだろうな、と大友は覚悟を決めた。


何かが引っかかった。大友は記憶の片隅にあるその何かを引っ張り出そうとして、一つのキーワードに辿り着いた。「東京ドーム」。

「そうか」思わず膝を打って立ち上がる。金を二つのバッグ――上部がファスナーで閉められるトートバッグが選ばれた――に詰め替えていた柴と森嶋が、怪訝そうに大友を見上げる。

「藪から棒に何だよ」柴が鬱陶しそうに言った。

「ちょっと待ってくれ」

先月、優斗を連れて野球を観に行った時のことだ。あの時見た何かが引っかかっている——考えるより聞いた方が早い。東京ドームの電話番号を調べ、直接電話を突っこんだ。そう、確かに僕が覚えていたのはこれだ——そうか、犯人側の狙いは「混乱」かもしれない。東京ドームで野球が、あるいはイベントが行われる時、周囲は人でごった返す。何しろ五万人からの人間が、一時に一か所に押しかけるのだ。そういう状況では、閑散とした北海道の原野と同程度の難易度で、尾行も張り込みも困難を極める。しかも今日は——。

「森嶋、Ｚｉ《ジー》のコンサートに行ったことあるか？」

「はい？」怪訝そうな表情を浮かべ、森嶋が聞き返した。

「Ｚｉだよ、Ｚｉ。知ってるだろう？」

「知ってますけど、いきなり何ですか」

「今日、東京ドームでＺｉのコンサートがあるはずなんだ」

「何だと」反応したのは柴だった。「あのＺｉか？」

「ああ」大友は重々しくうなずいた。「あのＺｉだ」

「そりゃまずい」さすがに柴は鋭く反応した。

「まずいどころか、最悪だ」Ｚｉは、全国各地、ドームクラスの会場を満員にできる動員力を持ったアイドルグループである。東京ドームの最寄り駅はＪＲの水道橋か、地下鉄の後楽園。コンサートの前後には、ドーム周辺の人の流れは巨大な波のようになるはずだ。そこに紛れこまれたら——この犯人は、最初大友が想像していたよりも頭がいい。

「何だってそれが分かったんだ？」柴が訊ねる。

「この前、優斗と野球を観に行った時に、イベント告知のポスターがあった」

「チケット、取れないらしいですよねえ」森嶋が呑気な調子で答える。

「チケットの問題じゃないんだ」少し苛立ちながら大友は言った。「コンサートの時は、物凄い人出になる。犯人は、それに乗じて金を奪おうとしてるんだよ」

「まさか……」

やっと事情を呑みこんだ森嶋の顔が蒼くなる。杵淵も話に割りこんできた。

「かなり厄介な状況だな」神経質そうに目を瞬かせる。

「間違いありません」大友はうなずいた。「一つ、提案してもいいでしょうか」

「何だ？」

「我々がこういう格好でドームの付近にいると、ひどく目立ちますよ。むしろ制服組の方が溶けこめます。あの規模のコンサートになると、所轄も警備に出ているはずですよね」

「ああ」

「だったら、現場に張りこむ人間は――」寝室にいる内海夫妻に聞かれないよう、大友は声を潜めた。「制服を着るか、コンサート会場の近くでも目立たない格好をすべきです」

「理に叶ってるな」認めて、杵淵が腕時計を見た。「よし、すぐに準備しよう。そういうコンサートの時は、いつ頃から混み始めるんだろう？」

「調べてみないと分かりませんが……」大友は自分のルミノックスを見た。先ほど確認したところでは、コンサートのスタートは午後六時。開場は一時間前か、二時間前か。午後五時開場、と読んだ。だからこそ犯人は、四時四十五分という中途半端な時間を指定してきたのだろう。一番混み合っている時間に合わせて金を奪い、逃亡するつもりなのだ。

「制服を配置しておけるのは大きなメリットだな」自分を納得させるように杵淵が言った。

「いや……」

「何だ」大友の反論を、杵淵が聞き咎める。

「私服も、できるだけ多く配備すべきです。それも、コンサート会場に入っても不自然でないような格好の人間を」

「どういう意味だ」

「犯人がコンサート会場に紛れこんだらどうします？　会場内を捜索するのに、制服警官が大量に入って行ったらパニックになりますよ」

重い沈黙がリビングルームを満たした。

6

「なあ——あの、俺、変じゃないか?」柴が自信なさげに言った。

「変だよ」大友はあっさりと断言した。

「何だよ」柴が唇を歪める。「仕方ないじゃないか、時間がなかったんだから。お前こそ、何でそんな格好なんだ?」

「何か問題でも?」

「いや、問題はないけどさ」

柴は後楽園に向かう途中、量販店に寄って張り込み用の服を用意したようだ。ワイシャツは半袖の黒いTシャツに着替えたが、スーツはそのまま。結果、全身ほぼ黒尽くめで、何とも形容しがたい、怪しい格好になってしまっている。大友は一度刑事総務課に寄って自分のロッカーを漁り、薄手のコットンのジャケットにダメージの入ったジーンズという格好に着替えてきた。たまたまボタンダウンのシャツを着ていたので、襟がジャケットにだらしなく重なることはない。靴も茶色の革靴で、ジーンズならそれほどおかしな組み合わせではないだろう。画竜点睛《がりようてんせい》を欠かぬよう、黒い靴下はベージュのアーガイルに履き替えた。シャツのボタンは上から二つ開ける。ワックスを落として自然に流した髪が垂れ、目にかかるようにした。今日は眼鏡はなし。

「何だか業界人みたいじゃないか」柴が皮肉たっぷりに言った。「だいたい、何でそんなものを用意してあるんだよ。一課時代のお前がいつも変装道具をロッカーに入れていたのは知ってるけどさ」

「いや、何となく」そうとしか説明しようがない。捜査一課時代の習慣は、刑事総務課に異動してきてからも、あまり疑問を持たずに続けてきた。こんな着替えを使う機会があるとは思えなかったが——いや、もしかしたら僕は、こういうチャンスを心待ちにしていたのかもしれない。不謹慎だとは分かっていたが、自分が必要とされる事件が起きると期待していたのかもしれない。

「大友さん、なかなかいいじゃないですか」森嶋が何故か満足そうに言った。そういう彼の格好は、内海の家にいる時と同じ、白いワイシャツに紺色のズボンだった。ネクタイは外している。上は濃いベージュのジャケットなので、柴よりはましだろう。これはまあ……辛うじて合格かな、と大友は思った。それに森嶋の地味な顔は、どこに行っても目立たず、自然に紛れこめるはずだ。

わずかに空いた時間を利用して調べ上げたZｉのデータを頭の中で反芻する。

今年でデビュー十周年、全員が二十代半ばのアイドルグループだ。歌って踊れてトークも達者な六人組で、三年ほど前から急に売れ出したらしい。コンサートツアーは大規模になる一方で、実際、全国各地のドーム球場を常に満員にできるだけの実力があった。ファン層は、ローティーンからその母親世代まで幅が広い。ただし、男性比率はほぼゼロのようだ。事務所の方針もあるのか、コンサートツアーのチケット入手は、森嶋が言っていたように困難を極めるらしい。

　三人は申し合わせたように腕時計を見た。現場で待機に入る時刻が迫っている。一塊にならないよう、少年野球場の周辺二か所、それに公園の出入り口に別れることになっていた。しかし、この配置は不自然ではないだろうか。雨の七月、少年野球の試合も行われていない公園には人気がない。ただ立っているだけで目立ってしまう。まかり間違えば、変質者だと思われて警察に通報されるだろう。

　大友は自分の持ち場、三塁側の内野と外野の切れ目付近のフェンスの側に立った。少し考え、グラウンドから離れて植えこみの中に入りこむ。携帯電話を取り出して画面を眺めるふりをしたが、不自然なのは自分でも分かっていた。公園で時間つぶしは外回りの営業マンのお約束だが、雨の日なら多少金がかかるのは承知で喫茶店に入るはずだ。顔を上げると、グラウンドを挟んで反対側にいる柴と目が合う。小さくうなずきかけてきたが、無視した。犯人の目はどこにあるか分からない。

　時間はじりじりと過ぎた。時折、内海を尾行している班からの無線報告が耳に飛びこんでくる。

『マル対の乗ったタクシー、水道橋駅を通過』

『間もなく公園入り口に到着』

『マル対、公園に入った。現場到着は一分後の見込み』

「一分後」の声を聞き、大友は一気に神経を尖らせた。瞬きするのも惜しいほど目を見開き、バックネット裏を凝視する。来た。内海が両手にバッグをぶら下げ、傘もささずに歩いてくる。誰かに追われるように、ほとんど走るような足取りだった。バックネット裏の時計——高いポールの上にあるので大友のいる場所からもよく見えた——の針が四時四十四分を指した時、内海が到着。しかし彼は、そこで何故か躊躇いを見せた。誰かに助けを求めるように周囲を見回す。どうやら、地面に直にバッグを置くのを躊躇っている様子だった。中の金が濡れるかもしれないと心配しているのだろうが、金をビニール袋で二重に包んでいるのを忘れてしまったのだろうか。

ようやく意を決したように、バッグを置く。屈みこんだ瞬間、彼の姿がバックネットの陰に隠れて消えた。数秒にも満たない時間だったが、そのままいなくなってしまうのではないかと、大友は奇妙な不安に襲われた。だが、ほどなく上体を起こした内海は、もう一度周囲を見回し、未練がましく何かが起きるのを待っていた。早く、早く立ち去れ——大友の無言の呼びかけが聞こえたわけではないだろうが、内海がゆっくりと踵を返し、その場を離れる。一度だけ振り向いた。十歩歩いただけで、現金が消えてしまったのではないかと心配するように。

『マル対、現金を指定場所に置いた。各位にあっては警戒を続行』

犯人はどこから来る？　公園は基本的にオープンスペースだから、どこから姿を現してもおかしくない。バックネット裏に意識を集中しながらも、大友は犯人が自分の背後を通り過ぎるのではないかと、気が気ではなかった。

五分経過。雨のせいで周囲は薄暗い。一歩だけ前に出て、バックネットに向けた視線の角度を変えた。何も起きていない。十分経過。まさか、このまま放置するつもりでは……沈黙したままの無線に対して、「どうなってるんだ」と悪態をついた。

『各位、注意。現金に近づく者あり……』無線の指示に躊躇いが混じった。『ああ――若い女性二名』

今回の件とは関係ないだろう、と大友は判断した。コンサートに急ぐ女性ファンではないか。五時の開場も近い。東京ドームは広いから、早めに余裕を持って中に入りたいはずだ。

大友のいる場所からも、問題の二人連れの姿が見えた。バックネットの左側から近づいて来て、少しだけ歩調を緩める。互いに顔を見合わせ、何か会話を交わしているのが見えたが、当然内容までは分からない。読唇術も勉強しておくべきだったと後悔したが、これだけ距離が離れていると、相当倍率の高い双眼鏡でもないと、唇の動きは読み取れないだろう。

不意に、彼女たちの会話が想像できた。

――ああ、あったよ。

――これ、持っていけばいいんだよね。

どうしてこんな想像が頭に浮かんだのかは自分でも分からない。だが、大友の考えた通り、二人はバックネットの真後ろで歩みを止め、上体を屈めた。一瞬動きが止まった後、上半身に少しだけ力を入れて体を起こす。それぞれの左肩が下がっているのが見えた。左手に、艶々光るピンクのバッグをぶら下げている。身代金を持ち去ったんじゃないのか？　いや、やはり身代金だろう。一回り大きなバッグに入れたのだ。そして五キロのバッグとなれば、体が傾《かし》ぐのも当然である。

クソ、冗談じゃない。大友は走り出しそうになって、慌てて思いとどまった。あの二人が誘拐犯？　あり得ない。こんなにも堂々と、何の屈託もなく現金を回収していくとは思えなかった。ということは——事情を知らずにやっているアルバイト？

『各位、各位、至急』無線の声が甲高くなった。『現在、若い女性二名が現金の入ったバッグを回収。持参のバッグに入れて歩き出した。手を出すな！　繰り返す。手を出すな。柴、大友、森嶋は追跡を開始。残りは距離を置け』

スイッチが入ったように大友は歩き出した。対象とは適当な間隔を開けなければならない。ふと、この状況が誘拐とはまったく関係ない可能性もあると思い至った。落とし物だと思って拾い、近くの交番に届けようとしていたら——全てぶち壊しだ。

二人は迷うことなく、公園の中を歩き続けた。高校生……いや、服装からしてもう少し年上だろう。二十代の前半というところか。揃って短いスカートが、歩く度にふわりと揺れる。右手に傘を持ち、左手に重いバッグ。ひどく歩きにくそうにしている。二人の距離は近い。たまたまここで一緒になったというわけではなく、仲のいい友人同士という感じだった。

大友は二十メートルほどの距離をキープした。二人は尾行に気づく様子もなく、歩きながら笑い声を交換し合っている。ふと気配に気づいて脇を見ると、柴が横に並んでいた。振り返ると、十メートルほど離れて森嶋も続いている。二人の歩くスピードが比較的遅いので、尾行は容易《たやす》かった。

「どういうことだよ、これ」食いしばった歯の隙間から、柴が言葉を吐き出す。

「分からん」

「あいつらが誘拐犯なのか？」

「いや……雇われた人間じゃないかな」

「だから泳がせて、犯人のところまで案内させようというわけか」

「そう簡単にいけばいいんだけど」指示は適正だと思いながらも、大友は一抹の不安を抱えていた。

二人は次第にスピードを上げながら公園の中を横切り、道路に出た。向かいは中央大学理工学部、そして警視庁第五方面本部。歩道にあまり人気はないが、その先、後楽園駅前の交差点付近には、既に歩けないほどの人の渦ができているのを大友は見て取った。

「まずい」つぶやき、スピードを上げる。二人の女性は荷物の重みで加速がついたように、さらに歩調を速めた。

「やばいぞ、おい」声に焦りを滲ませながら、柴も応じた。

森嶋が追いついて来たので、前を見たまま命じる。

「二人の前へ回りこんでくれ」

「無理です、絶対無理」森嶋が悲鳴を上げるように断言した。

「早く行け！　顔を見るんだ！」低く押し潰した声で大友は指示した。森嶋が弾かれたように駆け出し、すぐに人波に飲みこまれてしまう。

「見失うなよ」大友は横を歩く柴に声をかけ、スピードを上げた。

「分かってる」

歯を食いしばって言葉を吐き出し、柴も歩く速度を速めた。今や二人の女性は、ほとんど人ごみの中に消えかかっている。大友は記憶を頼りに、何とか背中を追い続けた。二人ともピンク色のミニスカートだが、上半身は、一人はZiのロゴが入ったTシャツ、一人はさして特徴のない無地の黒いTシャツである。他の場所ならZiのTシャツの方がはるかに目立つだろうが、大友は黒いTシャツの女性を追尾の目印にした。周辺にいるファンの大半が、同じZiのロゴ入りTシャツを着ているのだ。目を細めて文字を確認すると「Zi　2010　Japan　Dome　Tour」と読み取れる。今年のツアーだけの特別限定品ということか。もう一つ、Tシャツの女性をターゲットにした理由は、七月だというのにブーツを履いているせいでもあった。最近は季節も関係ないのか……しかし、目立つことは間違いない。

「足元に注目、な」大友は確認するように言った。

「ブーツ」

柴がすかさず切り返してきて、大友はぞくぞくする高揚感を久しぶりに覚えていた。気の合う相手と一緒に捜査に当たる時の、何も言わなくても分かり合える感じ。今は言葉を交わしたが、もう少しこっちの勘が戻れば、アイコンタクトで情報を共有できるだろう。

大友は首を傾げ、静かに無線に語りかけた。

「マル対、東京ドームへ進行中。追跡を続行。森嶋を前方に潜りこませた」

『了解、十分慎重を期すように』

そんなことは言われなくても分かっている。少しだけむっとしたが、大友は冷静に二人の服装を伝えた。顔をはっきり見ていないのが痛い。森嶋が上手く回りこんで、人相を伝えてくれればいいのだが……そう思った瞬間、森嶋の悲鳴に似た声が耳に飛びこんでくる。

『見失いました！』

「あの阿呆が……」柴が吐き捨てて走り出したが、前を歩く中学生ぐらいの女の子の背中にぶつかってしまい、思い切り睨まれた。事を荒立てないようにと、大友は軽く頭を下げて謝った。三十半ばの男が二人、こんなところにいても何の興味も湧かないのか、素知らぬ顔でそっぽを向かれてしまう。

二人は後楽園駅前の歩道橋を使って、東京ドーム周縁のデッキ部分に上がった。階段はほとんど人が動かないぐらい混んでいたので、二人を見失う恐れはなかったが、こちらも接近できない。身をよじり、「すいません」を連発しながら、何とか二人に近づいた。ようやく声がかけられる距離にまで来たと思った瞬間、人波が一気に動き出し、二人は呑みこまれてしまった。どうやら入場整理——あるいは制限を行っている様子である。

東京ドームの周囲をぐるりと取り囲むデッキも、人、人、人で埋め尽くされている。そのほとんどが、同じZ・iのTシャツを着ていた。それだけに黒いTシャツは目立ち、何とか見失わずに済んだ。今すぐ追いついて肩に手をかけ、振り向かせたいという欲望を、必死に押さえる。

二人はやはり共犯というよりアルバイトだろう、と大友は確信した。コンサートが開かれている最中のドーム内で犯人に身代金を手渡す。真犯人は何食わぬ顔で、コンサートの終了と同時に出てくればいい。身代金を手渡す現場を押さえるのは不可能だろう。何しろ、観客が五万人いるのだ。

だが、こちらにもわずかながらプラスのポイントはある。Z・iのファンは九割以上が女性なのだ。コンサート会場にいる男はといえば、まだ小さな子どもにせがまれて同行してきた父親たち、ガールフレンドに引っ張られてきた若者たちという感じである。それっぽい——犯人らしい人間を見つけるのはさほど難しくないのではないか、と大友は楽観視した。しようと努めた。絶望の引力は強い。一度囚われると、どんどん気持ちが後ろ向きになってしまう。

「このままドームに入るみたいだな」大友に体をぴたりとくっつけるようにして、柴が囁いた。

「ああ」

「両脇に展開できないか？　挟みこんだ方がいいだろう。向こうだって、前後には身動きが取れないはずだ」

「無理だ」

いつの間にか二人は、入場を待つ人の列に巻きこまれていた。身動きが取れないのはこちらも同じことで、少しでも列を乱そうとしたら、一斉に非難の声が降り注ぐだろう。それぐらいは耐えられるが、その騒ぎを前の二人組に気づかれるとまずい。

「日本人っていうのは、どうしてこう我慢強いのかね」柴が不平を漏らした。「少しぐらい列が乱れてくれた方が助かるんだが」

「うちの連中が交通整理しているせいもあるよ」

制服組の中に、顔見知りが何人かいた。当然無線は傍受しているわけで、大友の顔を見ると、しかめっ面でうなずく。どうやら、二十メートルに一人の割合で人員を配置しているようだが、この状態ではリレー式に見送るしかできない。二人の女性の顔を認識できているかどうか……最初に見つけた自分たちが何の情報も送っていないのだから、絶望的だ。

「すいません！」

突然横から割りこんできた森嶋が、激しいブーイングを浴びた。それまでの整然とした、静かな列の流れからは想像もできないような強烈さで、思わず森嶋がたじろぐのが分かった。

「阿呆、何やってるんだ」柴が低い声で叱りつける。「お前は横にどいてろ。余計なことをやって目立つ馬鹿がいるかよ」

肩を乱暴に押され、森嶋は恨めしそうな表情を浮かべながら、列ができていない、通路の端の方へ流れて行った。その途中でも「割りこまないで！」と罵声を浴びせられていたが。

「あそこまで厳しく言わなくてもいいんじゃないか」大友は忠告した。

「自分が役立たずだってことを分かってもらわないとね。失敗して罰もなしじゃ、虫がよ過ぎる」

「だったら僕も、失敗しないように気をつけないと」

「お前が失敗するわけないだろう。尾行は昔から得意だったじゃないか」

「いや……こんなのんびりしたスピードの尾行は初めてだよ。やりにくい」

「確かに」

二人はドームの正面入り口にまで流されてきた。ここまで来ると、列はしっかり列の体を成しており、尾行している二人連れが少し前にいるのがはっきり確認できた。

「よし、このまま俺たちも中へ入るぞ」

柴が背広の内ポケットからバッジを取り出そうとしたので、大友は素早くその手を押さえた。

「何だよ」

「ここでバッジを出すと大騒ぎになるぞ」

「じゃあ、どうする？」

「とにかく様子を見て……」大友は周囲を見回した。背後には、売店が並んでいる。ここぞとばかりにZiのグッズを売っているのだろう。列に並ばず、そちらに群がっている客も少なくなかった。列は最終的に二つに別れ、バッグの中身とチケットのチェックを受けた上で中に通される。よし、あそこで警備員がバッグの中身に気づいてくれれば……しかし、問題の二人組が並んだ列を担当している警備員は、太り過ぎで愚鈍を絵に描いたような男だった。ベルトの上に突き出た腹、額に滲む汗、忙し過ぎて虚ろになっている目。入場が遅れているのか、バッグの中まで見られている客はほとんどいなかった。

急に流れが止まった。ファンにぶつかりそうになり、慌てて前を見ると、問題の太った警備員が両手を振り上げていた。すぐにメガフォンを使って怒鳴り始める。

「……ただいま、入り口付近が大変混雑しております。前のお客様が中へ入られるまで、しばらくそのままでお待ち下さい。繰り返します、ただいま、入り口付近が大変混雑しております……」

クソ。思わず悪態をつく。問題の二人組は、入場制限に引っかかる直前でセキュリティを通り抜け、ドームの中に消えていた。柴が「あ、あ」と声にならない声を上げ、右手を肩の高さでぐっと前に伸ばす。去り行く恋人を引き止めようとでもする仕草だが、当然、彼の思いが二人に届くわけもない。

大友はとっさの判断で列を離れた。二列に別れたセキュリティの左側に「プレミアム会員専用」と書かれた幟《のぼり》が上がっている。よく分からないが、ファンクラブの特別な会員は、飛行機のビジネスクラスの客のような扱いを受けているのではないだろうか。走りながら、「マル対、ドーム内に進入」と無線に向かって叫ぶ。悲鳴とブーイングを無視し、人ごみをかき分けて何とかもう一つの入り口に辿り着いた。バッジをかざして、押し問答二分。後から到着した柴の脅しが利いたのか、何とかドームの中に入ることはできたが、そこで二人を待っていたのは、これまで経験したことのない捜索作業だった。

7

東京ドームに潜りこんだ大友は、いきなり人の渦に巻きこまれた。混雑具合は先ほどまでの比ではない。ゲートを入った途端に身動きが取れなくなり、むっとする熱気に全身を包まれる。時折ドアが開いて、気圧の関係で体が揺れるほどの風が吹きこんでくるが、それでも汗は引きそうになかった。体の弱い女性なら、これだけで気分が悪くなってしまうだろう。

「どうするよ、おい」柴の声に焦りが滲む。

「二手に分かれよう。お前は右の方を頼む。応援は来るだろうけど、それまでに何とかしないと……」自分の声が自分のものではないようだった。既にあの二人組の姿は完全に消えている。そして悪いことに、周囲は同じTシャツを着て、同じバッグを持った若いファンばかりが集まっていた。顔をはっきり見ておかなかったのは失敗だったと、つくづく悔いる。

ようやくセキュリティを突破した森嶋が、あたふたと駆け寄って来た――実際はあちこちにぶつかって、真っ直ぐ進めていなかったが。大友は、出過ぎた真似だと承知の上で指示を与えた。

「手分けして捜すんだ……本当にあの二人組の顔を見なかったのか？」

「すいません」森嶋の顔は青褪めていた。「正面に回りこめなかったので」

「横顔でもいいんだ」

「それも……」

「分かった」叱責すべきか励ますべきか分からず、大友は彼の肩をぽん、と一つだけ叩いて走り出した。とは言っても真っ直ぐは進めず、ラグビー選手がステップを切るような身の動きを強いられたが。誰かの体にぶつかる度に、小さな悲鳴と鋭い視線を投げかけられる。コンサートへの期待と興奮が混じった空気の中、自分だけが異質な存在だと大友は意識した。

ドームをぐるりと取り巻く通路は、二種類のファンでごった返していた。自分の席に急ぐ人と、売店でグッズや食べ物を求める人。食べ物を買った人が、所々にあるテーブルを使って立ったまま食べているので、人の塊があちこちで邪魔になっている。席に着く前に腹を満たしておこうというのだろうが……加えて九割以上が女性ファンとあって、独特の嬌声が大友に頭痛を意識させ始めていた。

この捜索は絶対に成功しない——大友は早くも絶望を覚えていた。手がかりが少な過ぎる。唯一、他のファンとの区別になりそうなのは、黒いTシャツとブーツだけなのだ。黒いTシャツ姿の人はそれなりにいるが、ブーツを履いている人はほとんどいないから目立ちそうなものなのに、まったく見つからない。大友は無線で森嶋を呼び出した。

「森嶋、聞こえるか?」

『聞こえてます』早くも疲れて弱りきった声で森嶋が応じた。

「トイレをチェックだ」

『トイレですか?』

「コンサートの前には、トイレに行くだろうが」

『だけど、女子トイレは……』声に困惑が滲む。

「いいから、チェックだ!」強い声で命じてから、大友はまた走り出した。進むに連れて人が少なくなり、動きやすくなってきたが、それでも自由自在というわけにはいかない。

「クソ」短く悪態をつき、スピードを緩める。右手の階段に飛びこんで途中で立ち止まり、グラウンドを見下ろした。この球場の屋根を見ているといつも不安になる。白いグラスクロスのパーツが複雑に組み合わさっている様は、大友の目にはいかにも不安定で、今にも落ちてしまいそうに見えるのだ。

客席は六分の入りで、外野席の青いシートは、まだかなりの部分が見えていた。普段なら選手たちが走り回るグラウンドの中央付近にステージが設置されている。それにしてもここ一杯に人が入ると、どれだけの騒ぎになるのだろう。スタンドだけで四万人強。グラウンド部分はスタンディング席で、そこにも数千人単位で人が入るはずだから、正味五万人……身代金を持った人間を割り出すには、その場にいる全員の持ち物をチェックするしかないのだが、コンサートという非日常的な空間でそんなことをするのは不可能だ。

絶望に襲われ、大友は階段の途中で立ち尽くした。スタンドを動く人の流れはアトランダムで、あちこちで渦のようになっている。この中からどうやって二人を……。

『捜査本部から各位……ドーム内に入った者は申告を』

複数の声がばらばらに飛び交った。

『順番だ！』

順番って、何の順番だ……無線が静まり返る。大友は最初に名乗を上げた。

「大友です。客席は現在六分の入り、グラウンドもスタンディング席になっているので、客数は最終的に五万を越えると見られます」

『他には？』

柴と森嶋が報告したが、大友の言葉をなぞるようなものだった。一瞬の沈黙のあと、やけっぱちのような指示が飛ぶ。

『球場内に入った捜査員は、客を全員チェック。繰り返す、全員チェックだ！』

「待って下さい。それは無理です」大友は思わず反論した。いったい指示を飛ばしているのは誰だ。杵淵の声ではないのだが……「これだけの人数をアトランダムに当たるのは不可能です」

再び沈黙。今度はたっぷり十秒ほど経った後、ようやく指示が流れた。

『捜査員は五分後、正面ゲート……二十二番ゲート内に集合。繰り返す、五分後に二十二番ゲート内に集合』

大友は上着を脱いで肩に引っかけていたが、それでも汗が全身を流れ、ワイシャツは肌に張りついていた。もう一つ胸のボタンを外しても無駄だろう。仕方なく、なるべく体を動かさないようにして待つ。

無線の指示が入ってから六分後、杵淵がやって来た。直接張り込みを担当していなかったので、内海の部屋にいた時と同じスーツ姿である。十代から二十代の女性がほとんどの場所にあって、その姿はやはり異様だった。集まった刑事たちは約二十人。杵淵はどこからか、東京ドームの座席表を入手していた。声が聞き取りにくいので、二十人が押しくら饅頭のように輪を狭めると、杵淵が座席表を配った。

「指示が分かりにくくてすまん」

杵淵が申し訳なさそうな表情を浮かべて頭を下げたことに、大友は驚いた。内海家にいた時は、常にシビアな顔だったのに。

「指揮車の中で指示を出していたのが沖本《おきもと》さんでな……」苦笑に近い表情を浮かべて、杵淵が目を瞬かせる。

それだけで事情が分かったとでもいうように、何人かが失笑を零した。沖本——大友は知らない男だったが、普段から間違った指示を飛ばして周りを混乱させているのかもしれない。管理職の中には、「どうしてこの人が指揮官になれたのか」と頭を捻らざるを得ないような人間がいるものだ。沖本という人間も、少し状況が混乱してくるとパニックに陥り、周りを困惑させるような指示を出してしまうタイプではないだろうか。

杵淵がすかさず、てきぱきと指示を飛ばしていく。

「柴と大友、森嶋、それに和久井《わくい》と斉藤《さいとう》は、フィールドレベルの席を当たってくれ。ここはステージを中心に八ブロックに分かれているから、手分けして担当しろ。キャップは柴だ」内野席と外野席には、残る十五人が割り振られた。「……以上だ。先ほど確認したが、コンサートの開始は予定通り十八時。あと三十分ある。その間にできるだけ、チェックを済ませてくれ。一人は黒いTシャツにブーツという格好だ。そしてピンク色のオフィシャルバッグ、これを持った人間に絞って欲しい」

「三十分じゃ無理ですよ……」森嶋が弱気な声で反論した。

「できるだけやるんだ！」低い声で脅しつけておいて、杵淵は刑事たちの顔を見渡した。

「開演までに終わらなかったら、一旦場内から引き上げる。その場合は、コンサート終了予定の午後八時半を待って、出て来る客を全てチェックする」

「東京ドームの警備員には協力を頼めないんですか？　向こうの方が、ドーム内の構造にも通じていると思いますが」大友は提案した。

「それは検討したが、事案の重大性に鑑み、今回は極秘の行動とする必要がある……急げ！　時間がないぞ」

無言で刑事たちが散っていった。大友は通路を走りながら、これからの三十分は確実に無駄になるだろうと諦めていた。

「今回は無理だろうな」追いついてきた柴が、大友の弱気を加速させるように言う。

「みくびってたよ。犯人は相当のタマだぜ」

「そんな連中に負けてたまるか」

「強気はいいけど、あまり期待するなよ」

「お前こそ、最初から諦めるな」自分でも無理だと思っていたのに、大友は思わず柴に気合を入れてしまった。

フィールドレベルのスタンディング席は、円形のステージを中心に、八つのセクションに区切られている。それぞれは楔形で、ステージの近くは鋭角な角になっている。ここがいわば特等席だ。ブロックは鉄製の柵で囲まれ、それぞれのブロックの間は、幅五メートルほどの細長い空間。鮮やかな緑の人工芝は、通路のように見えた。

円形のステージからは、四方に突堤のような花道が長く張り出している。ここまで出てきて顔見せ、という演出なのだろう。突堤の端からは半円状の鉄骨製の梯子が上空に伸び、ステージの真上で一つにつながっていた。梯子には照明が設置されている。ステージの裏側——大友のいる位置から見て裏側には、巨大なモニターが置かれていた。全体には、新興宗教の神殿と礼拝施設、という感じである。場内には、抑えたボリュームでデューク・エリントンの「A列車で行こう」が流れていた。アイドルグループにデューク・エリントン……どういう演出なのだろう、と大友は首を捻った。

実際にフィールドに立ってみると、とにかく広さに圧倒される。大友たちは三塁側ベンチの前に出たのだが、ライトスタンドははるか遠くに見えた。ホームプレートから柴が眉間に皺を寄せて見取り図を凝視していたが、やがて顔を上げ、分担を指示した。大友はすぐに、自分の担当になったセクションCに向かって走り始めた。ファンの服装を見ながら、問題のバッグを持っている人間を集中的にチェックしていく。

「すいません、警察ですが——」「バッグの中身を——」「警備の都合です」。

すぐに嫌な汗が背中を伝い始めた。ファンにすれば大友は、これからのお楽しみに水を差そうとしている嫌な奴、ぐらいの存在だろう。歩き回っている間にも人は増え続け、ふと気づいた時には、フィールドレベルは完全に埋まっていた。顔を上げると、内外野席とも青いシートは完全に見えなくなっている。

突然、照明が落ちた。一拍間を置いて、体を揺るがすような大音量の爆発音。まさか、と思って音のした方を振り返ると、ステージが目の眩むほどの白熱光で照らし出されていた。照明が落ちた一瞬の間に、Ｚｉのメンバー六人がどこからともなく姿を表し、完全に静止したポーズを取ってオープニングの曲に備えている。悲鳴と歓声がドーム内を満たした瞬間、大友も聴いたことのある曲のイントロが爆発した。どこかのドラマの主題歌に使われていた曲だったか——。

『——撤収、一時撤収！』辛うじて耳に飛びこむ杵淵の声は、悲鳴のようだった。

「お前、スパイじゃないよな」柴が突然、訳の分からないことを言い出した。

「はあ？」大友は意表を突かれ、間抜けな声を上げてしまった。

「刑事総務課の方で、俺たちの仕事ぶりをチェックしてるとか」

「総務課としてチェックはしてるけど、それは僕の仕事じゃない。今回はあくまで手伝いなんだから」

「そうか」柴が深い吐息を漏らした。「ま、どっちにしろ、このヘマは始末書物だな……始末書で済めばいいが」

「僕も、だろうな」

「お前はあくまで手伝いなんだろう？　何もバッテンをつけられることはないぜ」

「それはそうだけど」

二人は二十二番ゲートの外に陣取り、コンサートの終了を待っていた。これ以上内部の捜索は不可能、終了後に出て来るファンをチェックするという捜査方針が再確認されている。ただしその間も、途中で出てくる人間がいないかどうか、調べておかなくてはならない。仮にあの二人がアルバイトで、犯人に身代金を渡したとしたら――コンサートが終わる二時間半後まで、犯人が満員の東京ドームの中で待っているとは考えられない。

場内の警備と監視は、制服組に任されていた。制服さえ着ていれば、ドームの警備員と同じようなもので、無理なくコンサートの中に溶けこめる。しかし今のところ、犯人につながるような報告はなかった。

「腹減ったな、おい」

「ああ」柴の不平に調子を合わせながら、大友は後悔の念で悶絶していた。自分がここへ呼ばれた理由を改めて考える。福原は、自分にしかないものを使え、と言いたかったのだろう。内海夫妻の信頼を勝ち取ることには成功したと言っていい。しかし、その後の体たらくはどうだ。張り込み、尾行の方針を決めるのは上の役目だが、現場の僕たちにも、もう少しできることがあったはずだ。久々の現場で勘が鈍ってしまったのか。だとしたら僕は刑事失格だ。このまま技能も勘も薄れゆくまま、優斗を育てながらのんびり暮らしていくしかない。

不意に、激しい悔しさに襲われる。このままでいいわけがない。福原はチャンスをくれたのではないか。僕はそれをふいにし、期待に背いてしまった。落伍者としてこれからの人生を送ることは——耐えられそうにない。絶対に耐えられない。

「ちょっと売店で飯を仕入れてくるっていうのはどうだろう」柴が食事にこだわった。

「やめておけよ」大友は首を振った。中に入れば、食べる物はいくらでもある。コンサートの最中とあって、今や通路にほとんど人はいないから、何か買って食べても五分とかからないだろう。だがその間に何かあったら——。

「おい」柴の声がいきなり鋭くなった。愚痴は零しても、視線は鈍くなっていなかったようだ。彼の目の動きを追うと、一人の中年の男が小走りにこちらに向かっているのが見えた。手には二つ、例のバッグを持っている。警戒の目をどうすり抜けたのか、特に咎められることもなく二十二番ゲートに一直線に向かって来た。

「先鋒は俺だ」柴が硬い声で宣言する。

「了解」

柴に先を任せ、彼の背中についた。ゲートのドアが開くと、強風で男の髪が宙に舞い、シャツがもみくちゃにされた。冴えない男、というのが大友の観察だった。外へ出て元に戻った髪は薄くなっていたし、体格は貧弱で背筋も丸まっている。服装がまた、どう考えてもこの場に似つかわしくないものだった。ベージュ色のシャツの裾をグレイのズボンに押しこみ、靴は二昔前に流行った茶色のレザースニーカー。シャツの胸ポケットは携帯電話で膨らみ、大汗をかいて顔が濡れているのが、まだ距離があるのにはっきり分かった。

「ちょっと失礼」柴が音もなく近づき、男の腕を取った。

「何ですか」

男がびくりと身を震わせ、怯えた目つきで柴を見る。大友は彼に触れこそしなかったものの、動きが取れないようにぴたりと脇にくっついた。男はこれで両脇を固められた格好になる。

「警察です。ちょっと話を聞かせてもらいたいんだが、いいですね？」柴の口調は丁寧だったが、有無を言わさぬ迫力があった。

「何ですか、いったい」男が柴の手から逃れようと身をよじる。軟体動物のような奇妙な動きだった。それでも柴が手を離さなかったので、男が痛みに顔を歪める。肘の痛点を指で押さえられているのだろう。

「バッグの中身を確認させてもらいますよ」大友は静かに言った。

「冗談じゃない！　何でそんなことを」男の声に怒気が滲んだ。

近くにいた制服組、それに私服の刑事が集まってくる。押しくら饅頭でもするように次第に輪を狭め、男を取り囲んだ。

「何も難しいことを言ってるわけじゃないだろうが」柴の声が徐々に甲高く、早口になってきた。「何もないなら、中を見せろ！」

男が顔を強張らせ、無言でそっぽを向いた。

「おい――」柴が声をかけた途端、バッグを放り出していきなり駆け出した。虚をつかれた格好になり、取り囲んでいた警察官の輪が二つに割れる。大友はすかさず反応して追跡したが、男は一歩先を行っていた。しかし、柴がすぐに追いつき、後ろから腰にしがみついて動きを止める。一瞬だけ柴を引きずる格好になった男は、すぐにその場で前のめりに倒れた。がつん、という鈍い音が響く。

「何だよ！」男の悲鳴が上がった。体をよじって顔を上げると、額から細い血が流れ出している。

大友は足を止め、男が残したバッグを拾い上げた。軽い。中を確認すると、Ｚｉのグッズ――Ｔシャツ、タオル、バンダナ等々――が入っているだけだった。まさか、本当にファンなのか？

「柴、ストップだ、ストップ！」

声をかけたが、興奮状態の柴の耳には入らないようで、手錠を取り出して男の手にかけようとするところだった。

「柴、違う！」

　大友の怒鳴り声でようやく我に返ったのか、柴が困惑したような表情でこちらを見た。困ってるのはこっちも一緒だぜ、と大友は心の中で溜息をついた。

　男の機嫌は一向に治らなかった。東京ドームの外に停めた指揮車——内部を改造したワンボックスカー——に運びこまれ、額の傷に応急処置を受けたのだが、むっつりと黙りこんだまま、杵淵の謝罪を拒否し続けている。

　奇跡的に免許証を提示することには同意したため、名前、住所とも割れていた。岡田《おかだ》史郎《しろう》、四十二歳。住所は練馬区。

「申し訳ありませんでした」杵淵の言葉が途切れたタイミングを待って、大友は声をかけた。岡田は依然としてそっぽを向いたまま、苛立たしげに貧乏揺すりをしている。指揮車の中にはベンチが設置してあるのだが、大股を開いてそこに腰かけ、テーブルに片肘をついた姿は、不貞腐れた駄々っ子そのままだった。

「Ｚｉのファンなんですか？」

「はあ？」岡田が間の抜けた声を上げた。「冗談じゃない。好きでこんなところに来たわけじゃないよ」

「だったら、誰かに頼まれたんですか」岡田の一言に、大友は再び警戒心を高めた。もしかしたら犯人は、何人もの人間を経由して金を——違う。そもそも岡田のバッグに、金は入っていなかった。

「娘だよ、娘」ぶっきらぼうに吐き捨てる。「本当は娘が来る予定だったんだ。それが風邪を引いて、今は家で唸ってる。それで俺が代わりに来て、このガラクタを手に入れただけですよ。いつまでも観てるのが馬鹿らしくなって、出てきただけだから」足下のバッグを爪先で蹴飛ばす。不安定に立っていたのが倒れ、Tシャツが車の床に滑り出た。「この限定バッグが手に入れば、用事はないんだ。こいつはコンサートの会場でしか売ってないそうだから」

「そうですか……申し訳ありません。でも、娘さんも残念ですよね。チケットの入手、大変だったんじゃないですか」

「そりゃそうだよ。娘はファンクラブに入って、ようやく手に入れたんだ」

「娘さん、お幾つなんですか」

「十六」岡田がぶっきらぼうに打ち明けた。「さっさと飽きてくれればいいんだけど。こんなことが続いたら、こっちの財布が持たない」

何だかんだ言って、親馬鹿ということか。そんな思いを呑みこみ、大友は深々と頭を下げた。

「非常時とはいえ、手荒なことがあったのは謝罪します」

「そう言われても、何のことか分からないままじゃ納得できないな。だいたい警察っていうのは、何でもかんでも自分の都合で勝手に解釈して、何だと思ってるんだ？　そんなに偉いのかよ。謝れば済むって問題じゃないだろうが。こっちは怪我してるんだし、どういうことなのかきちんと説明してもらわないと、とても納得できないな」岡田が顔を赤くしながら一気にまくしたてる。大友が押し黙ってうなずくのを見て、さらにヒートアップした。「何でもかんでも透明化の時代じゃないのか。『捜査のため』で済むと思ったら大間違いだ。俺は被害者なんだから、ちゃんと理由を聞かせてくれ。その権利はあると思う。駄目だというなら、こっちにも考えがあるからな。弁護士をたてて、然るべきところへ訴え出てやる」

岡田が言葉を切り、肩を上下させた。クレームの連続で疲れたのだと見て取り、大友は短く釘を刺した。

「これは人命に係わることです。まだ事態が動いています。こうやっている間にも、人が一人、殺されているかもしれない」

岡田が一瞬口を開きかけたが、ゆっくりと引き結んでしまう。口の両端に深い溝ができた。指揮車の中に冷たい空気が流れる。

「ああ……もういいよ」岡田が顔の前で手を振り、バッグを取り上げた。「何だか、あんたの顔を見てたら怒る気がしなくなった」

「そうですか」大友は小さく肩を上下させ、息を漏らした。「お怪我について、治療のことに関しては、またご連絡を取らせていただきます……ご自宅まで送らせますので」

目配せを受けて森嶋が車のドアを開けようとしたが、岡田は首を振って断った。

「それは結構です。まさか、二回も勘違いされることはないだろうし」

皮肉を残して岡田が去って行った。息を凝らしていた柴が、車の壁に体を預ける。思い切りやったのだろう、車が少しだけ揺れた。

「助かったぜ」溜息を吐きながら、大友に礼を言った。

「やり過ぎなんだよ、お前は」

「分かってるけど、あの場合仕方ないじゃないか。どう考えても怪しい……それにしてもあのおっさんよく引き上げたな」

「言いたいことを言えば、大抵引き下がるよ。ああいう時は、黙って聞いてやればいいんだ」

「柴、お前は反省が足りないんだよ!」杵淵が一喝すると、柴は慌てて首をすくめた。

「まったく、これ以上トラブルの種をまいてどうする……おい、すぐに警戒に戻れ。そろそろコンサートが終わるぞ」

大友は腕時計を確認した。八時十分……そろそろアンコールの時間になっているだろうか。岡田のように途中で抜け出してくる人間がほとんどいなかったことを考えると、終了と同時に五万人以上の人が一気に吐き出されてくるのが簡単に予想される。

柴と森嶋が指揮車を出て行く。自分も出ようとした大友は、杵淵に呼び止められた。叱責を覚悟して、先に謝る。

「出過ぎた真似をしました」

「いや、よくあの場を収めてくれた。感謝してるよ……しかし、お前も不思議な男だな」

「そうですか？」

「謝るのが得意な人間なんか、いない。言葉を操るだけなら誰でもできるだろうが、お前の場合は不思議に納得できる。どこでそういう技術を身に着けたんだ？」

「昔、芝居をやっていたせいかもしれません」

「芝居？」

「ええ、学生時代に素人劇団で」

「じゃあ、今のも演技だったのか？」

「演技ならもっと大袈裟に、土下座ぐらいしますよ」

狐につままれたような表情を浮かべた杵淵を残して、大友はまだ雨の残る街へ足を踏み出した。


午後八時半。ゲート前に陣取った大友たちを出迎えたのは、同じバッグとTシャツの洪水だった。岡田が言った通りで、このツアーの会場でしか売っていないピンクのバッグを抱えたファンが、一斉に出てくる。あの二人組——あるいは犯人は、東京ドームの前に行われた大阪ドームか名古屋ドームのコンサートで、このバッグを手に入れていたのだろう。用意周到な……唇を嚙みながら、大友はわずかな手がかりを求めて目を凝らした。黒いTシャツにブーツ、黒いTシャツにブーツ……呪文のように口の中でつぶやきながら目を凝らしたが、その服装に当てはまる人間は姿を現さなかった。いったいどこへ消えたのか。中で着替えたかもしれないという可能性に思い至り、大友は思わずぞっとした。これまでの全ての努力が無駄になる。

この犯人は、大友が——あるいは警察がこれまで遭遇したことのないほど頭の回る人間なのかもしれない。もちろん、捜査二課が相手にするような知能犯は別である。あの連中は無から金を生み出すために、とにかく必死で頭を使う。だから証拠——領収書、金銭貸借表、最近では各種の電子データ——を読み解くのに、警察側にも能力が要求されるわけだが、捜査一課が扱う粗暴犯は、基本的にあまり知恵を使わない。だが今回の事件では、犯人は実に巧みに警察をリードしている。しかも身代金の受け渡しという最大の山場で、これまで誰も経験したことのない大仕掛けを用意してきた。

出し抜かれた……そう考えると、心の中で青白い炎が噴き上がる。自分が誰よりも優秀だ、などと驕るつもりはないが、たかが犯罪者に出し抜かれるとは……駄目だ、「たかが」などと考えては。実際警察はここまで、犯人に負けている。気持ちを正して謙虚に取り組まなければ。

『緊急、緊急』杵淵ではなく、また慌てたあの声。本当に緊急なのだろうかと訝りながら、大友は無線に耳を傾けた。

『人質の内海貴也、ええー、六歳について、犯人側から被害者宅に通報あり、繰り返す、犯人側から通報あり。人質を自宅近くの公園で解放した旨、通知してきた。繰り返す、人質は自宅近くの公園で解放』

近くにいた柴が、声にならない声を上げた。人質は無事帰って来た——この段階では無事かどうか分からないが——が、犯人は取り逃がしている。安心していいのか歯噛みしていいのか分からず、悶絶したいような気分だろう。

僕だって同じだ、と大友は唇を引き結んだ。

8

貴也は無事だった。内海の家に急行する車の中でその一報を無線で聞き、大友は膝の力が抜けるのを感じた。同乗していた森嶋に至っては、涙さえ流している。

「悔し涙か？」

「はい？」森嶋が手の甲で涙を拭いながら訊ねる。震えるような声だった。「何ですか」

「犯人に逃げられて、悔しくて泣いてるのか？」

「違いますよ」一転して、むっとした口調で答える。「貴也君が無事でよかったじゃないですか。うれし涙です」

「そうか……」

「甘い、とか言いたそうですね」

「素直に喜べないよ」大友はジーンズのポケットに両手を突っこみ、背中を丸めて後部座席に深く身を埋めた。両膝が前に出て、運転席の背後にぶつかる。ハンドルを握っている柴も同じ気持ちだろう。

「でも、人質が無事だったんだから、何よりじゃないですか」

「君たちの仕事はこれからだぜ」

「君たちって……」森嶋の顔に困惑が浮かぶ。「大友さんだって一緒じゃないですか」

「テツはな、今回の事件ではあくまで手伝いなんだ」運転席から、柴がぶっきらぼうに声をかける。「山場を超えたんだから、総務課に戻らなくちゃいけないだろう。なあ、テツ？」

「そうなるだろうね」

福原の無愛想な顔を思い浮かべ、大友は鬱々たる気分になった。せっかく期待して送り出してくれたのに、この体たらくである。何と言い訳すればいいのか。いや、警察内でどうこういうより先に、まず内海に謝らなければならない。先ほどの岡田に対する謝罪は……杵渕には嘘をついたが、あれは明らかに演技だった。それで通用することもある。しかし運命のジェットコースターに揺られ続けた相手に対して、演技でいい顔はできない。それに内海は、子どもが帰って来てもまだ激怒しているかもしれないのだ。銀行の金は奪われたままであり、仮に取り戻せなければ、その責任は今後、内海が背負わされる可能性が高い。

「家族には会っていくんだろう？」柴が訊ねた。「お前、向こうの家族に信頼されてるみたいだから」

「ああ、けじめは必要だし」

「しかし、どうかね」柴がぼそりとつぶやいた。「けじめって言ったって、謝れば、明日からまた普通の書類仕事に戻れるか？　お前、そういう素っ気無いタイプだったかね」

「それが僕の仕事だから。子どものこともあるし……」

「確かにな。二日も家を空けたんだから、優斗も寂しがってるだろう」

「もうそんな年じゃないよ」照れ隠しに言ったが、優斗の泣き顔を思い浮かべると、陰鬱たる思いに襲われた。内海たちを不安に陥れ、しかも自分の子どもの面倒も見られない——刑事としても親としても最低じゃないか。

「親に挨拶したぐらいじゃ、お前はけじめをつけられないだろうな。けじめをつけられるとしたら、この事件の犯人を自分の手で逮捕した時だ」

「けしかけるなよ。僕にはもう関係ないんだから」

つぶやいてみたが、心の中で一度噴き上がった青白い炎は、少しも揺らぎなく、大友の内面を焦がし続けるのだった。

怪我はないが、貴也は衰弱が激しい様子だったという。ろくに食べさせていなかったのか……大友は再び怒りが沸き上がるのを意識した。貴也は公園で保護された後、病院へ運びこまれた。診察の結果、重大な外傷や内臓の損傷はなし。今は栄養剤の点滴を受けているという。

病院には、既にマスコミが殺到していた。子どもが無事な姿で、両親の腕に抱かれて出てくる場面を撮影しようというつもりなのだろう。報道協定、解禁。一刻も早く、いい絵が欲しい——連中も仕事なのだと分かってはいたが、大友の怒りの矛先は、ざわめく報道陣にも向いてしまうのだった。

「今は家族が一緒にいる」刑事たちを一か所——ナースセンターが臨時の指揮所になっていた——に集めた杵淵が告げた。「貴也君は、今夜は大事を取って病院に泊まることになった。ご両親も一緒だ。マスコミも無理な動きはしないと思うが、そちらに関しては広報と制服組が対応する。問題は捜査の方だ。皆疲れているところだろうが、ここはもう一踏ん張りしてくれ。ドーム付近での聞き込みを徹底するんだ。それと、身代金を置いた公園の現場検証。やることはいくらでもあるぞ。ただし、被害者班については、明日の朝までは休みとする」

「何でですか」柴が憤然として詰め寄った。「休む必要なんかありませんよ。俺たちはヘマしたんだ。この借りは捜査で返すしかないじゃないですか」

「お前、鏡を見てこい」杵淵が目を瞬かせながら、冷たく言い放つ。「死にそうな顔してるぞ」

「しかし——」

「しかもクソもない。命令だ。一課長の了解も取れてる。いいな？　ただし明日の朝一番で、目黒署の特捜本部に出頭。その時、今後の捜査の方針を指示する」

柴はまだ何か言いたそうにしていたが、拳をきつく握ることで言葉を呑みこんだようだった。無言で一礼し、後ろへ下がる。杵淵は最後に大友に目を向け、極めて義務的な口調で告げた。

「大友はこれで終わりだな。協力に感謝する」

大友は無言で目礼した。何もできなかった自分。柴のように感情を露にすることはできないが、彼の気持ちは痛いほど分かっていた。

「呑みに行くぞ、大友！」

柴が背広を肩に引っかけ、大股でナースセンターから去って行く。大友は黙って彼の後を追いかけた。次第に背中が遠くなっていったが、いずれ追いつくのは分かっている。

森嶋が横に並んだ。

「柴さんも、休める時は休んだ方がいいですよね。無理しちゃって」呆れたようにつぶやく。

「あいつは今、エネルギー満タンだよ。怒りがエネルギーに変わるんだ」

「便利なもんですね」森嶋が皮肉を飛ばす。大友は次第に、この若い刑事が鬱陶しくなり始めていた。「呑みに行くって、本当ですかね。こんな時間から呑み始めたら、かえって疲れるだけじゃないですか。馬鹿らしいですよね。声をかけられないうちに俺も帰らないと……」

廊下の時計は、午後十時半を指している。大友はそれを見上げて無言で首を振った。森嶋が見咎めて訊ねる。

「何ですか？」

「あいつは酒なんか呑まないよ」

「そうなんですか？」

「体質的に呑めないんだ。ビール一杯で真っ赤になって寝ちまう」

「じゃあ、何であんなことを言ったんですか？」

「捨て台詞を言ってみたかったのかもしれないね。あいつは本当にストレスが溜まると、甘い物をドカ食いするんだ。一度、ドラ焼きを十個、一気に食べるのを見たことがある」

「げ」短く言った森嶋の顔は、心底嫌そうに歪んでいた。「マジですか」

「僕はこの目で目撃したんだ」

柴は裏口で待っていた。ズボンのポケットに両手を突っこみ、開いた非常口の所に立って、駐車場から吹きこむ雨まじりの風に身を叩かせている。

「何格好つけてるんだ」

「煩《うるさ》い」振り返りもせずに柴が言った。

「完敗だな」

「分かってる」

「僕は帰るからな」

「勝手にしろ」

「お前も――」

「黙れ！」

低い声で言い、柴が右手をポケットから引き抜いた。目にも留まらぬスピードで拳に固めると、廊下の壁に一撃を加える。鈍い音は、大友の心に穴を穿《うが》つようだった。ゆっくり歩み寄り、肩を軽く叩く。柴が胸を張り、鼻で深呼吸した。

「落ち着いたか？」

「――ああ」

「今回は被害はなかったな」

「俺も馬鹿じゃねえよ。手加減ぐらいする」

「すいません、何のことですか？」

後ろからついてきた森嶋が、不審気な表情を浮かべて訊ねる。大友は柴に向けて親指を倒した。

「何かあると物に当たるのが、こいつの悪い癖でね。今まで壊したものは数知れず、だ。それだけ失敗してるということなんだけどね」

「余計なことを言うなよ」情けなくしおれた声で、柴が釘を刺した。

「無理するなよ。壁相手に喧嘩しても分が悪いぞ」

「分かってる……お疲れだったな。後は任せておけ」

「そう、だな」

大友の言葉に空いた微妙な間に、柴が気づいた。

「これでいいのか？」

「僕は公務員だ。言われた通りに仕事をするのが義務だ」

「そういう下らない台詞を吐くんじゃないよ……じゃあ、明日の朝、目黒署でな」

「僕は行かないよ」

「どうだか」

柴が肩を怒らせたまま、霧雨の中に飛び出して行った。駐車場の水たまりに靴が入り、派手に水しぶきを立てる。

「変わった人ですね」森嶋が肩をすくめる。

「変わってる。だけど僕は、あいつが好きなんだ」


惰眠……ああ、誰にも邪魔されない眠りなど、いつ以来だろう。土曜や日曜の朝は、決まって優斗が夢中になっているテレビアニメの音で、眠りから引きずり出される。朝からテレビばかり見てるんじゃない、と何度も説教したのだが、この癖だけは治らない。他のことでは素直な子なのだが——いや、偏食の問題もある。今夜こそピーマンを食べさせないと。

まだ半分眠った頭で考えながら、大友は再び眠りの誘惑に身を任せようとしていた。昨日までは曜日さえ忘れていたが、昨夜真っ暗な家に帰って来て、金曜日から土曜日に日付が変わったと気づいたのだった。優斗は聖子の家に行ったまま。しばらく一人でゆっくり眠れる——そんな考えを見透かされていたわけではあるまいが、携帯電話が鳴って、完全に睡眠から引きずり出された。長年の習性を恨めしく思う。どんなに熟睡していても、電話が鳴ると二回で出てしまうのだ。そもそも電話を枕元に置かなければいいのだが、それができないのは……単なる習慣なのか、未練なのか。

「随分ごゆっくりね」聖子の皮肉がいきなり耳を突き刺した。

「ああ」喉の奥に声が絡みつく。「昨夜も遅かったんですよ」

「もしかしたら、あの誘拐事件？」一転、聖子が声をひそめた。

「ええ、まあ……そういうことです」報道協定が解除されたので、事件の顚末は当然朝刊にも詳しく載っている。それにしても聖子はやけに鋭い。警察のことなど何も知らないはずなのに。

「それで、優斗はどうするの？」

「すぐに迎えに行きます」言って、枕もとの目覚まし時計を引き寄せる。薄暗がりの中、目を細めて時間を確認すると……六時半？　クソ、冗談じゃない。これでは平日と変わらないではないか。昨夜電話を入れなかったので、報復のつもりかもしれない。

「まだ寝てるわよ」

聖子が鼻で笑う。からかっているのだ。大友は気取られぬよう溜息をつき、受話器を持ち替えた。

「じゃあ、適当な時間に迎えに行きます」

「朝ご飯はこっちで食べさせるから」

「すいません」

「少しのんびりしてたらいいじゃない」

「いや、ご迷惑をおかけするわけにはいきませんから」

「私はいいけど、優斗が寂しがってるわよ」

「そうですか……」

「仕事なら仕方ないけど、電話の一本ぐらいはしてあげないと、ね」

昨日のどたばたを思い出す。息継ぐ暇もない追跡劇と捜索、その合間の無為な待機。電話などしている暇はなかったのだが、それを言い訳にするのは何故か悔しい気がした。

「とにかく、もう少ししたらそっちへ行きますから」

電話を切り、ベッドから抜け出す。体が汗でべたついていた。思い切ってカーテンを開けると、昨日まで降り続いた雨が嘘のような、梅雨の晴れ間である。気温も既に上がっているようだ。パジャマ代わりのTシャツを脱ぎ捨て、洗濯籠に放りこむ。チェストから新しいTシャツを取り出して頭を通そうとしたが、その前にシャワーを浴びて完全に目を覚ますことにした。

汗を洗い流し、頭を拭きながら出てくると、また電話が鳴っているのに気づく。今度は携帯電話だった。優斗が起きてかけてきたのだろうか……最近、大友の携帯に電話をかけるやり方を覚えたのだ。仕事中はかけてきてはいけない、と言ってあるのだが、聖子が許可したのかもしれない。さっさと迎えにいってやらないと。

福原だった。

「まだ寝てるのか」内心の怒りを辛うじて抑えたような声だった。

「いや、起きてます」

「ひどい事件だったな」

「ええ……失敗でした。お役に立てなくてすいません」苦い想いが喉を這い上がる。

「分かっていればいい。失敗の最たるものは、それを自覚しないことだ」

大友は嫌な予感を覚えた。福原が格言めいたことを言い出す時、ろくなことはない。

「しかし、昨日の失敗は最大級でした」

「それでも、死んでいない限りはやり直せるんだぞ」

「それはどういう――」

「テツ、お前は鈍い男じゃないはずだ」福原が大友の疑問を遮った。「今どこにいる？」

「……家です」

「てっきり、現場にいると思っていたがな。一晩中走り回っているものだと。やることは、いくらでもあったはずだ」

「昨夜、任務解除になりましたよ」

「だったら連絡が上手く伝わってなかったんだろう。俺は、この事件が解決するまで、お前に手伝いをさせるように指示している」

「そうですか……」大友は再び小さく溜息をついた。

「テツよ、俺がどうしてこんなことをしたか、分かってるんだろうな」

「分かりません」

「たわけ！」

たわけ？　こんな風に罵られたのは初めてだ。あまりにも古めかしい台詞に、大友は青褪めるよりも、笑いを堪えるのに必死だった。

「よく考えろ。いつまで刑事総務課にいるつもりなんだ」

「それは私が決めることじゃありません」

「楽なもんだろうな、毎日決まった時間に出勤して決まった時間に退庁する。土日は必ず休み。休日に呼び出されることはまずない。家族との時間も取れる。理想的な職場だな、ええ？」

どうしてこんな、因縁をつけるような喋り方をするのか——福原の声に滲む苛立ちを、大友は敏感に感じ取った。

「私には家族がいます」

「そんなことは分かってる。俺は、個人的には子育てについては何も言えん。女房に任せきりだったからな。それでもお前が、男手一つで子どもを抱えて、頑張っていることぐらいは分かる。一つ、下らないことを聞いていいか？」

「ええ」

「どうして再婚しない？」

「勘弁して下さい」苦笑が零れるのを意識しながら大友は言った。柴にも同じようなことを言われたばかりなのに……「女房が亡くなってから、二年しか経ってないんですよ？　何とか生活していくので精一杯なんです。そんなことを考える余裕はありません」

「気立てのいい娘さんぐらい紹介してやる。その先は自分で何とかしろ」

「指導官……」大友はやんわりと額を揉んだ。「そんなことを言うために、こんな朝早くから電話してきたんですか？」

「いい加減にしろ。俺に一から十まで言わせる気か？」

「そう言われても、話が抽象的過ぎて、何のことだか分かりません」

次第に大友の声も熱を帯びてきた。不思議なものだと思う。普通なら、福原はこんな喋り方ができる相手ではないのだ。大友が所轄で刑事になった時の署長。捜査一課に上がった時の課長。自分の人生を決めてくれた人である。少なくとも一時的には。

「リハビリだ。一昨日、俺はそういうつもりで言ったんだが、お前は正しく理解しなかったようだな」

「いや、しかし……」

「いきなり事件に飛びこまないと、リハビリにはならないんだ。痛みの感覚を忘れないこと、それが刑事の基本じゃないか」

「分かります」

「今日は土曜日だ。家族サービスをしなくちゃいけない日か？」

「いえ」

「だったら、分かってるな」

「そうは言ってもですね……」

「俺はな、古い、頭の硬い管理職みたいなことは言うつもりはない。家庭を犠牲にしてまで仕事をしろとは言わない。だがな、テツよ、お前にはほんの時たま、家族を忘れて仕事をしなくちゃいけない時があるんだ。今がまさにそうなんだぞ」

「しかし……」

「心が痛いか？　痛くないわけがないな。お前は、事件を心に刻みこむタイプの刑事だ」

痛い。確かに痛い。昨夜はあの失敗の後でもなお、心の中で高温の炎が燃え盛るのを感じた。杵渕の撤収命令で一気に水をかけられた格好になったが、火はまだ消えていなかったのだ。あちこちを焦がし、火傷を負わせている。事件が解決しない限り、大友の心はこの炎で焼き尽くされてしまうだろう。そうなったら、燃え尽きた刑事――あるいは元刑事――が一人出来上がることになる。

「出かけます」

「当然だ」鼻息荒く福原が言った。「まあ、その……優斗の顔ぐらいは見てからにしろよな」

中途半端なことを。苦笑を浮かべながらも、福原も自分の責任を果たそうとしているのだ、と大友は理解した。自分の口からは決してそんなことは言わないが、引っ張り上げてきた人間が家庭の事情で沈んでしまうのを我慢できないに違いない。いつか、何とか……「一時的な避難だ」という彼の言葉を思い出す。優斗がある程度独り立ちできるようになったら、捜査の一線に戻る。自分の中にもそういう気持ちがあったことを認めざるを得ない。昨夜の緊張感と高揚感……あれだけは、何物にも代えがたい。

そうは考えながらも、優斗のことを思うと、心がざわざわと騒ぐのだが。


聖子の家は、大友のマンションから歩いて五分ほどの場所にある。途中のコンビニエンスストアに寄り、サンドウィッチと牛乳で慌しく朝食を済ませた。聖子の家に行けば何か食事は出してくれるはずだが、嫌味も一緒についてくる。

しかしあの義母《はは》は、何を考えているのだろう。菜緒が亡くなる前は、自分たちの生活にほとんど干渉してこなかったのに。自分でお茶を教えているので、あまり家を空けられないという事情もあったのだが、孫にも——優斗は初孫だった——あまり会いたがらないという素っ気無さが、大友には理解できなかった。孫は無条件に可愛いだろうと考えるのは、単なる思いこみかもしれない、自分の生活第一の原則を貫く人間がいてもおかしくはないはずだと考え、あの頃は自分を納得させようとした。単に自分を嫌っているのかもしれない、と疑ってもいたが。

しかし菜緒が亡くなった後、近くへ越してくるように切り出したのは聖子の方だった。理由は言わなかったが、大友としては渡りに船だったと認めざるを得ない。聖子が手助けをしてくれているから、辛うじて家族の形を保てているのだ。もっとも彼女は最低限の手助けしかせず、大友の子育てを教育している感じなのだが。

食べ終えたサンドウィッチの袋をゴミ箱に突っこみ、青空を仰ぐ。薄く雲が張っていたが、陽射しは強い。今日は三十度を越える、と天気予報でも言っていた。よし、と声に出して言い、自分に気合を入れる。この二年間、毎日のように訪れた聖子の家だが、今でも門をくぐる時には緊張する。

町田は典型的な郊外のベッドタウンで、小田急線とＪＲ線が交錯する交通の要所でもある。駅の周辺はここ十年ほどで急激に再開発が進み、真新しいマンションが建ち並ぶようになった。その中で、聖子の自宅は昔ながらの風情を保っていた。綺麗に刈りこまれた生垣。家の中は、大正モダンという感じのインテリアでまとめられている。畳の部屋にテーブルと椅子、というパターンなのだ。聖子は三人の子どもを育て上げ、五年前に夫を胃がんで亡くしてからは一人暮らしをしている。六十五歳という年齢よりもずっと若く見え、毎日忙しく過ごしていた。

玄関の前に立つと、いきなりドアが開く。いつものように着物姿の聖子が、両手を腰に当てて立っていた。大友は慌てて飛び下がった。

「何を驚いてるの？　隙があり過ぎね、この刑事さんは」

「いきなりドアが開いたら、誰だって驚きますよ」

「さっきから玄関の中で待ってたのよ。気配に気づかなかったの？」

「私は武芸者じゃないですから」

「武芸者」聖子が鼻を鳴らした。「時代小説の読み過ぎね」

「そういう趣味は特にないんですが」

「口の減らない男ね」聖子が唇の片方を持ち上げるようにして笑う。菜緒もよく、同じような表情を浮かべていた。彼女があのまま年をとっていたら、やはり聖子のような顔になったのだろうか。「優斗は起きてるわよ」

「お邪魔します」大友はネクタイを少しだけ緩めながら玄関に入った。やはり暑い。この家は、昔ながらの作りのせいか夏でもひんやりしているのだが、さすがに今日の暑さには通用しないようだ。

庭に面した六畳間に入ると――この家に泊まる時の優斗の部屋だ――優斗がすぐに駆け寄って来た。満面の笑み……というわけにはいかない。少し顔が歪んでいた。まったく、二日会わないだけで……小学校二年生になったんだから、もう少ししっかりしてもらわないと。

「優斗、おはよう」

「おはよう」かすかにかすれた声で朝の挨拶。グレイのTシャツにカーキ色のハーフパンツという格好だった。聖子の家に置いてある着替えである。

二人は縁側に並んで座った。庭いじりも聖子の多彩な趣味の一つで、目の前には綺麗に整備された植木の棚が並んでいる。大友にはさっぱり分からない世界だったが、目が和むのは間違いない。枝振りのいい松が、こんな小さな鉢に押しこめられているのは少し気の毒だったが、それが盆栽という世界なのだろう。

「悪かったな、二日も帰れなくて」

「うん……」優斗が指先をいじりながら言った。爪が汚れているのに気づく。

「ちゃんと手、洗ったか？　爪が汚いぞ」

「聖子さんの手伝いをしてたから」

「庭か」

「うん」

朝から何を……別に庭いじりが悪いわけではないが、優斗はそんなものを面白がっているのだろうか。大友からすれば、子どもが労働力になっていた産業革命当時のイギリスのイメージだ。煤煙で真っ黒になりながら、朝から晩まで働かされる。

「あなた、ご飯食べたの？」もう少し事情聴取してやろうと思った瞬間、背後から声をかけられた。

「はい、ああ、大丈夫です。ちゃんと家で食べました」コンビニのサンドウィッチだと告白したら、また何を言われるか分からない。添加物がどうのこうの、とか。

「そう？　じゃあ、今日はどうするの」

「これからまた、出かけないといけないんです」

「ええー」優斗が不満気に声を漏らした。「今日、土曜日だよ」

「急に仕事になったんだよ。悪いな」

「今日はサッカー、したかったんだけど」

「智弘《ともひろ》君たちとすればいいじゃないか。誘ってみたらどうだ？」小学校の同級生だ。

「うーん……いいけど」

「だいたい、パパはサッカーが苦手なんだ。野球ならいつでもつき合ってやるって言ってるじゃないか。グローブだって、いいやつを買ってやるぞ」

「でも野球、好きじゃないし」

「この前東京ドームに行った時は、楽しそうだったじゃないか」

「あれは、観てただけだもん」

「しょうがないな」苦笑して、大友は聖子の淹れてくれた茶を啜った。「そういえば昨日な、また東京ドームに行ったんだ」

「野球？」

「野球じゃなくて、Ｚｉのコンサート。Ｚｉ、知ってるだろう？　よくテレビに出てるよな」

「うん」あまり興味がなさそうだった。まだアイドルに入れこむ年でもないだろうし、そもそも相手は男性アイドルだ。

「結構凄かったぞ。そのうち、コンサートも観に行こうな」

凄かった、という自分の言葉が、昨夜の記憶をありありと蘇らせる。広いとはいっても閉鎖空間に絨毯のように分厚く満ちた音は、毛穴を開かせるような迫力だった。強烈なライトショー。ワイヤーを使って宙を舞うＺｉのメンバー。コンサートの間中ずっと、ファンの手で場内を回されていた巨大な風船――非日常的な空間の中で、一億円がやり取りされたのだ。それもまた、非日常的な状況である。昨日の出来事全てが夢のようだった。それも、第一級の悪夢。

「今日は帰って来るの？」

「ああ、まあ――たぶん」こういう時こそちゃんとしなくてはいけない。嘘をつかず、子どもを納得させるのは大事なことだ。そう言っていたのは誰だろう。菜緒？　聖子？

「今のところ、分からないな。もしかしたら遅くなるかもしれない。その時は連絡するから」昨日のようなことにはならないはずだ。電話する暇ぐらいはあるだろう。「悪いけど、今日もお婆ちゃん――聖子さんと一緒にいてくれ」

「私といると悪いわけ？」聖子が因縁をつけてきた。慌てて謝罪した瞬間に、彼女の目が笑っているのに気づく。またからかわれたのだ。

優斗が玄関まで送ってくれた。聖子が小声でつぶやく。

「無理なら無理で、意地張らない方がいいわよ」

「大丈夫です。ちゃんとできます」

「子どもに悪い影響が出るようだったら、いろいろ考えないとね」聖子が肩をすくめた。着物には似合わない仕草なのだが。「親がいればいいってわけじゃないのよ、子どもは。役に立たない親だったら、いない方がましなんだから」

「ちゃんとやってますよ」あまりにも一方的な攻撃に、大友は唖然としながら反論した。

「でも、二日もいなかったんだから。子どもを取るか仕事を取るか――あなたも難しいところにいるわね」

あなたがわざわざそんなことを言うから、ますます状況が複雑になるのだ。文句を呑みこみ、大友は靴の紐をしっかりと結んだ。優斗が自分の人生の最優先事項、それは間違いない。だが仕事だって何とかしてやる。あなたの助けを借りなくても、僕たちはやっていけるんだ――はっきりそう宣言できればいいのだが、と思いながら大友は聖子の家を辞した。まだ優斗の存在が心の隅に引っかかっていたが、歩き出してすぐに仕事モードに切り替わったことに、自分でも驚く。息子が心配で、後ろ髪を引かれる思いをするかと思っていたのに。もしかしたら僕は、自分で思っているよりも冷たい人間なのかもしれない。

やる時にはやる。やるからにはベストを尽くす。大友は、捜査本部にお土産を持っていくつもりだった。そのためにどうすればいいか、計画もある。携帯電話を取り出し、岡田に電話をかけた。昨日のコンサートについて詳しく話を聞ける、唯一の顔見知りに。

第二部　閉ざされた部屋の中で

1

　大友がまず解決しなければならないと思った疑問は、現金を運んだ二人がどうやってコンサートのチケットを手に入れたか、だった。「プラチナチケットだ」と聞いてはいたが、実際にはどれほど入手しにくいものなのだろう。

　大友は学生時代、菜緒にせがまれてエリック・クラプトンのコンサートのチケットを手に入れようと、必死で電話にしがみついたことを思い出した。何とかチケットは取れたのだが、肝心の菜緒が熱を出してしまい、友人に安く譲ってしまったのだった——と妙に細かいところまで記憶が蘇ってくる。Ｚｉの場合はクラプトンよりも大変なのだろうか。

　手早く情報が取れる相手として、大友は練馬にある岡田の家を訪ねた。土曜日の朝の訪問を岡田は露骨に嫌がり、昨日の無礼を大友に思い出させようとしたのか、何度も額の傷跡を指先で触れた。それでも何とか情報を引き出す。今回のZ・iのコンサートに関しては、岡田自身がチケットを取ったわけではないので、正確なところは分からなかったが、ファンクラブに入るのが一番確実な方法だという。入会金は無料だが、年会費五千円を取られる——岡田はファンクラブの会報を示しながら説明してくれた。この金額が高いのかどうか、大友には判断できなかった。ファンクラブ会員がチケットを入手する場合はネット経由になるらしいが、その辺の事情に関しては、岡田はまったく知らなかった。

詳しい話は、直接の担当者に聴くしかないようだ。事務所の電話番号は割れており、岡田に会う前にかけてみたのだが、時間が早いせいか土曜日のせいか、誰も出ない。Z・iファンである岡田の娘なら、もう少し詳しく知っていたかもしれないが、まだ熱が下がらず、話ができないという。代わりに岡田は、ファンクラブ事務局の電話番号を教えてくれた。

二十四時間ではないものの、三百六十五日電話応対可を謳っているようで、誰かと話さえできれば突破口を作れるはずだ、と大友は信じた。

しかし最初に電話に出た女性は、露骨に非協力的な態度を貫いた。電話ではそんな話はできない、あなたが警察官だという証拠もない、担当者など教えられるわけがない、挙げ句の果ては「頭がおかしいんじゃないか」と捨て台詞を吐いて、いきなり電話を切ってしまった。大友は思わず悪態をついた。西武池袋線中村橋駅の構内で話をしていたので、周りには人が大勢いる。怪訝そうな表情で見られたので失敗を悟り、できるだけ目立たないようにと、通路の壁に額をくっつけるようにして、同じ番号をリダイヤルする。今度は別のオペレーターが出てくれるように、と祈りながら。

柔らかい男の声が応じた。これなら何とかなりそうだと安堵しながら、大友は切り出した。

「警視庁刑事部の大友です」刑事総務課、という本来の所属を名乗るのは避けた。相手が混乱するような気がしている。

「ご用件は？」急に相手の声が硬くなった。

「Ｚｉのチケット入手方法についてお伺いしたいんですが」

「はい、それでしたら、一番簡単なのはファンクラブの入会手続きを取っていただきまして――」

「私が見に行くわけではないんです。捜査の関係で電話しています」

「ああ」堅苦しい気配が消えた。「そういうことだと、こちらではお答えできません。本社の方に電話していただけませんか？」

「電話したんですが、誰も出ませんでした。時間が早かったのかもしれないし、今日は土曜日ですよね」

「そうですか。土曜日は基本的に休みですから……できたら月曜日に――」

「捜査でお電話しているんです。時間がありません」大友は強く出た。「今日、連絡が取れる人がいるなら、教えていただきたいんですが」

「いきなりそういわれましても……こちらは単にファンクラブの事務局ですから」

「あなた、アルバイトですか？」

「社員ですが」むっとした声の答え。

「でしたら、話ができる人を教えていただけるはずですよね。こっちは公務で電話しているんです。そういう事情でつないでも、上司の人も問題にはしないでしょう……五分後に電話しますから、それまでに話を通しておいていただけませんか」

「そんな、無理矢理……」男の声が自信なさげに揺らいだ。

「駄目です。難しい話じゃないでしょう？　極めて重大な事件の捜査なんです。協力していただけないとなったら、もっと強硬な手段を取らざるを得ませんよ」

相手の反論を許さず、電話を切った。これも演技。融通の利かない、自分の都合だけで物を言う高圧的な警察官——というよりも役人。そういう演技をするのは難しくはないが、やった後はだいたい気分が悪くなる。おそらく、自分から一番縁遠いキャラクターを演じたがために。


十時。大友は「後で出頭する」と目黒署の特捜本部に電話を入れた後、Ｚｉの所属事務所「アフターマス」に向かった。ファンクラブの電話番を脅して、結局役員を紹介してもらったのである。そこまで上の人間が出てこなくてもいいのに、と思ったが、この方が話は早いかもしれない。

赤坂にある「アフターマス」は、青山通り沿いのオフィスビルの五階から七階を占めていた。芸能事務所というのが、会社組織としてどの程度大きいものかは分からないが、ちょっとした規模の会社であるのは間違いない。フロアを借りているだけといっても、ビルそのものがかなり大きいのだ。

「お急ぎのようですね」

大友を出迎えてくれた役員、馬場《ばば》は、五十歳ぐらいのほっそりした男だった。体にぴったり張りつく花柄のシャツを着ており、脱いだら間違いなく、肋骨が浮いているだろう。ウェーブがかかった長い髪は傷み、ジーンズの腿から膝にかけては激しいダメージが入って素肌が覗いている。会社役員というよりは、あらゆる浮き沈みを経験したベテランのミュージシャン、あるいはサーファーという風情だった。

「急ぎます」

「最初に確認させてもらえますか」馬場が慎重に切り出した。「まさか、Ｚｉのメンバーが何か事件に関係しているわけじゃないでしょうね」

「それは違います。今日の朝刊、ご覧になりましたか？」

「ええ」馬場の顔に怪訝そうな表情が浮かんだ。「うちに関係ありそうな事件はないと思いますけど……」

「一面です」

途中で買ってきた朝刊を二人の間のテーブルに置く。馬場が首を曲げて紙面を覗きこんだ。

「一面って、この誘拐？　ああ、身代金が東京ドームで消えたっていう話ですよね。確かにZiⅰ絡みって言えばそうだけど……昨夜のうちに、報告だけは受けています。だけど、こちらとしては何とも、ね」肩をすくめる動きが妙に様になっている。

「元々の受け渡し場所から東京ドームまで身代金を運んだのは、若い女性の二人組です。二人はチケットを持っていて、何の問題もなくドーム内に入りました」

「なるほど」

馬場の顔がわずかに引き締まった。彼の背後の壁に、Ziⅰのポスターが張ってある。六人が、思い思いのポーズでジャンプする一瞬を捉えたものだった。ばらばらのポーズなのに統一感があるのは、全員が銀色のシャツを着ているからだろう。大友には、誰が誰だかまったく分からなかった。メンバーの顔と名前が一致すれば、もう少し話がスムーズに進むかもしれないが……。

「聞いた話ですが、ファンクラブに入らないとチケットは入手できないとか」

「そうですね」馬場が居心地悪そうに尻を動かした。

「全部が全部そうなんですか？」

「数としてはそれが一番多いですね」馬場が手帳を広げた。表紙がぼろぼろになって、様々な物を挟みこんでいるために膨れ上がっている。「うちは本格的な——本格的なという言い方も変だけど――ミュージシャンもマネジメントしています。そういう連中の活動はレコーディングとライブ中心で、スタジオかハコのどちらかにいることがほとんどです。でも、Ｚｉの場合、基本的な露出はテレビですからね。Ｚｉとしての冠番組が二つ、メンバーもそれぞれドラマに出たりしているので、グループとしてのコンサートは少ないんですよ」

「歌手なのに？」説明が回りくどいなと思いながら、大友は相槌を打った。

「今時、歌だけで金になるアイドルはいませんよ。バラエティからドラマまで、何でもこなさないと。その分、ツアーにはプレミアム性がつくわけですね。Ｚｉの場合、ここまでになるとは思ってませんでしたけど」

「仕掛けた立場なのに予想できないんですか？」

「予想できたら、絶対に損なんかしないでしょう」馬場が苦笑した。「この世界では百パーセント完全なんてことはないんです。五十パーセント当てたら、大ヒットメーカーですよ。業界では伝説になるでしょうね」

「なるほど……Ｚｉのツアーは久しぶりなんですよね」

「ほぼ二年ぶりですね。去年は丸一年、生のステージがありませんでしたから」

「ファンクラブの会員にしかチケットを売らないというのは、以前からの決まりなんですか？」

「この前の……そう、二年前のドームツアーからですね。ようやくブレークし始めた頃、チケットを巡っていろいろトラブルがありましてね。結構叩かれたんです」そこのところは詳しく話したくないとでも言いたげに、馬場が一瞬目を瞑った。「ファンクラブに入ることが、一種の整理券になるんですよ。いろいろ批判もありますけど、変なトラブルになるよりはましでしょう？　以前は恐喝沙汰まであったんですよ」

「他のルートは？」

「普通の、電話やネットでの購入もできますけど、数は少ないみたいですね」

「なるほど」

「基本的にはファンクラブの会員の場合は、本人確認のうえ、チケットを渡しています。だからチケットの購入者イコール来場者と考えてもらっていいと思いますよ」

「別人が来ることはない？」

「いや、それは……現場で完璧にチェックできるわけじゃありませんからね。顔見知りに譲ったり、ということはあるでしょう」

結構明け透けな男だな、と大友は思った。その辺りがいい加減になっているなら、隠すかぼかすかしそうなものだが。しかし彼の言うことは正確だった。昨日の現場でそれほどチェックが厳しくなかったことは、大友も確信している。

「ファン同士で融通したりとか——」

「実際は、ネットオークションでも出回ってますよ。それ自体は止められないんですが、一応チェックはしてます。チケットのナンバーで購入者が分かりますから、その場合はやんわりと警告を送ります。でも、ファンクラブの会員がそういうことをしても、除名なんていう厳しい処分は、簡単にはできないんですよねえ……あの、Ｚｉのファンが何か誘拐事件に関係したと思ってるんですか」

「ファンかどうかは分かりません。ただ、昨夜コンサートを観た二人が、身代金の受け渡しに係わっていたのは間違いないんです。入手方法が限られているとなると、あの二人がファンクラブに入っていた可能性が高いですからね」

「そうか……仰りたいことは分かりましたが、調べるのは無理だと思いますよ」

「どういうことですか？」

「Ｚｉのファンクラブは、約五十万人いるんです。もちろん幽霊会員も多いんですけど、とにかく名簿には五十万人の名前が載っている。それを全部当たる気ですか」

一瞬眩暈《めまい》がした。一番手っ取り早いのは、昨日の東京ドーム公演のチケットを購入した人間全員に当たることだ。五十万人分の名簿を貰うのは当然として、まずはその条件で抽出してもらおう。それを頼むと、馬場がまた肩をすくめた。

「仕方ないですね。少し時間をいただけますか？　ファンクラブの会員で、昨日のチケットを入手している人は抽出できますから」

「ご協力、感謝します……一つ、お訊ねしていいですか？」

「どうぞ」

「いきなり訪ねて来たのに、随分協力的でしたね。普通はもう少し、こう……渋るものですけど、どうしてですか？」

「ああ、あまり言いたくないんだけど、昔、警察のお世話になったことがありましてね……面倒をかけたというべきかもしれないけど、大麻で。私、この会社に入る前は、自分でも音楽をやってたんですよ。バンドをやるわけじゃなくて、レコーディングで演奏して金を稼いでいたんだけど、そういう時期に、ね。もう二十五年も前の話です。その時に、かなり温情のある処分だったんで、恩義はあるかなと思ってるんですよ。まあ、警察とは揉めない方がいい、ということですね」

「今はこういう大きな事務所の役員にまでなっているんだから。努力には頭が下がります」

「努力はいらないんですよ」馬場が皮肉っぽく笑った。「薬をやらずに頭がしゃっきりしていれば、そんなに難しい仕事じゃないんです」

二人は乾いた笑いを交換し合った。馬場がすぐに口をつぐみ、真顔になる。

「ところで刑事さん、うちにマネジメントを任せる気はありませんか」

「はい？」

「いや、なかなかハンサムでいらっしゃる。お幾つですか」

「もう三十五ですよ」

「その年代で、ハンサムでなおかつタフな雰囲気のある役者さんというのがなかなかいませんでね。うちの俳優部門にお任せいただければ――」

「申し訳ありませんが、今の仕事が好きなので」本当に？「それにいいところ、渋い脇役程度でしょう。どうせやるなら主役を目指したいところですけど、それはさすがにもう手遅れですからね」

馬場がにやりと笑った。本気なのかお世辞なのか。本気で役者で飯を食っていこうと思ったことは一度もないが、それでも彼の言葉は大友の心をくすぐった。まさか、な。僕が役者か……これを聞いたら、福原はきっと泡を吹きながら目を剝くだろう。

「土産です」大友は、杵淵の前にUSBメモリをそっと置いた。馬場が自ら五万人分のリストを抽出し、渡してくれたものである。プリントアウトを頼もうかと思ったが、千枚にもなることが分かったので、データのまま借り受けてきたのだ。赤坂から目黒へ戻る道すがら、大友は冷や冷やしっ放しだった。顧客名簿の入ったUSBメモリを落として、個人情報を流出させてしまう不祥事は今でも多い。

特殊班係長の杵淵は、そのまま捜査本部の実質的な責任者に横滑りしていた。一晩経ち、疲労はさらに彼を蝕んでいる。目は充血し、髭の剃り跡に滲む血が痛々しい。

「何だ」今朝は癖ではなく疲れのためだろう、盛んに目を瞬かせる。

「昨日、東京ドームにいたと思われる人間のリストです」

杵淵は一瞬意味を摑みかねたようで、大友の顔とUSBメモリを交互に見た。突然両手をデスクに叩きつけ、その勢いで立ち上がると、顔を大友の鼻先に突きつける。

「どこで手に入れた」

「Ｚｉの所属事務所です」

「何でお前が……」

「お手伝いを続行するよう、命令を受けました」

「それは知ってる。だが……」杵淵が恐る恐るＵＳＢメモリを手にした。「そういうことをやる時は、一言報告してからにしてくれ。『遅くなる』としか言わなかったじゃないか。急に言ってこられても困る」

「すいません」素直に頭を下げる。「向こうが会うと言ってくれたので、気が変わらないうちにと思いまして」

「まあ、いい」一つ溜息をついて、杵淵が怒りを引っこめた。「間違いなく、昨夜あそこにいた人間のリストなんだな？」

「正確には、『いたと思われる』です。しかも、全員ではありません。ファンクラブ会員以外の購入者の名前はありませんから」訂正して、チケットの入手方法などについて説明した。

「となると、信用できるかどうか分からないじゃないか」

「所属事務所の人間の話だと、ファンクラブの会員に関しては誤差は五パーセント程度ではないか、ということです」

「つまり、買った人間の九十五パーセントは自分でコンサートに行くということか……

オークションにでも出せば、相当な儲けになるんじゃないか？」

「そういうことをやると、事務所に目をつけられますし、ネットでも叩かれるそうですよ」

「ネットで叩かれる？」杵淵がのろのろと腰を下ろした。

「ええ。オークションだと、普通出品した物の写真を公開しますから、どの辺りの席かも分かってしまうわけです。もちろん、誰が買ったかまでは分かりませんが、ネットの掲示板に情報を晒されて、叩かれるそうです。他のファンが自警団員をやっているわけですよ」

「本名が分かっているわけじゃないから、無視しておけばいいじゃないか」

「それでも、いい気分はしないでしょう……とにかく会員相互の監視が厳しいようで、意外と横流しされる枚数は少ないようです。例外は、昨日の岡田さんのようなケースですね。本人が何らかの事情で行けなくなって、もったいないから知り合いに譲る、というような。つまり、悪意はないんです」

「そうか……昨日の二人連れが自分でチケットを入手していなかったとしても、誰かが買ったのは間違いないわけだからな」

「手はかかりますが、何とか割り出すしかありません。もちろん、まったく関係のない第三者がチケットを買って、犯人が何らかの形で手に入れた可能性もありますけどね。それこそオークションとか」

「よし、とにかくよくやってくれた」杵淵の顔は、少しだけ明るくなっていた。「さっそく始めよう」

「自分も手伝います」

「いや、お前は……」

杵淵の目に迷いが生じた。その意味が、大友には手に取るように分かった。面倒な仕事を押しつけていいかどうか、考えているに違いない。特別指導官が、捜査本部に無理矢理押しこんだのが僕だ。どれほど荒っぽい使い方をしていいのか、手探り状態なのだろう。チケットの割り出しを担当させられるだろう、と大友は読んだ。五万人の人間全員に当たるのは大変な仕事だが、少なくとも身の危険はない。

「せっかく手伝うんですから、何でもやりますよ」

「それよりも家族の方なんだがな……」

杵淵が言い渋った。それだけで状態の悪さが想像できる。そしてその担当を大友に押しつけられないかと考えていることも。チケット購入者に当たるよりは、圧倒的に難しい仕事だ。

「どんな具合なんですか？」

「特に奥さんの方が大変なんだ。せっかく子どもさんが戻って来たのに、虚脱状態でな。まだまともに事情聴取できてない」

「今の段階で、これ以上家族に負担を強いて話を聴く意味がありますか？」

「これから何があるか、分からないじゃないか。犯人から再度接触があるとは思えないが、家族とは信頼関係を築いておかないと、何をやるにしても上手くいかない。時間を置くのが一番いいんだろうが、いざという時に家族とまともに話もできないようじゃ、捜査に支障が出るからな」

「ええ」

「お前ならやれるんじゃないか？　フリーハンドで任せてもいいぞ」

「分かりました」大友は素直に頭を下げた。

「本当にいいのか？　大変だぞ。神経を遣う仕事だ」引き受けるとは思っていなかったのか、杵渕が話を引き戻しにかかった。

「分かってます。でも、あの子――貴也君ともまだ話してませんからね。まず、そこから始めますよ。子どもの扱いは慣れてますから……六歳なら結構状況を覚えているものだし、話せるはずですよ」

「いや、それがな……」杵渕の顔がますます暗くなった。「貴也君も、よくない状態なんだ」

「というと？」

「ほとんど何も話さない。外傷はないんだが、ショックが大きいようだ」

「だったら、あの子に必要なのは医者ですね。今は取り調べよりも治療が先でしょう」

六歳の子が……年齢のことを考えると、大友は激しい怒りと痛みが胸に渦巻くのを感じた。

「ああ、そうだ——伝言を受け取ってる」

「私にですか?」

「そう。『一番困難な道を選べ。そこから逃げずに全力を尽くすことを期待する』だそうだ」

「それは……」

「誰の台詞かは、言わなくても分かってるだろう? ちなみに今のは俺の意訳だ。正確に言えば『さぼってるのが分かったらぶっ殺す』だからな」

「意訳し過ぎですよ、それ」苦笑を浮かべながら、大友は軽く一礼した。「だけど、逃げ場がないのは同じようですね」

「俺も監視してる」杵淵が両手の人差し指で自分の目を指した。「俺も首になりたくないからな。そういうメッセージを俺に託したということは、監視役を命令されたも同然だろうが」

「でしょうね」

「一つ、聞いていいか?」

「どうぞ」

「お前、指導官に好かれてるのか嫌われてるのか、どっちなんだ?」

「分かりません。そんなこと、本人に訊けるわけがないですし」

2

病院には森嶋が張りついていた。貴也が入院している一人部屋の前の廊下で、ベンチに腰を下ろして所在なさげにしている。視線を追うと、向かいの壁に貼ってある動脈硬化予防のポスターを読んでいるようだった。距離と文字の大きさからして、視力検査を受けている感じだったが。他には制服警官が一人。こちらは森嶋の向かいの壁際に立っている。警備に二人か……問題はないだろう。貴也はもう解放されているし、犯人がこれから危害を加えてくる恐れはまずない。マスコミの人間が忍びこんで来る可能性はあるが、それは病院側も十分警戒しているだろう。それに最近は、マスコミもそこまで無茶をしない。昔はどこからか白衣を調達し、病院関係者を装ってまで病室に忍びこんだ猛者がいたというが、そんなことをしてもまともな取材ができるわけがないのだ。単に伝説を残したいがための暴走だったのではないか、と大友は疑っている。

「お疲れ様です」森嶋がだるそうに挨拶して立ち上がった。背中を反らして、凝りから逃げようとしている。

「状況は？」

「変わりないですね。朝方、杵淵さんたちが事情聴取しようとしたんですけど、五分で追い出されました」

「追い出された？」杵淵が終始渋い顔をしていたのは、そのせいもあるのだろうか。

「貴也君は何も喋らないし、母親がね……」森嶋が苦しそうに顔を歪める。

「具合はどうなんだ」

「具合がどうこうじゃなくて、こっちを悪者扱いですから。それは、確かに俺たちはヘマしてますけど……」森嶋が悔しそうに唇を歪める。「無事に帰って来てるんだから、もう少し協力してくれてもいいのに」

「無理だろう。まだショックが抜け切ってないんだ。焦ることはないさ」

「分かりますけど、ちょっとね……それで今朝の事情聴取は打ち切りになって、その後はずっと俺がここで警戒してます。それより大友さん、何か用なんですか？　昨日でお役御免になったんですよね」

「そうもいかないらしいんだ」大友は右手で顔の下半分を擦った。まだ午前中だというのに、既に一日分の脂が浮いているように感じる。「人使いが荒いからね、うちは。ところで、いつまでここで警戒するんだ？」

「例によって、別命あるまでは、ということです。しかし、参ったな……」携帯電話を取り出し、片手で振って広げる。画面を眺めて溜息をついた。

「彼女にふられそうなんだろう」

「何で分かるんですか？」森嶋が目を見開いた。

「顔を見れば一目瞭然だよ。しけた顔してると、本当にふられるぞ」

森嶋が顔をしかめ、何事かぶつぶつとつぶやいた。携帯電話をズボンのポケットに押しこみ、また溜息をつく。

「貴也君の担当の先生は？」

「ええと、藤見《ふじみ》先生って言ったかな？　そうそう、藤見響子《きょうこ》。女医さんです。どうするんですか」

「本人に会う前に話を聴いておきたいんだ」

「どうですかね。ちゃんと話してくれるかな」意地悪そうな笑みを浮かべて森嶋が首を振った。「かなりかりかりしているみたいですからね」

「どうして」

「杵淵さんたちが厳しく突っこんだからじゃないですか？　早く話が聴けるように何とかしろって」

「自白剤でも使えって言ったのか？」

「それに近いらしいです。まあ、杵淵さんが焦るのは分かりますけどね」

「焦ってるのもあるだろうし、それでストレス解消してるんじゃないかな。杵淵さんはわざと乱暴な言葉を吐いて、自分なりにバランスを取ってるんだと思う。本気でそんなことは考えていないはずだ」

「へえ、大友さん、心理学者みたいですね」

苦笑して首を横に振った。心理学を「学問」と称するのに、大友は若干の抵抗感を感じている。実際、大学での専攻は心理学だったのだが、四年間を無駄にしたという思いしかない。ただし、芝居をする上では役に立った。夢を見て深層心理が分かるというのには何の根拠も感じられないが、人の行動パターンから心理状態を見抜く直感は、心理学を学んで身についたものだと思う。人の気持ちを見抜く——それは役になり切る必要のある役者にとって、最大の武器だ。もっとも、結局役者にはならなかったわけで、僕が趣味にどっぷり浸るためだけに、父親は四年間授業料を払い続けていたことになる。

「柴はどうだった？」

「あの人はもっと凄かったですよ」森嶋の表情が緩く崩れた。「柴さんは、すぐに頭に血が昇るからな。悪い人じゃないんだけど、そういう時に近くにいると大変ですよ」

「それを上手くコントロールするのも、刑事としての修行じゃないか……担当は藤見先生だったな？」

「ええ。関係修復してくれるんですか？」

「藤見先生と警察という組織の関係修復だったら、僕の手には余る。ただ、個人的な信頼関係を築きに行くだけだよ」

「暑いですね」

大友の一声に、響子がゆっくりと首を巡らせた。ナースセンターで教えてもらった通り、まず見間違えようのない印象的な女性である。百七十センチほどもある長身。モデルのようなほっそりとした美しさではなく、たくましさを備えた骨太のプロポーション。整った細身の顔。重度のニコチン中毒で、少しでも時間が空けば煙草を吸っているということで、看護師たちは喫煙スペースを何か所か、教えてくれた。大友は真っ先に屋上へ向かい、すぐに響子を見つけた。響子はベンチに腰かけた入院患者に向かい、何事か話しかけていたのだが、それを邪魔されたので、整った顔に露骨に不機嫌そうな表情を浮かべる。

「警視庁刑事総務課の大友です」

「またですか」挑みかかるような視線を突き刺し、煙草を吸い殻入れに投げ入れる。不機嫌な彼女の顔つきを見て、中年の男性患者がそそくさと逃げ出した。

「必要があれば、何度でも……お話の邪魔でしたか？」

「いや、それはいいんですけど。患者さんに説教をしてただけですから」

「説教？」

「煙草の害について」響子の声は耳に心地好いハスキーなものだった。明らかに煙草と酒の影響がある。

「説得力ゼロですね」

「言わないよりは言った方がましでしょう」

「だったら、私が『煙草をやめろ』と言ったら、忠告に従いますか？」

「まさか。素人さんの意見に耳を貸すほど暇じゃないから」滅茶苦茶な理屈を吐いて新しい煙草に火を点け、首をがくんと後ろに倒して、美味そうに煙を吹き上げる。

陽射しはますます強くなり、半袖の白衣から覗く響子のむき出しの腕が、きらきらと輝いた。屋上は床が歪んでいるのか、所々に小さな水たまりが残っている。大友はすっと視線を逸らし、屋上の光景を視界に納めた。一角は洗濯物を干すスペースになっているが、風がないのでシーツのカーテンはぴくりとも動かない。

「警察は随分強引なんですね」響子が煙草の煙と一緒に皮肉を吐いた。

「必要だと判断すれば、強引にもなります」

「まだ話もできない子どもに、無理矢理話を聴き出そうとするのは、医者である以前に人間として許せません」

「しかしいずれは話を聴かなくてはいけないんです。もちろん、早い方がいい。記憶が新しいうちに、何とかなりませんか」

「私の判断で面会謝絶にしました。相手が刑事さんであっても同じですよ」一瞬風が吹き、響子の髪がふわりと持ち上がった。

「体の方はどうなんですか」

「外傷、なし。多少風邪気味でしたけど、それは治療しました。すぐに元気になるでしょう」

「事情聴取できるまで、あとどれぐらい時間が必要ですか？」

「それは、様子を見ていかないと分かりませんね。私はそういう、心理的なことは専門じゃありませんから」

「だったら病院としては、今後どういうケアをしていくつもりなんですか」

「それは、経過観察して決めます」

話が繰り返しになってきた。大友はベンチに座り、響子を見上げる。響子は目を合わせまいと、どこか遠くの一点に視線を集中していた。

「梅雨、明けますかね」大友はわざとのんびりした口調で言い、ハンカチで額を拭った。

「はい？」

「今日は暑いですよね。夏みたいだ。昨日は結構寒かったのに」

「梅雨がいつか明けるように人の心も変わる、なんて言わないで下さいよ」

「私が？」大友は悲しげな表情を作り、胸に右手を押し当てた。「どうしてそんなクサい台詞を？　こう見えても私は、昔芝居をしていたんですよ。何か言うなら、もう少しまともなことを言います」

「じゃあ、何て言うんですか？　私を納得させるような言葉があるんですか」

「実は、ありません」口の端だけを持ち上げて笑った。「だから、あなたの口から言わせてみたんです」

からかわれたと思ったのか、響子の眉間に深い皺が生じた。だがそれも一瞬で、険しい表情は静かに崩れていく。

「参ったわね。あなた、相当変わってますね」

「変人を演じているだけかもしれませんよ」

「刑事さんなんて、もっとがつがつしてるのかと思ったけど」

「そういう風にもできますけど、別にここでそんなことをしなくてもいいでしょう？」

二人の間に流れる空気が、少しだけ穏やかに変わる。響子がいきなり、貴也が置かれていた状況を説明し始めた。

「耳の上に傷があるんです」

「目隠しですね？」

「ええ」響子の顔に笑みが浮かぶ。できのいい生徒を教える教師の表情だった。「それは間違いないと思います」響子が右耳の上を人差し指で擦った。手にした煙草の煙が、側頭部に沿って立ち上っていく。「両方の耳の上に、わずかに擦過傷《さっかしょう》が見られました。タオルのようなもので、きつく縛られていたんでしょう。それも相当長時間。少し痣も残っています」

「おそらく、拉致されてからずっとその状態だったんですね」

「そう……だから、周囲の状況も見ていないと思いますよ。子どもからすれば、暗闇の中に放置されたのと一緒でしょうね」

「それはトラウマになりそうだな」大友は顔が歪むのを意識した。

「だから、無理したくないんですよ。実は昨日も一晩中、病室の照明は点けっ放しでした。消すと泣き出すんです」

「それは……」

「結構重症ですね」響子が感情を押し殺した声で言った。「外から見ただけでは分からない部分もあるし」

「そうですか……だったら今、私が話しても無駄ですかね」大友はゆっくりと顎を撫でた。

「無駄だって言っても、やるつもりでしょう？」

「何でそう思います？」

「あなた、そういう人に見えますから」響子が頬を緩めた。「強引じゃないけど、やるべきことはやる」

「心理学者みたいじゃないですか。すっかり見通されてますね」

「それぐらい、心理学の勉強をしなくても分かりますよ」にやりと笑いながら響子が言った。「これでも人を見る目はありますから。毎日いろいろな患者さんと会っているし、観察眼は鍛えられるんです」

「なるほど。それで、どうですか？　ちょっとだけでも会うことは可能でしょうか」

「駄目だと言っても、こっちが折れるまで同じことを言い続けるんでしょう？」響子が指先でほつれ毛を耳の上にかき上げた。

「ええ。それが仕事ですから」

「仕方ないですね」響子が溜息をついた。「ただし、私もご家族も同席しますよ。もしも貴也君に何らかの変化が見られたら、その時点で即座にストップです。これだけは守って下さい」

「もちろんです。私が無礼な人間に見えますか？」

響子がゆっくりと踵を返し、腰を曲げて大友の顔を正面から覗きこんだ。こういう状況でなければ、どきりとさせられる仕草である。

「分かりませんね。あなたの本質はもっと深いところにありそうだし……私なんかが覗けない場所に」

それほど深みのある人間でもないんだがな、と大友は顔を背けながら苦笑した。


病室にはカーテンが引かれていた。といってもレースなので、柔らかい光が部屋を満たしている。開くドアに最初に反応したのは、母親の瑞希だった。昨日に比べればまだ生気は感じられたが、それでも顔は蒼白い。グレイのカットソーにジーンズというラフな服装で、長い髪は後ろで一本に束ねていた。瞬時に表情を強張らせ、大友に鋭い視線を送る。大友は口の両端を軽く持ち上げ、柔らかい笑みを浮かべてやった。瑞希の緊張がわずかに解け、柔らかい肩の曲線が浮かび上がる。

「刑事総務課の大友です。昨日は失礼しました。お茶をごちそうになって」

「お茶……」瑞希の顔に困惑が浮かんだ。

「朝食の時に、お茶を淹れていただきました。大変な時にお気遣いいただいて、感謝しています」

「いえ、そんな……」

大友は一歩だけ前へ進んだ。それで全身が病室内に入ったことになる。何とか一歩は踏み出せたわけだ。ドアは開けたままで、廊下には響子が控えている。

「貴也君の具合、どうですか」

「寝てます」

「ショックだったでしょうね」

「当たり前です」何気なしに言った言葉が地雷を踏んだようで、瑞希がいきなり声を張り上げた。「あんな目に遭って……何であの子が……」

「それは、これから調べてみないと何とも言えません」

「警察なのに？　しっかりして下さい」ほとんど叫ぶような声だった。目は血走っている。「この子をこんな風にした人間は、まだ街を歩き回ってるんですよ」

「分かっています。適当なことを言って、あなたを慰めたくないだけです」

「適当って……」瑞希が椅子の上で体を捻り、ベッドに視線を戻した。

「あなたに希望を持たせるような、根拠のない情報という意味です。そういうことを言って効果がある場合もあるんですが、あなたならすぐに見抜くでしょう。情報の真贋……嘘か本当か」

「少なくともあなたは、嘘はついていないんですね」

「本当のことを言うと、嘘をつくだけの材料もないんです」大友は肩をすくめた。さあ、ここからが勝負だ、と一瞬で表情を引き締める。「朝方は、うちの刑事がご迷惑をおかけしました。一刻も早く貴也君から話を聴きたいと焦った結果ですが、申し訳ありません」

「あの人たちは……」瑞希の耳が一瞬にして赤く染まった。「仕事が何より大事なんでしょう？　犯人が捕まらないなら、もう放っておいてくれてもいいのに。貴也は無事に帰って来たんだから」

「事件はまだ終わっていません」もう一歩、病室の奥に進んだ。「身代金も戻っていませんし、犯人も逮捕できていないんですよ」

「もう、いいの」弱々しい口調ながら、瑞希が一音一音をはっきり区切るように言った。「貴也さえ無事なら、もう……係わり合いになりたくないんです」

「貴也君？」大友は瑞希の肩越しに、ベッドで寝ている少年に呼びかけた。目は閉じたままで、ぴくりとも反応しない。掛け布団がわずかに上下するのを見なければ、まるで死んでいるようだ。

「ずっと寝ているんですか」

「ええ」

「六歳の男の子が、土曜日のこんな時間に寝ているのは不健康ですよね。本当は表で遊び回りたいはずだ。特に今日は、天気もいいですから。プールに行ってもいいぐらいの陽気ですよ」

「それがどうしたんですか」瑞希が眉をひそめた。

「私は、貴也君をこんな風にしてしまった人間を許せないんです」

「犯人を逮捕したいのは、警察の面子のためでしょう？　貴也は戻って来たけど、身代金が奪われたままじゃ、格好つかないですよね」皮肉をぶつけてきたが、声に力はない。

「警察に面子なんてありませんよ。成功して当然の仕事ですから……逆に言えば、失敗は絶対に許されないんです。人命にも係わりますからね。私が考えているのは、貴也君のことですよ」

「嘘ばっかり」

あまりにも素っ気ない——というか頑なな瑞希の態度に、大友は次第に戸惑いを感じ始めていた。犯罪被害者の家族は様々な反応を見せるものだが、瑞希の態度は大友には想定外のものだった。とにもかくにも貴也は無事に帰って来たのだ。警察に感謝しろとは言わないが、もう少し気を抜いて、安堵の表情を見せるのが自然なはずである。

——違う。瑞希にとって犯人は、貴也を傷つけた憎い相手なのだ。つまり、彼女にとって事件は決して終わっていない。

「早く忘れたいんです。貴也のためにもその方がいいから——」

「嘘ですね？」

大友は瑞希の言葉を遮った。呆気にとられ、瑞希が目を丸く見開く。

「あなたは犯人を憎んでいるでしょう。貴也君をこんな風にしてしまったのは、犯人なんだから」

「私の気持ちなんか、どうでもいいでしょう。貴也を静かに休ませたいだけなの」

「無理です」

「何が」苛立ちが彼女の全身を支配した。

「貴也君は、これからも事件の記憶に苦しむかもしれません。私は医者ではないからはっきりしたことは言えませんが、そういう時、憎む相手が誰か、具体的に分かっている方が気が楽ではありませんか?」

「犯人、ということ?」

「そうです。自分が置かれた状況の意味も分からず、憎むべき犯人が誰かも分からない――それだと貴也君は、負の感情をぶつける対象を持たないことになります。私は彼に、憎しみの対象を見つけてあげたい」

瑞希の唇が引き締まり、喉が動いた。何かを覚悟した表情が、怒りの仮面に取って代わる。

「そういう考え方は、健全ではないかもしれません。でも憎む相手がいて、それで立ち直れるなら、私は手を貸しますよ。一緒に犯人を憎んでもいい」

瑞希がかすかにうなずいた。椅子からゆっくりと立ち上がり、両手を揉みしだく。そっと息を吐き出し、今度ははっきり分かる程度に深くうなずいた。

「とはいっても、今はまだ無理ですね」大友はベッドに目をやり、緩い笑みを浮かべた。「寝ている子を起こすわけにはいきませんよね」

「ああ、今はちょっと――」響子が背後から声をかけた。「薬が効いてるだけだから、間もなく目を覚ますと思いますよ」

「どうも」彼女にうなずきかけ、ベッドに近づく。既に覚悟を決めたのか、瑞希は一切妨害しようとしなかった。ふと思いついて、眼鏡をかけてみた。この方が表情が柔らかくなるのだ。

初めて生で観る貴也。線の細い子だな、という印象を抱いた。逆三角形のほっそりした顎。頬も肉づきは良くない。掛け布団に隠れているのでしかとは分からないが、六歳の平均よりも少し小柄なようだった。左耳の上が少し赤くなっているのが見える。響子が言った「目隠しでできた傷」だろう。こういう小さな擦り傷は案外痛みがしつこく残るものだ……痛みが乗り移るわけではないが、大友は自分の耳を擦った。屈みこみ、額にかかる髪を人差し指でかき上げる。それが刺激になったのか、貴也がゆっくりと目を開けた。

「よ」

短く言って手を挙げてやる。貴也が目を瞬かせ、唇を薄く開ける。しかし次の瞬間には、唇を震わせて嗚咽を漏らし始めた。

「大友さん、ストップ、ストップ。駄目ですよ」響子が大友の肩に手をかける。大友はゆっくりと上体を起こしたが、まだその場を離れようとはしなかった。まだ見ていたい。この子の表情の変化から何かを読み取りたい――しかしその願いは、瑞希の悲鳴で諦めざるを得なかった。


十分間、大友は廊下で待ち続けた。貴也には響子と瑞希がずっとつき添っていたが、結局響子だけが部屋から出て来た。処置の難しさを物語るように、額には薄らと汗が浮かんでいる。

「煙草が吸いたいところじゃないですか」

「まあ……それは後でいいです」響子がズボンのポケットに手を突っこみ、背中を伸ばした。「ちょっと座りましょうか」

二人は並んでベンチに座った。響子がすぐに煙草を取り出す。当然廊下は禁煙なのだが、今にも一本引き抜いて火を点けそうな感じだった。しかし、右手に持ったパッケージを、左手の人差し指にリズミカルに当てるに留める。

「何か処置はしたんですか」

「いや、あまり薬を使ってもよくないから……子どもだから、できるだけ自然にいきたいんです。今は、要するにちょっと愚図ってただけですよ」

「そんな感じはしましたけど、母親とすれば大変ですよね」

「ねえ……」響子が寂しそうに笑った。「うちにも四歳の女の子がいるんだけど、母親は敏感になるものだから」

「そうですね」菜緒もそうだった。子どもと触れ合う時間が自分よりもはるかに長いが故に、めざとく異常に気づいたのだろう。大友から見れば騒ぎ過ぎ、ということも少なくなかったが。

「とにかく眠りましたから、事情聴取はしばらくお預けですよ。無理しないで下さい。会う時は絶対に、私を通すようにお願いします」

「私が無理矢理病室に忍びこむように見えますか？」

「あなたは……」響子が目を細める。「しないでしょうね。そういう卑怯な真似をするようなイメージじゃないし」

「そう言っていただけるのは光栄ですけど、私も刑事なんですよ。必要な捜査のためには手段を選ばないかもしれません」

「あなたなら姑息な手段を使わないで、正面突破を図るでしょうね。私に対してそうしたように」

大友は肩をすくめた。この女医は自分を買い被っている。

「ところで貴也君の父親……内海さんはいないんですか」

「銀行へ行ってるらしいですよ」

「こんな時に？」大友は目を見開いた。「しかも土曜日ですよ」

「その辺の事情は分かりません。昨夜は病院に泊まったんですけど、朝一番で出かけたようです」

「そうですか……」少しは子どもの側にいてやろうと思わなかったのか……しかし彼は彼で、いろいろ大変なはずだ。銀行が金を出して、無事に貴也は戻って来たが、今度は奪われた金の処理を心配しなければならないのだろう。この事態が世間からどう見られるか、大友は気になった。一見した所は、行員の家族のために、銀行がぽんと金を出したことになるのだが……。

「ご主人、またこちらに来るような話はしてましたか？」

「いや、私はそこまで詳しい話は聞いてません」響子が首を振った。「それこそ、警察の方が詳しいんじゃないですか」

「そうでした。確認しましょう」

立ち上がり、少し離れた場所にいる森嶋に声をかけようとした瞬間、病室のドアが開いて瑞希が出て来た。声をかけようと思った途端に、膝から崩れ落ちる。大友は咄嗟に腕を伸ばして彼女を支えたが、その体にはほとんど重みがなく、生の実感を感じさせなかった。

3

「貧血ですね」響子が断じた。「大したことはありません。すぐ気がつきますよ」

空いている病室のベッドで、瑞希は横になっていた。顔面は蒼白で、唇にも色がない。

「大したことはない」という響子の診断は、にわかには信じられなかった。

「輸血でもした方がいいんじゃないですか。私はB型ですけど——」

「彼女はA型」響子が苦笑しながら首を振った。「それに、この程度の貧血では、輸血は必要ないんですよ」

「ご主人への連絡は？」

「してません。今は騒がない方がいいと思いますよ」

「そうはいっても、知らせないわけにはいかないでしょう。私の方で連絡を入れておきます。貴也君はどうですか？」

「看護師がちゃんと看《み》ていますから、心配いりません。責任を持ってケアしますよ」

「瑞希さん、疲れてるんでしょうね」大友は、真っ白な顔でベッドに横たわる瑞希に目をやった。

「それはそうでしょう。子どもを誘拐されるなんて……」響子が声を低くした。「想像したただけで、気持ちが真っ暗になりますよね。子どもを持った親としては、他人事じゃありませんよ」

「まったくです」

「どうしますか？　あなたがついていてあげますか？」

「そうですね……」いずれ、瑞希にも話を聴かなければならない。その時のためにできるだけ誠意を示して、人間関係を密にしておくのは大事である。だがそんな計算よりも、今は傷つき疲れた彼女を一人にしたくはなかった。医者でもない自分に何かができるわけではないにしても。

大友は一度ロビーに出て内海に電話をかけた。内海は、「銀行はこの病院のすぐ近くなので、十五分もあれば行ける」と言って慌てて電話を切った。少しだけほっとする。銀行でもいろいろ後始末があるのだろうが、家族のことが頭から消えたわけではないだろう。

病室に戻って椅子に腰を下ろし、近づき過ぎないよう、少し後ろに下がる。椅子を引いた音が引き金になったのか、瑞希が目を開けた。一瞬で状況を認識したようで、すぐに体を起こすと、ベッドの鉄枠に体が当たり、鈍い音が響く。

「体を起こすなら、枕を使った方がいいですよ……それより、まだ寝ていた方がいいんじゃないですか」

「大丈夫です。貴也は？」かすれた声で言い、この病室にはいない貴也を捜して、目をきょろきょろと動かした。

「貴也君は自分の病室にいます。病院の方でしっかりケアしてますから、心配はいりません。今は自分のことだけを考えて下さい。ここであなたが倒れたら、貴也君の面倒は誰がみるんですか？　一昨日からほとんど寝てないんでしょう？　今のうちに少し休んだ方がいいですよ」

「でも……」

「無理しないで。取り敢えず、これでも飲んで下さい」大友は、自動販売機で仕入れてきたプルーンのジュースのパックを差し出した。

「すいません」頭を下げ、瑞希がパックを受け取る。「でも、どうしてプルーンジュースなんですか？」

「貧血には鉄分がいいでしょう？　プルーンは鉄分が多いんですよ」

「変なことに詳しいんですね」

「これでも子育てをしてますから」

「模範的な父親なんですね。奥さん、助かってるんじゃないですか」

「いや」一瞬言葉を切る。二年……さらりと話せるようになるには短過ぎる歳月だ。「妻は、二年前に交通事故で亡くなりました」

「ごめんなさい」瑞希が大きく目を見開く。「大変なんですね」

「いや、妻の母親が近くに住んでますから。助けてもらってるんですよ。代わりにいろいろ文句を言われますけど」

「文句は表面だけじゃないですか？　お孫さんなら、可愛くないわけがないでしょう」

瑞希がストローをパックに刺した。一口飲んで目を閉じる。

「憎まれ口の多い人で疲れるんですけどね」

「今日も預けてきてるんですか」

「ええ。もう小学校二年ですから、ある程度は一人でできるんですけどね」実際はちょっと頼りないのだが、他人に話して優斗に恥をかかせることはない。

「いろいろ大変ですね……」瑞希が目を伏せる。ジュースのパックを握る手にわずかに力が入った。

「貴也君も来年は小学校ですよね」

「はい」

「楽しみですね」

「そうですね……でも、今回のことがありますから」

「貴也君、普段はどんな子なんですか」

「元気ですよ。元気過ぎるぐらいで……昔のガキ大将みたいな感じです。最近の男の子は皆大人しいんで、幼稚園の友だちにも迷惑ばかりかけてます」

「確かに最近は、大人しい子が増えましたよね。子どもの頃から草食系、ですか」

大友の冗談に、瑞希が固い笑みを浮かべた。

「女の子の方がよほど元気ですね」

「何だか心配になりますよ。あと二十年ぐらいして、彼女もいなかったらどうしましょうねえ」

「それはちょっと、考えが先走りし過ぎてませんか？」

「そうかもしれませんけど、いろいろ考えてしまうんです」

「分かります。子どもって、すぐに大きくなりますからね」

　二人の間の空気が少しだけ緩んだ。瑞希が枕を背中にあてがい、楽な姿勢を取る。今度は少し長くジュースを飲み、パックをサイドテーブルに置いた。

「私がしっかりしないといけないんですけど、駄目ですね」小さな溜息。

「ショックを受けるのは当然ですよ。私だって、自分の子どもが誘拐されたらと考えると怖い。子どもを持つ親なら、誰だって耐えられないでしょう」

「でも、こんなことじゃ、貴也が……」

「子どもは強いですよ。いつかは忘れます。乗り越えます。さっきも言いましたけど、私はその手伝いをしたいんです。もちろん、犯人を捕まえるのは、同じような事件を防ぐためでもありますけど」

「よくそんな風に言いますけど、本当に効果があるんですか？」瑞希が眉根に皺を寄せた。

「犯人検挙が最大の抑止なんですよ。上手くいかないと分かれば、同じように誘拐を計画している人間も二の足を踏むでしょう？」

　適当な言葉をまき散らしているな、と思った。犯罪者は基本的に馬鹿である。過去から何も学ばない――特に誘拐の場合は。誘拐は最も割に合わない犯罪だとよく言われる。手間がかかる割に成功率が低く、身代金を奪って見事に逃走、というケースはほとんどないのだ。なのに、誘拐という犯罪が絶滅することはない。

「母親失格っていう感じです」

「そんなことはない。あなたは貴也君にたっぷり愛情を注いでるじゃないですか。それで十分ですよ」

「でも、本当に怖くて……あの子がどんな目に遭ってたのか、考えるだけで震えがくるんです」

「手荒な真似はされてないでしょう。精神的には辛かったはずですけどね」

それが問題なのだ、と大友は思った。体の傷ならいつかは治る。心の傷は、目に見えない分厄介なのだ。

「もう、本当に……」

瑞希が両手で顔を覆うと、すぐに肩が震え始める。大友は静かに彼女が落ち着くのを待った。声をかけず、一人で耐えている方がいい時もある。やがて瑞希が、大きく深呼吸をして顔を上げた。頰は濡れていたが、表情は毅然としている。

「私がついていてあげないと駄目なんです。これからはずっと一緒にいます」

「そうですね。でも今は、少しだけ自分のことを考えて下さい。ご主人には連絡しました。すぐにこっちへ来られるそうですから」

瑞希の顔がまた暗くなった。

「主人、大丈夫なんでしょうか。銀行に迷惑をかけて……」

「それは、私の方では何とも言えません」

内海が職場で居心地の悪い思いをするのは間違いないが、警察が手を出せる問題ではない。しかし瑞希は、大友の態度を「冷たい」と感じ取ったようだ。

「やっぱり警察は、犯人を捕まえることしか考えていないんですね」嚙み締めた唇から色が抜ける。

「それが全てを解決する一番の早道なんです。犯人はまだ金を手元に置いているはずですしね。一億の金をクリーニングするのは大変なんですよ。だから、逮捕が早ければ早いほど、金が無事に戻ってくる可能性が高いんです。そうすれば、全てが丸く収まるんじゃないですか」

「そうですね……」認めたものの、納得している雰囲気ではない。銀行と家の関係も警察が何とかしてくれるのではないか、と期待している様子だった。

「瑞希！」

いきなりドアが開き、内海が病室に飛びこんで来た。瑞希が目を見開いたが、そこに暗い光が宿っているのを大友は素早く見て取った。しかし何も言わず、黙って席を譲る。

「大丈夫なのか？　急に倒れたって聞いたからびっくりしたぞ」大友が存在していないかのように、真っ直ぐベッドに駆け寄る。

「貧血だって。ごめんなさい」頭を下げると、髪がはらりと垂れて顔を隠した。

「いいんだ。無理してたんじゃないか？　昨夜もあまり寝てないんだろう。丈夫じゃないんだから、気をつけないと」

「ごめんなさい」夫の気遣いに対して、瑞希は体を小さくするばかりだった。

「いいから、今は休め。少し寝た方がいいよ」

内海が瑞希の肩をそっと押し、ベッドに横たわらせた。掛け布団を首のところまで引っ張り上げ、胸元を二、三度叩く。幼い子をあやすようなやり方だった。瑞希は静かに目を閉じ、深呼吸すると、ほどなく寝入ってしまった。よほど疲れていたのだろうと、大友は同情を覚えた。

「どうもすいません」体を伸ばして、内海が頭を下げた。瑞希とはまったく逆に血色がよく、今朝は髭も綺麗に剃られていた。

「少し話ができないでしょうか。それともすぐに銀行へ戻らないといけませんか？」

「大丈夫ですよ」左腕を突き出して時計を確認しながら内海が言った。「少しぐらいなら」

「出ましょうか。奥さんは静かに眠らせてあげた方がいいでしょう」

「ええ」

二人は病院内のカフェテリアに入った。昼食時とあって見舞い客などでごった返していたが、何とか空席を見つけ、コーヒーを頼む。内海は砂糖とミルクをたっぷり加え、美味そうに啜った。

「ああ、ほっとしますね」心底安心したような笑みを浮かべる。

「コーヒーが、ですか？」

「普段はブラックなんですよ。でも貴也が帰って来たら、急に甘い物が欲しくなって。これじゃ太っちまうな」

「そんなに急には太りませんよ。でも、今回は本当に大変でした。昨夜はろくにご挨拶もできなくて、申し訳ありません」

「とんでもない」内海が大袈裟に顔の前で手を振った。「とにかく、貴也が無事に帰って来たんですから、今はこれ以上何も望みません」

「銀行の方……お金の問題は大丈夫なんですか」

「それは、何とか」内海の顎がわずかに強張った。「いろいろ難しいことはありますよ。銀行だって、こんなことで金を出すなんて、予想もしてないんだから。でも、何とかなります。家族のためにも、私は踏ん張らないといけないんです」

「家族、大事ですよね」相槌を打ちながら、金の処理がどうなるのか、まだ具体的なことは何も決まっていないのだ、と分かった。

「今回の件で、本当によく分かりました」内海がしみじみと言った。「普段はあまり意識しないんですよね。正直言って、子どもなんて煩いって思うこともあるし……ひどい親ですかね？」

「いや、世の中の父親は多かれ少なかれそう感じているでしょう。あまり口に出して言えないだけで」

「そうですよね」勢いこんでうなずき、内海が身を乗り出した。「あれが欲しい、これが欲しい、遊んでくれ……騒いでいるかと思うと急に熱を出したりしてね。気が休まる暇がありませんよ。ああ、そうだ、貴也は今どうしてるんですか」

慌てて立ち上がろうとするのを、手を伸ばして止める。

「大丈夫です。病院側がしっかり看てくれてますから。それに一度は、目を覚ましたんですよ」

「本当ですか？」内海が目を見開いた。

「ええ。私が話しかけようとしたら、急に泣き出しちゃったんですけどね」

僕を見て泣いた？……大友の想像は、自分の言葉をきっかけに急激に膨れ上がった。もしかしたら僕が犯人に似ている？　それで急に恐怖が蘇った？　そんなことはないだろう。貴也は犯人の顔を見ていないはずだ。いや、幼稚園から連れ去られた時はどうだっただろう。貴也は犯人を見る間もなく、いきなり目隠しをされたのか。一瞬だけでも、顔を盗み見るチャンスがあったのでは……。

「――ですか」

「はい？」夢想していて内海の言葉を聞き逃した。

「いや、その……こんなことは聞きにくいんですけど、犯人の目星はついてるんですか？」

「申し訳ないですが、今のところは何とも」

「そうですか……でも、貴也が無事に戻って来たんだから、今はこれ以上のことを望んだら贅沢ですよね」

「犯人を逮捕して、身代金も取り戻さないといけません」

「そうなんですけど……」内海の表情が複雑に歪んだ。「正直言って、実感がないんです。私の懐が痛んだわけじゃありませんからね」

「銀行の方の反応はどうなんですか」

「まだ何とも」内海が首を振った。「今日はいろいろ後始末があって出たんですけど、基本的に休みですからね。週明けに同僚と会った時の視線が怖いです」

「そうかもしれませんね」

「でも、何とかなりますよ」

「ええ」そんなに簡単に割り切れるものだろうか。結果的に内海は、銀行に損害を与えたことになる。今はいい。人質は無事に戻り、家族はゆっくりと再生していく。だが銀行は、今後内海に何らかの責任を負わせるようなことを考えてはいまいか。直接金を弁済しろとは言わないかもしれないが、次第に圧力を高めてくる可能性もある。

「警察も大変ですよね」腕組みをしながら内海が溜息をついた。「こんなことを言うのは何ですけど……昨日のようなこと、やっぱり失敗って言われるんですよね」

「そうです」いきなり痛い所を突かれ、大友は唇を引き結んだ。

「新聞も、結構きついことを書いてましたね。テレビは見てないけど、朝のワイドショーとか、ひどかったんじゃないかな」

内海の言葉に邪気はなかったが、一言一言が大友の胸に突き刺さった。

「犯人を確保できていないんですから、失敗と言われるのは仕方ありません」

「そうですか……あの、一つ、心配していることがあるんです」

「何ですか」

「マスコミですよ」内海が声を潜めた。「銀行にも張りついていたんです。何とか気づかれずに出入りできましたけど……貴也がここを出る時、写真とか撮られるんでしょうか」

「それは覚悟しておいた方がいいかもしれませんね。一番いいのは、一度きちんと会見を開いて、後は無言を通すということです。とにかく一度顔を出して喋れば、マスコミも満足するはずですよ。内海さんは被害者なんですから」

「やっぱりそういうこと、やらないと駄目ですかね……静かにしていたいんですけど」

「会見しないと、逆にマスコミは張りつくかもしれませんね。家の周りや勤め先にまで張り込まれたんじゃ、たまらないでしょう。一度きちんと会見すれば、マスコミも納得するかもしれない」

「そういうの、警察の方で何とかしてもらえないんですか？」探るような上目遣いで大友を見た。

「こういう問題では、私は何か言える立場にないんですが……広報部にでも相談してみますか？　あの連中なら、記者会見の仕切りにも慣れてますから。場所は病院に提供してもらって、広報部に仕切らせるんです。それなら会見も混乱しないと思いますよ」

「連絡、してみた方がいいですかね」

「そうですね……」頭の中で広報部のメンバーの名簿をひっくり返す。所轄時代の先輩が、新聞・テレビ対応の広報を担当していたはずだ。おそらく広報部は、積極的には表に出ない。マスコミ側が会見を申し入れ、病院が好意で場所を提供した、という形になるだろう。しかし裏では広報部が全てをコントロールする。こういう取材に来るのは新聞、テレビ、それに雑誌だ。普段から警察とつき合いのあるメディアばかりだったら、無難に収めるよう、根回しするだろう。

「私の方で広報部に連絡を取って、内海さんに連絡させます。早いタイミングで会見した方がいいでしょうね」

「そうですね」内海が深くうなずいた。

「貴也君が退院するタイミングが、会見にはいいと思います。それまでに準備を整えておきましょう」

「そうですね。それが終われば、あとは静かに暮らせますよね」

ふと疑問が生じた。普通、誘拐事件の被害者は——誘拐事件に限らないかもしれないが——マスコミ対策など考えられないはずなのに、内海は妙なことを気にするものだ。もしかしたら体面の問題かもしれない。銀行という組織は、非常に世間体を気にする。その辺りと何か関係しているのだろうか。大友の疑問を見抜いたように、内海が切り出した。

「実は今日の午後、銀行が会見する予定なんです」

「そうなんですか」

「どんな話になるかは分かりませんけど、私もそのすぐ後で会見した方がいいんじゃないでしょうか」

「銀行とセットで会見するわけにはいかないんですか？」

「それは難しいと思います。あくまで銀行として、ということですから」

「つまり銀行からすれば、内海さんは銀行の一員というよりも被害者だ、ということなんですね」

「そういうことなんでしょうね」内海が顎を引き締めた。「上には上の考えがあるでしょうから、私が口出しできることじゃありません。とにかくそういう方針のようです」

「内海さんが会見するのは、銀行側の指示なんですか？」

「そういうわけじゃありませんけど、そういう会見、よくあるじゃないですか。見てると大変そうだし、でもやらないわけにもいかないだろうし……どうしたものかな、と思っていたんです」

「そうですか」

言葉を切り、大友はブラックのままコーヒーを飲んだ。朝方淹れたのをそのまま出してきたのか、完全に煮詰まって苦味が強烈である。その苦味に、奇妙な違和感が紛れこんだ。その源泉が、目の前に座る男なのだとすぐに気づく。内海は明る過ぎる。妙にしっかりしている。普通、会見などには考えが及ばないはずだ。

何故だ？　確かに息子を奪われた数十時間は、彼に計り知れぬプレッシャーを与えただろう。それ故、無事に帰って来た喜びが大きいのは理解できる。頭を強く押さえつけられていた反動ということか——それにしても極端だ。この男がカメラの前に立ってテンション高く話したら、記者たちも違和感を抱くのではないだろうか。明るい顔で喋られても……マスコミは、犯罪被害者には沈痛な表情と涙、震える口ぶりを求めるものだ。

マスコミは今、必死で被害者の内海家の様子を探ろうとしているはずだ。情報源は警察のみ。銀行や病院は詳しい取材は拒絶しているだろう。貴也が入院しているのは、あくまで精神的なショックからの回復を図るため——しかしその説明に納得している記者などいるのだろうか。両親がすぐに会見しないのは変だ、何か隠しているのではないか、そう考えるのが自然だろう。とにもかくにも、貴也に怪我はなかったのだから、せめて両親だけでも、あるいは父親だけでも公の場に出て喋るのが普通ではないか、と。

そう考えると、内海が「会見」と言い出した理屈は理解できないでもない。事を荒立てるのを何よりも嫌う銀行という組織に属する人間は、自然とそういう考え方をするようになるのかもしれない。

本当に？　被害者の家族なのに？

「テレビなんか見てる暇、あるんですか？」森嶋が疑念を口にした。

「銀行側が会見するんだ」

「そんなの見たって仕方ないでしょう」

「何かの参考になるかもしれないじゃないか。今は動きがないんだから……病室の方は、制服連中に任せておけよ」

「いいのかな、持ち場を離れて」ぶつぶつ言いながら、森嶋は大友の後に続いてカフェテリアに向かった。

銀行側の記者会見の様子は、午後のニュースの時間に生中継されていた。さすがに頭取は出てこず、広報部長が一人で会見に応じている。銀行の会議室が臨時の会見場に設定されており、部長が座ったテーブルの上にはマイクが林立し、ＩＣレコーダーが零れ落ちそうなほど置かれていた。背後のホワイトボードには「会見者・設楽《したら》啓《けい》　広報部長」と達筆で書かれている。

広報部のスタッフが、会見のスタートを告げた。まず広報部長が立ち上がり、深々と頭を下げる。一斉にシャッターが切られ、少し薄くなった設楽の頭頂部が鈍く光った。謝罪？　違和感を感じる。銀行としては、何も悪いことをしていないではないか。

設楽がゆっくりと腰を下ろし、背広のボタンを外した。少し背中を丸め、マイクに顔を近づける。

「本日はお集まりいただき恐縮です。わが社の行員の子弟に対する誘拐事件について、会社としてのコメントを読み上げさせていただきます」眼鏡を直し、手元の紙を確認する。Ａ４一枚だった。ということは、内容は薄い。「今回の事件に関連して、犯人側は銀行に対して身代金を要求するという、過去に例を見ない暴挙に出ました。当行といたしましては、行員の家族の身の安全を鑑み、極めて異例のことではありますが、身代金を用意することで即断いたしました。この件につきましては、昨夜から何度もお問い合わせをいただきましたが、当行としては異例のことであり、報道対応に関して結論を出すのに時間がかかったことを認めます。不信感を抱かれた方もいるかもしれませんが、あくまで対応が遅れただけであり、他意は一切ないことをここで明言させていただきます。当行としては、被害者行員のご家族——子弟の身の安全を確認したうえで、この段階でご説明させていただくことにしたわけです」

「えらく率直な言い方ですね」頭の上のテレビを見上げながら、森嶋が言った。「要するにどうしていいか分からなかったって、自分で認めたわけでしょう？　普通、もっと上手い言い訳を考えますよね」

「下手な言い訳をするより、この方が好感度が上がるんじゃないか？　そこまで計算してるかもしれないぞ」

「まさか」

「銀行っていうのはそれぐらい考えるよ。面子が何より大事だから」

「なるほどね……」森嶋が顎を撫で、欠伸《あくび》を嚙み殺した。

設楽の会見は続く。

「現在、人質になっていた当行員の子弟はまだ入院中ですが、怪我はしていないと聞いています。ただ極度の疲労と緊張状態にあったということで、退院の目処についてははっきりしたことは分かりません。当行としましては、一刻も早い回復を祈念いたします——コメントは以上です」

設楽の横に立っていた広報部員が質問を募った。しばらくあちこちに視線を投げていたが、やがて右手を伸ばして差し伸べる。後ろ姿だけの記者たちと設楽のやり取りがしばらく続いた。

「身代金の一億円ですが、払うことについて銀行内では議論にならなかったんですか」

「取締役会で決定しましたが、基本的にスムーズに決まったと聞いています」

「一億円という額についてはどうお考えですか」

「犯人側の考えは分かりませんが、当行としては、人命最優先で考えました。額の多少については、何とも言えません」

「今後、身代金が戻ってこなかった場合、一億円はどういう処理になるのですか」

「それについてはまだ検討もしていません。警察の捜査を待っている状況です」

「警察とは、密に連絡を取っているんですか？」

「事件発生から現在まで、然るべく連絡を取り合っています。銀行としては最大限、捜査に協力をしています」

広報部員が質問をシャットアウトした。

「すいません、時間がありませんので、次の質問で最後にしたいと思います……はい、そこの女性の方、どうぞ」

「二点あります。一点、今回の事件の犯人の狙いは、最初から銀行だったと考えられないか。もう一点、銀行として犯人に心当たりはないか」丁寧だが、低い、有無を言わせぬ口調だった。

設楽の口元が強張り、唇が一本の線になった。答えにくい質問を……しかし考えてみれば、どの記者も同じ疑問を抱いているはずだ。銀行にターゲットを絞って金をむしり取ろうとした時、まず人質として考えられるのは幹部である。だがそれは、物理的に難しい。相手は大人だし、周りには常に人がいる。その代わりに狙いやすい子どもをターゲットにした——というぐらいはすぐに想像できる。

問題は、何故首都銀行が狙われたか、だ。金を奪い取りやすいターゲットという判断だったのか、あるいは何らかの恨みがあってのことなのか。

「最初の一点に関しましては……」設楽が一度言葉を切った。「私どもとしては何とも言えないところです。ですので、第二点に関しては、さらに何とも申し上げられません」

「想像もしていない、ということですか」女性記者がしつこく食い下がった。

「想像で、適当なことは言えませんので」

「昨日、身代金を払うかどうかを決めるための取締役会が開かれたんですよね？　そういう席で、話にも出なかったんですか？　まず考えることだと思いますが」

「そのような話が取締役会で出たということは、私は聞いていません」設楽の口調は強張っていた。

「出ないわけがないと思いますが」

「それこそ、想像ではないでしょうか」

「すいません、時間がありませんので、この辺でよろしいでしょうか」

ヒートアップしかけたやり取りに、広報部員が必死に割りこむ。もう一悶着あるのではないかと大友は思ったが、女性記者はそこで諦めて引き下がったようだった。画面がスタジオに切り替わり、何事もなかったかのように次のニュースが始まる。アナウンサーが、「この時間は、時間を延長してニュースをお届けしました」と告げる。予想外に長い記者会見だったのだ。大友はすぐに席を立った。森嶋が走って追いかけて来る。

「今の、見る必要があったんですか」

「どんなことでも、見ておいて損はないよ」森嶋ののんびりした対応に少しだけ苛立ちながら、大友は答えた。

「でも、何の役にも立たなかったじゃないですか。あの広報部長も、通り一遍の話をするだけだったし」

「そうだな」

「最後の女性記者、強烈でしたね……嫌いなタイプだな」

「だけど可愛かったらどうする？　君だったら顔を取るか、性格を取るか」

「そんなこと、冗談でも考えられませんよ」おどけて言ったが、森嶋の声は少し震えていた。

「何を怯えてるんだよ。ただの冗談じゃないか」

「彼女が異様に嫉妬深いんですよ……テレビを見てる時に、女性タレントのことで何か言おうものなら、それだけで怒り出すんですから」

「それは確かに、相当なものだ」

「ねえ。この前だって……朝から電話してこなくてもいいと思いませんか？」

昨日の朝の電話か。大変な女に摑まってしまったものだ。しかしそれも、森嶋自身の責任である。

「僕に文句を言うなよ。言うなら、そういう女を選んだ自分に文句を言うべきだな」

「そこまで自虐的になれませんよ」早足で歩きながら、森嶋が肩をすくめた。

こういう奴は、結婚しても上手くいかないんだよな……警察官だから、離婚すると周囲の視線が厳しくなるわけで、何とか別れないように努力するだろうが、家庭生活は冷え切ったものになるだろう。それが何十年も続くのは辛い。お気の毒様だが、全て自分の責任――。

「大友さん！」大声で呼びかけられ、顔を上げた。軽い笑みを浮かべた響子が、駆け寄って来る。「貴也君、目を覚ましましたよ」

念のため、大友は少し外見の印象を変えることにした。先ほどとは違う丸い黒縁の眼鏡をかけ、髪をくしゃくしゃに乱す。きちんと分け目を入れないと少しだけ若く見えるし、眼鏡も黒の方が印象が柔らかくなる。さっきは銀縁眼鏡のせいで、少し冷たい男に見えたのかもしれない。

「大友さん、目、悪いんでしたっけ？」髪型を直すためにトイレにまで着いてきた森嶋が訊ねる。

「両目とも一・五だよ」

「じゃあ、伊達ですか」

「そういうこと。眼鏡が二つ、それと整髪料があれば、三人ぐらいに化けられるんだ」

仕上げにネクタイを外し、ワイシャツのボタンを二つ外す。

「それ、特殊技能ですよね」

「ちょっと練習すれば誰でもできるさ……さて、どうかな？」鏡に背を向け、森嶋に顔を晒す。「何に見える？」

「学校の先生かな？　それも美術とか音楽ですかね……ちょっと偏屈な感じの。少なくとも刑事には見えませんよ」

「いい線だね。行こう」

病室の前では響子、それに内海が待ち構えていた。入る前に内海に声をかける。一瞬、内海は目の前の人間が誰なのか分からない様子だった。「イメージチェンジです」と説明すると、あやふやな笑みを浮かべてうなずく。

「銀行の会見、見ましたよ」

「どんな感じでした？」

「必要最小限のことしか言いませんでしたね。銀行としても、あまり突っこまれても困るだろうし」

「次は私の番ですね……」拳を顎に擦りつける。

「広報部の人間に話をしておきました。捜査一課と相談してから、電話をしてくるそうです。内海さんの携帯の番号を教えましたけど、問題ないですね」

「ええ、どうもすいません」

内海がさっと頭を下げる。うなずき返して、大友は本題に入った。

「貴也君、どんな様子ですか？　話しましたか？」

「少しだけ。やっぱり、いつもより元気はないですね。でも食事はしてますから、大丈夫でしょう」

「それはよかった」食欲が戻るのが一番だ。子どもは食べて元気になる。「まだ食事中ですか？」

「食後のゼリーを食べてますよ。お代わり、欲しがってます」

「それは大変です」響子が大袈裟に手を広げて見せた。「うちの病院食をお代わりしたがる人間なんて、初めてですよ」

その場の雰囲気がふっと和む。内海でさえ、はっきりと分かる笑みを浮かべた。

「念のため言っておきますけどね」響子が自分のロレックスに視線を落とした。「五分だけですよ。さっきの件もありますからね。不要な刺激は、どんな悪影響を与えるか分かりません」

「分かりました。だけど、私の顔を見てショックを受けたとは考えたくないですけどね」

「別にあなたのせいじゃありませんよ。私の顔を見ても泣き出したかもしれないし……とにかく、五分ルール遵守でお願いします。お父さんも一緒にいてあげて下さい。肉親が側にいれば、ひどいパニックにはならないはずです」

「分かりました」内海が顎に力を入れてうなずく。

大友は小さく深呼吸し、肩を上下させて病室に足を踏み入れた。焦っていると思われないよう、ことさらゆっくりとベッドに近づく。貴也は、プラスティックの容器の底にへばりついたゼリーを全部片づけようと、不器用な手つきでスプーンをこねくり回しているところだった。

「貴也君」

声をかけると、びくりと体を震わせてから顔を上げる。のろのろと手を下ろし、ゼリーの容器をプラスティック製の盆に置いた。先ほどよりはよほどましだと考え、大友は少し距離を置いて椅子に腰かけた。

「どこか痛いところはないか？」

「ない」かすれた低い声。顔が少し紅潮しているのは、興奮のためか、風邪のせいか。

「それは良かった。ご飯は美味しかったか？」

「あんまり」

大友は意識して柔らかい笑みを浮かべた。

「こういうところのご飯はまずいんだよ。早く家でママのご飯を食べたいよな」

こっくりとうなずく。視線はずっと大友に向けられていた。いい傾向だと思い、話を進める。

「早く家に帰るためには、元気にならないとな」

「元気……おじさん、誰？」

「おじさんはね、警察の人。貴也君に悪いことをした人間を捕まえたいんだ」

それぐらいのことは理解できるのか、貴也がまたうなずく。しかし、どうにも機械的な動きだった。視線は大友を捉えていない。

「貴也君、一昨日幼稚園から連れて行かれて、その後のこと、覚えてるかな？　車に乗ったのかな？　それとも電車？　知ってる人が一緒だった？」

不意に貴也の体が震え始め、大友は失敗を悟った。一気に質問を詰めこみ過ぎたのだ。もう少しゆっくり、キャッチボールをするように質問を続けなければならなかったのに……五分という時間制限に、無意識のうちに急かされていたのだ。

「貴也君、大丈夫だから。話したくなければ話さなくてもいいんだ。気持ちが落ち着いたら、また話をしよう」

貴也は落ち着いた様子で、深く息を吸いこんだ。だが次の瞬間には顔を真っ赤にして、喘息の発作のように激しく咳きこみ始めてしまう。大友は慌てて立ち上がり、貴也の小さな背中を撫でた。ほどなく落ち着いたが、少し吐いたのか、ゼリーの名残がオレンジ色に布団を汚している。口元を指で拭いてやり、背中を撫で続けた。

「貴也、無理しなくていいからな」内海が床に膝をつき、貴也の頭を撫でた。大友は背中から手を離し、立ち上がった。ここは肉親の出番であり、自分は基本的に役に立たない。

「すいませんでした、内海さん」

「いや、大丈夫ですよ」内海がウェットティッシュを一枚引き抜き、貴也の口を拭う。「ちょっとびっくりしただけだよな、貴也。男の子なんだから、大丈夫だろう。な、落ち着けよ」

「まだショックが抜けきらないようですね」しばらく事情聴取は無理だろう。時間を置くしかないようだ。

「すいません、ご迷惑ばかりおかけして。でも、貴也は大丈夫ですから」内海がウェットティッシュを握り潰し、ゆっくりと立ち上がった。「本当に、すいません。あなたも仕事なんだから、こっちも協力しないといけませんよね」

「そう考えていただくのはありがたいんですけど、無理はできませんから。また仕切り直しします」

「取り敢えず、大友さん、あなたは出て下さい」それまで黙っていた響子がぴしゃりと言った。「少し様子を見て退院にしようと思っていたんですけど、落ち着くのを待ちましょう」

「大丈夫なんですか？」

「あなたが無理に話を聞こうとしなければ大丈夫でしょう」響子が鼻を鳴らした。「あなた以外の人が話しかけたら、もっと激しい拒否反応を示すかもしれないけど」

記者会見は、病院の広い会議室で行われた。テーブルを並べた臨時作りのひな壇に座っているのは、内海夫妻と響子。「病院側の判断」という理由で、貴也は同席していない。会見の仕切りをしたのは警視庁の広報部だった。会見は両親と担当医師のみ。病院を出る時には、遠くから貴也の写真を撮らせる。両親も協力するので、写真撮影の時には無理に子どもに声をかけない——全員が歩み寄れる妥協だった。

大友は会議室の後ろ、出入り口に近い場所に陣取り、壁に背中を預けて足首を重ね合わせていた。隣には、テレビカメラの列。その前に用意された五十ほどの折り畳み椅子は、ほとんど埋まっていた。

警視庁の広報部は、大友が予想した通り裏方に徹することにしたようで、会見の口火を切ったのは病院の事務長だった。初めに会見者を紹介し、響子に貴也の様子を説明するよう促す。響子は、外傷はほとんどないこと、衰弱していたが点滴と食事で既に回復していることを淡々とした口調で明かした上で、精神的なショックからはまだ立ち直っていない、と強調した。些細なことでショックを受けるかもしれないと釘を刺したのは、マスコミに対する明らかな牽制である。

「例えば、知らない人から話しかけられたりするだけで、症状が悪化する可能性があります」響子の視線が大友を捉える。「本当なら、もう少し入院させて様子を見たいところですが、ご両親の側、慣れた環境に戻す方が、治療には効果的ではないかと判断して、これから退院の手続きを取ります。繰り返しますが、とにかくショックを与えないことが一番です——私からは以上です」

続いて内海が立ち上がり、瑞希もそれに倣った。瑞希の顔色はまだ白い。内海が自己紹介して、しばらく深々と頭を下げ続けた。フラッシュが二人の体を洗い、テレビカメラのライトが会場の温度を何度か押し上げる。内海は瑞希に座るよう促し、自分はマイクに覆い被さるように両手をテーブルについて話し始めた。

「この度は皆様にも大変なご心配をおかけし、まことに申し訳ありませんでした。息子は無事に帰って来ましたが、銀行、並びに警察に多大なる迷惑をかけたことを、この場をもってお詫びします。今後はしばらく、息子と静かに過ごして、元気になるのを見守りたいと思います。本当にご迷惑をおかけしました」

もう一度頭を下げると、再びフラッシュの嵐。瑞希が怯えたように目を細めるのが見えた。病院の事務長がマイクを握り、質問を促す。ただし三人まで、と釘を刺すのを忘れなかった。

ありきたりの、害のない質問が飛んだ。「今の気持ちは」「家に帰ったら何を食べさせたいか」。もしかしたら質問そのものも広報部のしこみではないか、と大友は訝った。写真はきちんと撮らせるから、質問はあまり厳しくしないでくれ、とか。記者クラブの連中は広報とはべったりの関係だから、これぐらいのコントロールは難しくないだろう。

しかしそれが妄想に過ぎないことは、すぐに分かった。事務長がババを引いてしまったのだ。指名された女性記者が立ち上がり、マイクなしで質問をぶつける。よく通る声は、つい数時間前に大友がテレビで聞いたのと同じものだった。

あの女か……顔を見てみたい、という気持ちを何とか押さえつける。この場で不自然な動きをしたら、会見に出ている記者たちも疑念を抱くだろう。後ろ姿を見て、顔を想像するだけにした。黒い、丈の短いジャケットに同色のパンツ。漆黒の髪は首が隠れるほどの長さだが、耳は露にしていた。形のいい耳だということは分かったが、それだけでは、どんな顔なのか想像もつかない。

「この誘拐そのものが、銀行をターゲットにしたものとは思いませんか」

「申し訳ありませんが、想像で物は言えません。捜査は警察に全てお任せしています」

間髪入れずに内海が答える。淀みない口調だった。彼としても、このような質問は想定していたのだろう。あるいは銀行とある程度事前の打ち合わせをしたのかもしれない。

「行員個人を狙っても、金を引き出すのは難しいでしょう。犯人については――」

「申し訳ありません」穏やかに、しかし強い調子で内海が質問を遮った。「事件のこと、捜査のことについては、私にはお話しする権利がありませんので」

「あなたは被害者なんですよ」

「ですから、一刻も早く普通の生活に戻りたいんです。そのために、事件については忘れたいんです」

「すいません、時間ですので、この辺でよろしいでしょうか」事務長がすかさず割って入った。この辺も広報部のアドバイスだろうか、と大友は訝った。まずい質問が出たら、時間切れを理由に打ち切れ。病院側はあくまで好意で場所を提供しているだけなのだから、いつでも会見をストップする権利がある、とか。

響子が立ち上がって軽く一礼し、内海の腕を引っ張って立たせた。そのまま自分の方に引き寄せ、マイクを見下ろして十分距離があるのを確認してから耳元で何か囁く。内海は真剣な表情で何度かうなずき、瑞希に視線を送った。瑞希が疲れた様子で立ち上がり、内海の後に続いて歩き出した。質問が浴びせかけられたが、三人は無視して列を作り、前方左側の出入り口に消えて行く。事務長がその後を守った。質問が立ち消えになり、テレビカメラのライトが消える。記者たちが立ち上がり、一斉に大友がいる部屋の後方の出入り口に向かって殺到してきた。大友は身を引いて邪魔にならないよう気をつけながら、黒尽くめの彼女を捜した。

いた。身長百六十センチぐらいだろうか、意志の強そうなまなざしに、不満感が一杯に宿っている。軽く嚙み締めた唇に、質問を詰め切れなかった悔しさが滲んでいた。笑えば可愛いはずだけどな。だけど、怒った顔にも凜とした魅力がある——いかん、何を考えてるんだ。大友は頭を振って、暴走する考えを押し潰した。それにしても、化粧が地味だな。ということは、テレビではなく新聞の記者だろう。テレビの女性記者の場合、いつカメラの前に立つことになるか分からないから、大抵気合の入った化粧をしている。

ほとんどの記者が出てしまった後も、彼女は立ったままメモ帳を読み返していた。携帯電話が鳴って、乱暴な手つきで開く。メモを見ながら話しているのは、上司に状況を説明しているのだろう。こちらには内容までは聞こえてこなかったが、苛立ちは手に取るように伝わってきた。

電話を終えた時には、撤収を進めているテレビのカメラクルーを除いて、会見場には大友と彼女だけになっていた。彼女はメモ帳と携帯電話を大き目のトートバッグに突っこむと、ヒールの音も高らかに、大股に会見場を横切り始めた。

部屋を出ようとした瞬間、大友に目を留め、「病院の方ですか」と訊ねる。

「いえ」

否定すると、露骨に舌打ちをする。彼女との距離はわずか五十センチほど。煙草の臭いがかすかに漂ってきた。

「病院の人だったら、文句を言ってやろうと思ったのに。まだ質問が終わってないのに、勝手に打ち切るんだから」

「打ち切られるような質問をするからじゃないですか」

「あなた、誰ですか」彼女の目がすっと細くなった。冷静というよりも、単なる怒りが全身から伝わってくる。

「名乗るほどの者じゃありませんよ」

「関係者以外は会見に入れないはずだけど。まさか、ネット関係の人？　あいつら、最近時々見かけるのよね。自分の都合で興味本位で首を突っこんできて、見当違いの質問ばかりするから――」

「違います」

「警察か……」汚いものでも見るような目つきで、大友の全身を嘗め回す。「何ですか？　会見の監視？」

「いや」

「じゃあ、何なんですか」

「警察だとは言ってないけど」

「悪いけど、あなたの相手をしている暇はないですから」

「最初に声をかけてきたのはそっちですよ」彼女は大友を一睨みしてから会見場を出て行った。一触即発のはずだったのに、大友は何故か爽やかな勝利感を味わっていた。

夕方、大友は柴がハンドルを握る車の助手席にいた。内海たちを家に送り届けての帰りで、げっそり疲れている。マンションの前には報道陣が張りつき、三人を無事に部屋に送り届けるまで、大汗をかいた。管理人が協力的だったので助かったが、あれでは内海たちは外へも出られないだろう。

柴の車に乗ったのは、彼の提案に従ってのことだった。捜査本部の会議の前に二人で情報交換、というわけである。捜査本部のある目黒署でうろうろしていると目立つ。外で食事をしながらだと、誰に何を聞かれるか分からない。というわけで、柴の運転で目黒署の近くをぐるぐる回っていた。走る場所によっては名残の夕日が容赦なく助手席に射しこみ、エアコンの効果を台無しにしてしまう。

「結局、銀行の方からは何も出てこないようだ」柴が短く結論を口にする。

「本当に？　最初から銀行狙いじゃなかったのかな。会見でも同じようなことを聞いてた記者がいたよ」

「女だろう？」柴が鼻梁をきつくつまみ、首を振る。

「知ってるのか」

「ああ」オレンジ色に染まった柴の横顔が皮肉に歪んだ。「あの子は有名だぜ」

「どこの記者だ？」

「東日の沢登《さわと》っていったな。ええと、確か、沢登有香《ゆか》か。可愛い名前の割に、突っこみが厳しいだろう？」

「多少ずれてる感じはするけどね」

「猪突猛進ってやつだよ。一課の会見でもいろいろ迷惑かけてるらしいぜ。俺は直に見たことはないけど、課長がよく零《こぼ》してる」

「一課《イッカ》担《タン》なのか？」

女性の警視庁捜査一課担当記者も皆無というわけではないが、まだ珍しい存在だろう。あらゆる事件記者の中で最も多忙で、体力を要する仕事なのだ。

「いや、遊軍らしいんだけど、事件が好きですぐに首を突っこんでくるらしい」

「お前とよく似たタイプじゃないか」

「馬鹿言うな」柴が吐き捨てた。「俺は常に自分の職分を守ってだな――」

「冗談だよ」

「からかってる場合か」

「すまん」

「とにかく、だ」柴が溜息をついた。「今のところ、銀行に対する恨みの線はない。銀行を狙った犯行は間違いないだろうけど、狙いやすい子どもをだしにした、という筋書きなんだろうな。とにかくあの犯人は、かなり用意周到に準備してきたし、頭もいい」

「脆弱性を突いたか」

「何だって？」

「一番弱いところを狙ってきたという意味だよ」

「だったら最初からそう言えよ」柴が舌打ちをした。「何も難しい言葉を使わなくても」

「そういうことを言いたい年頃なんだ……それより、コンサートの来場者の方はどうなってる？」

「今のところ、まったく当たりなし。捜査がどこまで進んだかは俺も知らないが、全員潰すのにどれだけ時間がかかるかは分からないな。まったくお前も、大変な材料を持ちこんでくれたよ」

「何もないよりましだと思うけど」

「それはそうなんだけど……」柴が拳で顎を叩いた。「話は聞けても、惚《とぼ》けられたらおしまいだぜ。そこから先へ突っこめる材料がないんだから」

「直に会っていれば顔色が読めるけど、電話だったら、言い逃れするのも簡単だろうな」

「ああ……もう少し効率のいい手を考えないとな。それは上の仕事かもしれないけど。それよりお前の方、どうなんだ？　貴也君、まだ喋れないそうじゃないか」

「何となくは喋るんだよ。でも事件のことに触れるとパニックになるんだ。まだとても、ちゃんと事情聴取できる状態じゃない」

「子どもだからな。きついだろう」

「分かってるけど、何とかしたい」

「無理は禁物だぜ。お前がやって駄目だったら、他に誰もいないんだから。俺たちにとって、お前は最終兵器なんだぜ」

「何言ってるんだか……買い被りだよ」

「いや、お前は子どもから年寄りまで、支持層が広い」

「肝心の若い女性は入ってるのか？」

「よせって」ごく真面目な口調で柴が言った。「そういうの、似合わないぜ。まだ菜緒さんに義理をたててるんだろう？」

「そういうつもりじゃないけど」義理も何も、大友の心にはまだ菜緒しかいない。

「まだ恋をする気にはなれないかな、テツさんは」柴が低い声で笑った。

「子どものことで、それどころじゃないよ」

「なるほどね……ところで優斗、愚図ってなかったか？」

「元気はなかったな。いい加減、親離れしてくれないと困るんだけど」

「まだ二年生じゃないか。八歳だろう？」柴がふん、と鼻を鳴らした。「まだまだ手がかかるよな」

「結婚もしてないお前に、子育てについてあれこれ言われたくない」

「その話題、もうやめないか？」柴が情けない声を出した。「それより飯にしようよ。少し早いけど、今日は昼飯を食い損なったんだ」

「いいよ。僕も抜いたから」

「何にする？」

「ナポリタン、かな」ふと優斗の顔が脳裏に浮かんだ。

「ああ？　そんなものじゃ、夕飯にならないだろう。だいたい何でナポリタンなんだよ」

「優斗の好物なんだ。ピーマンが苦手なんだけど、ナポリタンに入れると何も言わないで食べる」

「つくづく、いいパパしてるな」

「大きなお世話だ」

内海も今頃は「パパしている」わけか。何を食べさせているのだろう……不意に、またもや理由の分からない違和感を覚えた。何に対して？　それが分からないもどかしさが、大友の体を内側から引き裂きそうになった。

夜の捜査会議終了後に、大友は自分を仕事から解放した。当面の任務は内海家のケアだが、今夜は家族だけにしておくのがいいだろう、と判断する。引くときは引かないと、結局は敬遠されてしまう。

5

署を出ると、既に九時半。三日間突っ走り続けた疲れが、今になって全身を襲っている。優斗はもう寝ているだろうが、取り敢えず寝顔は見ておきたい。これから聖子の家に行かねばならないのだが……重い足取りで自衛隊基地の脇を通り、恵比寿駅に向かう。目黒署は恵比寿、目黒、中目黒の各駅からほぼ同じ距離にあり、電車に乗るにはかなり歩かなければならない。これから山手線で新宿まで出て、小田急線で町田か……乗り継ぎが上手くいっても一時間近くかかる。しかもこの時間だと、小田急線では立ちっ放しになるだろう。帰宅にかかる長い時間を考えると、思わず溜息が出た。

電話が鳴り出す。聖子が文句を言ってきたかもしれないと思って素早く出ると——留守番機能に任せると彼女は何故か怒るのだ——内海だった。まったく予想していなかった相手の声に、大友はかすかな動揺を覚えた。貴也に何かあったのでは……。

「遅くにすいません」

「大丈夫ですよ。どうしました？」内海の話しぶりに切羽詰った様子はなかったものの、大友はかすかな緊張感を消せぬまま、電話を握り締めた。

「急に決めたことなんですけど、明日からしばらく休暇を取ろうと思います」

「休暇、ですか」緊張感が流れ落ち、大友は軽い疲労を感じた。休暇が欲しいのはこっちも同じだ。「こんな大変な時期に休暇なんか取って、大丈夫なんですか」

「ええ、それがですね……」内海が言い淀む。「マスコミの人たちが、うちの前に張りついてるんです」

「それはまずい」会見も、騒ぎを沈静化させる効果はなかったのか。被害者家族にしつこく取材をすれば、世間の批判が集まることなど分かっているはずなのに、マスコミの連中も懲りないものだ。これは既に、メディアスクラムの様相を呈している。

「ひどいですよね。この時間になっても、平気でインタフォンを鳴らすんです。貴也がさっき起きてしまって……何なんでしょうね、あの人たち。こんな時間に私が表に出て喋るとでも思っているんですかね。仕事なのは分かるけど、あんな仕事に意味があるんでしょうか」

「放っておけば、そのうち飽きますよ。犯人が捕まったらまた騒ぐかもしれないけど、マスコミは基本的に飽きっぽいから」

「でも、このままだと心配なんですよ。貴也を静かなところで休ませたいんです」

「それで休暇、ですか。どちらへ行かれるんですか？」

「伊豆に保養所がありまして」

「銀行の？」

「ええ。夏休み前だから、まだ空いているんです。明日から取り敢えず一週間、そちらに籠ろうと思います」

「また随分急ですね」

「貴也だけじゃなくて、女房も相当参ってましてね。これじゃ、二次災害みたいなものじゃないですか」内海の口調には、くっきりと怒りが滲んでいた。

「保養所に籠りっきりというのはちょっと……すいません、私にはそういうことを言う権利はありませんね」

「いえ、あの、大友さんには良くしてもらっていますから、アドバイスは歓迎なんですけど……やめた方がいいでしょうか」

大友は微かな安堵感を覚えていた。少なくとも内海との間に絆はでき始めている。

「心配なのは、そこを出る時ですよ。マスコミの連中が張っていたら、何事かと思うでしょうね。それを何とかしないと……後は、何か動きがあった時のために、いつでも連絡が取れるようにしておいていただければ大丈夫です」とはいっても、後で杵淵に報告しておかなくては。「心の傷を癒すため」ということなら、警察には止める理由も権利もない。杵淵は渋い表情を浮かべるだろうが、大友は内海を庇うつもりでいた。

「そうですか。勝手言ってすいません」

内海が深々と頭を下げる様が目に浮かんだ。どうもこの男は、感情の起伏が激し過ぎる。激したかと思えば馬鹿丁寧になり……誘拐に巻きこまれる確率など天文学的に低いわけで、感情のコントロールなどできようはずもないのだが、大友は自分が振り回されているのを意識せざるを得なかった。

「一応、この件は上に報告しないといけません。縛るつもりはありませんけど、居場所は把握しておきたいですから。携帯は通じるような場所ですよね」

「ええ。何度も行ったことがありますけど、大丈夫です。伊豆といっても、そんな山の中ではないですから」

笑いながら言って、内海が保養所の住所と電話番号を告げる。立ったまま手帳に書きつけ、大友は電話を切った。明日の朝九時に出発……その時マスコミに囲まれる可能性を、内海はどこまで真剣に考えているだろう。これは、様子を見に行かないといけないな。場合によっては手助けしないと。明日は日曜日だが……優斗とは何の約束もしていない。一日仕事をしても「約束を破った」ことにはならないわけだ。

それだけはありがたかった。

寝ていた優斗を何とか起こし、おぶって家まで戻る。背中で軽く鼾《いびき》をかいているのが気になった。普段は鼾などかかないのだが、もしかしたら風邪でも引いたのか……いや、他には風邪っぽい症状はない。たまたま鼻が詰まっただけだろう。

それにしても、随分重くなった。子どもはあっという間に大きくなるものだが、父親に背負われるのを嫌がるようになるのももうすぐだろう。まあ、男の子だからな……放っておいても育つものだ。女の子だったら、今よりずっと大変だったはずだ。

優斗をベッドに寝かせ、薄いタオルケットをかけてやってから額の汗を拭う。まったく、夜になってもこの蒸し暑さは異常だ。日本を温帯から外すか、ケッペンの気候区分を根本から見直す必要があるのではないか。冷蔵庫を開けて缶ビールを取り出し、プルタブを引き開けようとした瞬間、郵便受けをしばらくチェックしていなかったのに気づく。新聞何日分だ……うんざりしながら、缶ビールをダイニングテーブルに置き、もう一度部屋を出る。郵便受けから溢れそうになっていた新聞とダイレクトメールの類を引き抜き、両手に抱えてホールから外に出る。既に十一時を回っていて、辺りは静まり返っていた。少し離れた町田街道を走る車の音が、時々聞こえてくるぐらいである。

「大友さん」

声をかけられ、思わず身がすくんだ。こんな時間に誰が……しかしすぐに、聞き覚えのある声だと気づく。東日の沢登有香。おいおい、僕の家にまで夜回りか？　何を考えてるんだ。

「お疲れ様です」有香が静かに近づいて来た。昼間、病院で遣り合った時に比べれば、妙に愛想がいい。かなり遅い時間なのに、まだ顔には生気が漲っていた。

「東日の沢登です」

「ああ」何とか切り返してやろうかと思ったが、上手い台詞が浮かばない。両手一杯に新聞や郵便物を持っている自分が、妙に無防備に思えた。だいたい彼女は、どこでこの家を割り出したのだ？　刺々《とげとげ》しいだけでなく、能力は高いということか。

「昼間は失礼しました。刑事総務課の人が、あんな会見に紛れこんでいるとは思いませんでしたから」

「ノーコメント」

「応援なんですよね」

「ノーコメント」

「内海さんを担当しているんですか？」

「ノーコメント」

「大友さんは、子どもさんを預けていたんですね」

「ノー……」言葉に詰まる。彼女はいったいいつからここに張りこんでいたのだ？　少なくとも、優斗を背負って帰って来たところは見られている。「プライベートな質問には答えられない」

「プライベートじゃない質問にもノーコメントじゃないですか」有香が唇を尖らせた。

「新聞記者に何か言えるような立場じゃないから」

「そうですか？」有香がゆっくりと立ち位置を変えた。右足に体重を乗せ、全身で「S」の字を作るようなポーズになる。服が黒いので体は闇の中に溶けこみ、顔だけが白く浮き上がっていた。

「たかだか刑事総務課の巡査部長に、事件についてコメントする権利はありませんよ」

「言いたいことがあるなら言えばいいのに」

「特にないから」

「報道規制も結構ですけど、我々はそれぐらいではめげませんからね」

「規制なんかしてないでしょう。こっちが迷惑してるぐらいなんですよ。勝手に人の家の前で待ち伏せして……」

「子どもさん、可愛いですよね。何歳ですか？」

「……小学校二年生」余計なことを喋るな。自分に言い聞かせたが、何故か勝手に言葉が滑り出る。

「八歳ですか。奥さんは？　旅行でも？」

「プライベートなことを話すつもりはないですよ」

少しだけ語気を強めたが、その程度では有香の攻撃は止まらなかった。

「離婚されたとか？」

「変ですか？　今時、離婚は珍しくない」

「子どものことを考えたら、よくないでしょう」有香が顔をしかめる。

「それは現実を知らない人の、空想の上での差別だな。離婚した人間に対する差別意識を持ってるようじゃ、新聞記者としてはどうかと思う。それにあなた――」大友は闇に目を凝らし、彼女の手元を見詰めた。指輪の類、一切なし。「独身じゃないんですか？

一度も結婚したことのない人に、結婚について語って欲しくないですね」

「それは、独身者に対する差別じゃないですか」有香が感情的に言葉を吐き出した。

「失礼」大友は肩をすくめて彼女の非難をいなした。よし、こっちのペースになりつつある。少し凹《へこ》ませて、さっさと追い払ってしまおう。新聞記者に引っ掻き回されたらたまったものではない。

「だいたい、離婚する人なんて、どこかに問題があるんじゃないですか」怒りのためか、有香の顔が白くなる。

「ほら、それが偏見なんですよ。そもそも何も問題のない、百パーセント完全な人間なんているわけがない。あなたは、自分だけがそういう人間だと思いこんでいませんか」

「随分失礼な言い方ですね」

「夜中に人の家の前で張りこんでいる方が、よほど失礼だと思いませんか」

「これは仕事です」

「仕事だからといって、人の私生活に首を突っこんでいいものじゃないでしょう。取材したいなら、昼間に広報部なり捜査一課長なりに話を聞いて下さい——ああ、あなたは警視庁の担当じゃないんですよね。それだと、取材にはちょっと不便かもしれないけど」

「私のことを調べたんですか」有香の声が低くなる。

「調べるも何も、あなた、有名人らしいじゃないですか。警視庁の同僚は皆知ってます

「よ……それより、この辺で解放してもらえませんか？　子どもの面倒を見なくちゃいけないんで」

「子どもをダシにしないで下さい」

「ダシ」

今度は大友が声を低くした。雰囲気が変わったのに気づいたのか、有香がわずかに身を固くする。

「子どもは、私にとっては大事な存在なんでね。そういう言い方はしないで欲しい」

「だけど――」

「死んだ女房との、たった一つの想い出なんですよ。それを汚されるのは、許せない」

「亡くなった？」有香が眉をひそめる。「離婚したんじゃないんですか」

「交通事故でね。よくある話です」かすかに肩をすぼめ、大友は目に涙を溜めた。ああ、明日の朝は目が赤くなるな、と後悔しながら。「人の大事な想い出にまで首を突っこむ権利は、あなたにはないんじゃないですか？……では、失礼します」

大友は一礼してホールに戻った。涙はやり過ぎだったかな……しかし、自在に涙を流せる能力は、こういう時でもないと生かせない。完全にあの世界から離れて、最もリアルな職業に就いているというのに、当時身につけた様々な技術は、今でも自在に活用できるのだ。それがいいのか悪いのか……まだ表に立ってこちらの背中を睨みつけている有香の視線を感じながら、大友はエレベーターのボタンを叩いた。

「パパ、今日は何時に帰って来るの？」朝食の席で、優斗が寂しそうに訊ねた。

「そうだな……いや、ちょっと分からない。昨日みたいにまた電話するから」昨日は夕方、優斗と話すことができた。今の言葉が嘘にならないように、と祈る。一度外へ出てしまえば、どうなるか分からないのだ。電話する暇さえない事態も起こり得る。「悪いけど、今日も聖子さんのところにいてくれよな」

「うん……」優斗がプラスティック製のフォークをくわえる。今日のオムレツは上手く焼けたのだが、優斗の分はほとんど減っていない。「サッカー、したいな」

「あのな、優斗」大友はフォークを皿に置いた。「言っておくけど、パパはサッカーがヘタなんだぞ。サッカーだけじゃなくて、スポーツは全部駄目だけどな。本当にサッカーをやりたいなら、近所のチームに入ればいいじゃないか。優斗と同じぐらいの年の子が集まっているチームがあるから、土日は、そういうところでやればいいだろう」

「うーん、でも、いいや」サッカーが好きだという割に、優斗は運動音痴なのだ。もちろん上手ければいいというわけではなく、自分の楽しみのためにやっても何の問題もないのだが、優斗はまだ、ボールをコントロールするというレベルからは程遠く、ボールに遊ばれている感じである。明らかに僕の方の遺伝だな、と大友は苦笑した。昔からスポーツは苦手で、高校生になる頃には本と芝居に逃げこんでいた。一方妻の菜緒は、体を動かすのが好きなタイプだった。大学でもラクロスとスキーのサークルをかけ持ちし

――どちらも本格的なものだった――結婚してから目覚めたジョギングは、数年後にはマラソンへ昇華するはずだった。交通事故で亡くなる直前には、ホノルルマラソンに出場するために、長期的なトレーニングの計画を立てていたぐらいである。「出るだけじゃ駄目」と真顔で言ったものだ。「初マラソンで三時間を切るのが目標だから」という宣言に、冗談や誇張は一切含まれていなかった。初マラソンでサブスリーはまず不可能なのだが、彼女ならやってしまったかもしれない。有言実行、常に僕の上で輝き、道を照らしてくれた女……。

「パパ？」

「ああ、ごめん。ちょっとぼうっとしてた」大友は照れ隠しに笑い、オムレツを大きく切り取って口に運んだ。美味いんだがな……そう思って優斗の皿を見ると、いつの間にか空になっている。そんなに長い間、妄想にふけっていたのか？　唖然として溜息を一つつき、大友は皿を片づけにかかった。

「優斗、すぐ出るから準備しておけよ。念のために明日の学校の準備もな。ランドセル、ちゃんと見ておけよ」

「はーい」間延びした返事と素直なうなずき。優斗が椅子から滑り降りた。

洗い物を済ませ、時計を見ると、もう七時十五分。まずい。九時までには内海の家に着かなければならないのだが……あそこはどこの駅からも遠いのだ。

「優斗、行くぞ」

「ちょっと待って」

部屋から声が聞こえてきた。まだのんびりしている。大友は背広を羽織りながら、リビングの一角にある子ども部屋に足を踏み入れた。優斗はお泊り用のデイパックに着替えを詰めこんでいるところだった。

「月曜の時間割、ちゃんと見たか？」

「うん」優斗がデイパックを背負い、両手でランドセルを抱える。にこりと笑い——菜緒の表情が色濃く残る笑顔だ——玄関に向かって駆け出した。

その背中を追いながら、大友は何とか仕事モードに頭を切り替えようと努めた。日曜日の朝、息子を義母の家に送りながら……切り替えは得意だと思っているのだが、今日はどうにも上手く行かない。内海は、僕の手の届かないところへ行ってしまうのだ。肝心の、貴也に対する事情聴取もしばらくはできないだろう。一週間、と内海は言っていた。その間、自分の捜査は先延ばしにするしかないのか。どうも手順が上手くないな、と後悔した。保養所行きはやめさせて、毎日一回でも貴也に会う機会を作るべきではなかったか。

「パパ、今何してるの？」手を握る優斗が、大友を見上げるようにして訊ねた。

「優斗と同じぐらいの年の男の子を助けようとしてるんだ」

「何かあったの？」

「ちょっとひどい目に遭ってね。パパが頑張らないと、その子は元気になれないんだよ」

「そうなんだ」関心なさそうに言って、道路に視線を落とす。だが突然、また顔を上げ、不安そうに訊ねる。「その子、大丈夫なの？」

「パパが何とかするさ」

「僕、危なくない？」

「そんなこと、あるわけないだろう」余計なことを言ったな、と反省しながら、大友は優斗の頭をくしゃくしゃにした。優斗は人一倍怖がりなのだ。「優斗は大丈夫だから。パパがついてるだろう？」

「そうだよね」優斗がサッカーボールを蹴る真似をした。一瞬体が宙に浮き、全体重が大友の左腕にかかる。その重さに驚いた。昨夜背負った時も感じたのだが、子どもは日々着実に成長していく。

今朝も聖子の皮肉を何とかやり過ごし、大友は優斗を預けて駅に急いだ。まずい、間に合わないかもしれない。内海を守って、無用なトラブルを避けなければならないのに。念のために、所轄からは制服組を出すように依頼しているが、あの家族を守るのは自分の義務だ、と思っていた。

日曜朝の小田急線の上りは、さすがに空いている。梅雨の晴れ間を狙って海へ行こうとする人たちで、むしろ向かいの下りホームの方が混み合っていた。最近、海なんか全然行ってないな……ぼんやりと考えながら、がらがらの急行列車に乗りこみ、シートに腰を下ろした途端、横に誰かが滑りこんできた。他の場所も空いているのに……ちらりと横を見ると、有香だった。

「ちょっと、何ですか」

「お早うございます」

有香が頭から突き抜けるような声で言った。日曜の朝からこのハイテンション……大友はかすかな頭痛を覚えた。バッグの中に頭痛薬は入っていただろうかと、不安を覚える。

「お茶でもいかがですか」

顔の前にペットボトルの緑茶が差し出される。やんわりと断り、大友は座り直した。右側には誰も座っていないので、まだ逃げる余裕がある。だが、大友が腰を浮かすのと同時に有香も体を動かし、ほとんど密着するような位置に陣取った。今日は半袖のブラウス。案外ほっそりした腕の白さが目につく。

「困りますね。跡をつけてたんですか」

「そんな、人聞きの悪い」有香が屈託のない笑みを浮かべた。「子どもさん、今日も預けてきたんですね」

「仕方ないでしょう、仕事なんだから」

「昨夜はすいませんでした」有香がいきなり謝罪する。発車のアナウンスにかき消されそうになったが、大友ははっきりと聞き取った。ちらりと横顔を見ると、極めて真面目な表情で唇を引き締めている。どうやら嘘ではないようだ。

「何かありましたっけ」

「……奥さんのことですよ」

「まさか、調べたなんて言わないで下さいよ」

「そんなこと、してませんよ」有香が頬を膨らませる。案外幼い素顔が覗いた。「大友さん、昨夜泣いてましたよね」

「ああ、あれぐらいは」

「あれぐらい？」

「いや、まあ」咳払いをして誤魔化す。さすがに演技だとは考えていなかったわけか。だったらこのまま思いこませておく方がいい。「しかしあなたもしつこいですね。私にくっついていても、何も出てきませんよ」

「そうですか？　大友さん、重要なポイントを摑んでると思うんですけど」

「どうしてそう思います？」

「勘です」有香が耳の上を人差し指で突いた。「私の勘、案外当たるんですよ」

「残念ながら、今回は外れじゃないかな。何もありませんよ……さて、少し寝させてもらっていいですか？　空いてる電車は、ベッドと同じだから」

「どこで起こせばいいですか？」

大友は目を瞑りながら、なかなか巧妙な記者だ、と警戒を強めた。会話の流れの中で、さりげなく行き先を聞き出そうとしている。答えず、がっくりと首を垂れた。眠っている振りをしているだけだが、快適に空調が効いている車内では、つい眠りに引きこまれそうになる。大友は特効薬を使うことにした。頭の中での台詞の暗唱。自分で脚本を書いて上演した唯一の芝居、『バビロニア』だ。今考えると、何であんな物を書いたのか、まったく理解できない。ギルガメシュ神話のエピソードを現代に置き換えて展開してみたのだが、台詞が一々時代がかっていて、リアリティが欠如していた。

『そう、俺は森に行く。そこには現代人の失った何かがあるのだ』

『戦え！　皮を、肉を切り裂き、粉々にしろ。完全な勝利こそ、神への供物だ』

『それが友情というものだ――人と獣の間にも友情は芽生える』

いやはやまったく……思い出しただけで顔が赤くなる。観客はさぞ退屈していただろう。だいたい、劇団の仲間もどうして止めてくれなかったのか。「ボツ」と一言宣言すれば済んだのに。大友の舞台をほとんど全部見ていて、だいたい好意的な評価をくれた菜緒でさえ、あの時は沈黙した。

有香がばさばさと新聞を折り畳む音で、現実に引き戻された。どこかの駅を通過するので、電車が少し徐行しているのが分かる。目を凝らしてホームの看板を見ると、梅ヶ丘だった。まずい。渋谷へ行くには下北沢で乗り換えだ。何とか上手く巻く手は……思いつかない。そのまま数分が過ぎ、大友は立ち上がらざるを得なかった。

「渋谷ですか」有香がすかさず訊ねる。折り畳んだ新聞をトートバッグに突っこみ、ドアに向かう大友について来た。ほとんど体がくっつきそうになっている。

「いい加減、離れてくれませんかね」

「そうもいかないんです。話をするまでは」

「私の方では、話すことなんか何もありませんよ」

「私の話を聞く気はないですか？　新聞記者だって、情報は持ってるんですよ。警察が摑んでないこともあるかもしれないし」

誘い水か。大友は首を振って、下北沢駅のホームに降り立った。二つの路線が交わるターミナル駅なのに駅舎は古く、小田急線、井の頭線ともホームは狭い。日曜日だというのに人は多く、二人の距離はどうしても近くなってしまう。

「どうですか？　情報交換、しておいて損はないと思いますよ」

「あのね、あなたと話していることが分かっただけでも、私は上から怒られるんですよ。馘《くび》にでもなったらどうするんですか。子どもはまだ小さいんだから」

「それで馘になるようなことは、実際には絶対にないですよ」有香が食い下がった。

「そんな話、聞いたことがありません。警察とマスコミは、持ちつ持たれつの関係でしょう」

「あなたが知らないだけじゃないかな」井の頭線のホームに向かう下りのエスカレーターに足を乗せながら、大友は言った。

「事件を解決したいと願ってるのは、大友さんも私も同じじゃないんですか？」

「今さらそんな青臭い台詞を吐かれても、困ります」この件で何か特ダネが新聞に載っても——特ダネの材料があるとは大友には思えなかった——それが事件の解決につながるわけがない。

「青臭い、はひどいですね」

冷たい声に振り返ると、有香が昨日の会見と同じ、固い表情を浮かべていた。怒らせたか……問題ない。このまま本当に怒りを沸点まで押し上げて、僕に愛想をつかさせよう。そうすればもう、寄って来ないはずだ。

一言も発さず、大友はホームに目をやった。急行が滑りこんでくるところだった。慌てて駆け下り、開いたドアに飛びこむ。

「大友さん——」息せき切って有香が続いた。普段あまり体を動かしていないようで、呼吸が荒い。相変わらず煙草の臭いも鼻についた。

「ドアが閉まります」のアナウンスの「ドアが」のところまで聞いて、大友は身を翻し、電車から降りた。咄嗟のことで反応できなかった有香が、閉まった扉に両手を押しつけて大友を睨む。禍根を残さないようにと、大友は深く一礼してから、ホームの案内板を見やった。次は各停……考えてみれば、渋谷からバスを使うより、一つ手前の神泉《しんせん》で降りて歩いた方が早いのではないか。急行は渋谷までノンストップだから、ちょうどいい目くらましになる。行き先を失った有香は、取り敢えず目黒署へ行かざるを得ず、そこで地団太踏むことになるだろうが。

6

マンション着、八時五十分。内海の出発の予定時刻ぎりぎりになってしまった。マンションの外には……いた。ホールの前に、記者らしき人間とカメラマンが何人か、それにテレビのクルーまで何組か集まっている。いつまでも内海を追いかけ回してどうするつもりなのだろう。確かにとんでもない誘拐事件だったが、被害者から事件の解決につながるヒントが出てくるはずもない。有香の言葉を思い出す。本当に警察が知らないだけで、マスコミが摑んでいる事実があるとでもいうのか。

ホールの正面に当たる旧山手通りに、一台のミニヴァンが停まっていた。エンジンはかけっ放し。報道関係者の車ではなさそうだ。近づき、足立ナンバーを確認してから、思い切って助手席のドアを開ける。カーナビでテレビを観ていた運転席の男が、驚いて顔を上げる。

「警察です」

「すいません、人を待ってるだけですから。すぐ出ます」ぺこぺこ頭を下げながら、男が言った。

「駐車違反の取り締りじゃありません。内海さんを待ってるんですか？」

「ええ？　はい、そうですけど」男が大友の顔を正面から見た。「もうすぐ出て来るはずですから」

「まずいですね。正面から出たら、内海さんがマスコミの連中に摑まってしまう」大友は助手席に乗りこみながら、マンションを確認した。ホールの前では制服警官が二人、警戒に当たっているが、完全に報道陣を排除することはできないだろう。接触を防ぐぐらいは可能だろうが、声をかけるのまでは止められない。そして余計な一言が、貴也にショックを与えてしまう可能性もある。

「動きましょう」

「どこへですか？」

「駐車場。敷地の中に入ってしまえば、マスコミは追って来られませんから。その後、内海さんたちを乗せて強行突破して下さい。大丈夫ですね？」

「強行って……」男の顔が青褪めた。よく見ると、顎の線の細い、頼りなさそうな若者である。

「あなた、お名前は？」

「佐々木《ささき》です」

「佐々木さん、ね。内海さんとはどういうご関係ですか」

「銀行の後輩です」

「なるほど。今日はドライバー役なんですね」

「ええ、何とか役にたちたくて……昨夜、頼まれたんです」

やはり、相当急な話だったのだ。大友は携帯電話を取り出し、まず内海に電話を入れて「少し待つように」と伝えた。

駐車場の入り口は、玄関ホールの横にある。シャッター式で、当然リモコンがないと開かない。大友は、昨日内海たちを家に入れる時に顔見知りになった管理人に連絡を取るべく、管理人室に電話を入れた。作戦を伝えた後、佐々木にも説明する。協力者——この場合は管理人——さえいれば、難しい話ではない。準備を終えてから再び内海に電話を入れ、駐車場に出て来るように、と指示する。

二分後、シャッターがゆっくりと開き始めた。佐々木が緊張した面持ちで車を発進させ、シャッターが開ききらないうちに中へ突っこむ。駐車場の奥まで車を進め、サイドブレーキを引いた瞬間に、非常口のドアが開いた。内海が左右に首を振って様子を見てから、振り返って合図する。すぐに瑞希が、貴也の手を引いて出て来た。荷物は少ない。夫婦がそれぞれボストンバッグを持ち、貴也はデイパックを背負っているだけだった。そのデイパックが、優斗のものと同じだ、と大友は気づいた。助手席のドアを押し開け、外へ出る。振り返るとシャッターは閉まっており、外からは覗けないようになっていた。

「悪いな、佐々木」

にこやかな表情を浮かべた内海が助手席に乗りこむ。一晩で疲労も抜けたようで、やけに爽やかな感じである。大友は後部座席のドアをスライドさせて開け、瑞希と貴也が乗るのに手を貸してやった。ドアを開け放したまま首を巡らし、管理人の姿を捜す。非常口の内側に、やや緊張した表情を浮かべて立っていた。佐々木に「ちょっと待って下さい」と声をかけてから、管理人の許へ駆け寄り頭を下げる。

「どうもすいません」

「いや、いいんですけど……」小柄な初老の管理人が怪訝そうな表情を浮かべ、小声で文句を並べたてる。「内海さんも、出かけるなら出かけるで最初から言ってくれればいいのにね。外でマスコミの連中が待っていることぐらい、分かるはずでしょう。昨夜からずっとそうだったんだから」

「見てたんですか？」

「何度も、引き上げるように声をかけたんですよ」管理人が目を瞬かせる。「警察にも電話したんですけどね。歩道でたむろしてても、うちの敷地内に入っても、どっちにしても迷惑な話です」

「まったくです」

「だけど、こっちの言うことなんか聞きやしないんだから。本当に非常識ですよね……昨夜は一時過ぎにいなくなりましたけど」

新聞の連中は、締め切り時間まで粘ったというわけか。そして今朝も早くから張りついている。何のために……あまりにもしつこ過ぎる、と大友は思った。やはり警察が知らない事情があるのだろうか？

まさか。時にはマスコミが警察を出し抜くこともあるが、今回はあり得ないだろう。

報道協定がかかっている間は、警察が捜査状況を包み隠さず伝える代わりに、マスコミは関係者への取材をしないのが約束になっている。貴也が解放されてからの時間で、警察の知らない事実を摑んだとは考えられない。

「とにかく、ご面倒をおかけしました」

「いやあ、いいんですよ」管理人が愛想のいい笑みを浮かべ、顔の前で手を振った。「大友さんの頼みとあったら、ね。それで内海さん、どちらへ？」

「伊豆の方だそうです。一週間ぐらいと聞いています。帰って来る頃には、マスコミの連中もいなくなっているでしょう。こっちの方からも、家にはいないという情報を流しておきますから」

「じゃあ、やっと静かになりますね。他の入居者からも文句が出てるんですけど、これで解決だ」管理人が、ミニヴァンをちらりと見た。「しかし、内海さんも気の毒ですよねえ。いい人なのに」

「そうですか」

「子煩悩な人で、休みの日はいつも息子さんと一緒でしたからね。少し甘やかし過ぎじゃないかって……まあ、それは余計なお世話だけど、今度のことはショックだったろうなあ」

「分かりますよ。それじゃ、私が誘導しますから。リモコンをお借りできますか？」

「ええ。でも、マスコミの方、私でやれますかね」

「大丈夫ですよ。のらりくらりでお願いします」

少し顎を強張らせて、管理人がうなずく。大友は車の運転席に回りこみ、窓をノックした。佐々木の顔が現れると、動きを指示する。さほど難しいことではない。タイミングだけ合わせられれば、後は問題ないだろう。さらに内海に事情を説明する。

「——というわけですから、出る時はちょっと顔を伏せておいて下さい。見られる心配はないと思いますけど、念のためです」

「分かりました。でも申し訳ないですね、こんなことまで」

「いや、いろいろお手伝いするのも警察の仕事ですから」

「基本的に向こうでは、保養所の中にいます。何かあったらすぐに連絡して下さい」そう言って、内海が携帯を振って見せる。それが合図になったように、着信音が小さく鳴った。内海が舌打ちして、画面を確認する。「こんな時にメールかよ」

「大丈夫ですか」

「ええ、仕事は待ってくれませんから。急に一週間休むとなると、大変ですよ」苦笑しながら携帯を畳み、ワイシャツの胸ポケットに落としこむ。「それじゃ、よろしくお願いします」

うなずき、駐車場の出入り口に向かう。シャッターは細いバーが簾《すだれ》状になっているので、顔をくっつければ辛うじて外の様子も見て取れる。右側にあるホールまでの距離は十メートルほど。手持ち無沙汰にしている記者たちは、暑さと強い日差しのせいで、すっかりだれきっていた。

佐々木は既に車をUターンさせて、車の鼻先をシャッターの方に向けていた。大友は少し離れてリモコンの「開」ボタンを押し、シャッターを作動させた。それと同時に、管理人が目くらましのためにホールから外に出る手はずになっている。シャッターが一メートルほど開いたところで、身を屈めて歩道に出た。予想した通り、管理人が報道陣に囲まれている。誰かが出て来れば取り囲んでしまう――記者の本能を逆手に取った作戦だった。

大友は身を屈めたまま歩道を横切り、車道に出た。日曜なので車の流れも少ない。すぐに体を起こして、佐々木に向かって手を振る。佐々木が乱暴にアクセルを踏みこみ、かなりのスピードで出入り口に向けて車を発進させた。敷地を出る直前に一瞬スピードを落としたが、そのまま飛び出して左にハンドルを切り、一気に走り去って行く。十分離れた、と判断したところで歩道に戻り、報道陣に囲まれた管理人に向かって合図を送った。リモコンでシャッターを閉め、任務完了。後はタイミングを見計らって、管理人にリモコンを返せばいい。

一段落したところで大友は携帯電話を取り出し、広報部に電話を入れた。「内海一家はしばらくマンションを離れている」という情報をマスコミに流してもらおう。いくら何でも、主のいない家の前で延々と待たせるのは可哀想だ。

僕は甘いのかな、と一瞬後悔する。マスコミの連中など放っておいてもいいのに……

八方美人で誰にもいい顔をしようとすると、ろくなことにならない。分かりきったことだが、大友は誰かが痛い目に遭うのを黙認できる人間ではなかった。

「上手く逃がしたか」杵淵は少しだけ元気を取り戻していた。

「ええ。時間はかかるでしょうが、貴也君も話せるようになると思います。でも、一週間も待つつもりはありません。明日にでも一度、伊豆に行ってみるつもりです」

「無駄足になるかもしれんぞ」

「分かってます。でも、もしかしたら、明日は喋れるかもしれない。そのタイミングを逃したくないんですよ」

「この件、任せておいていいんだな？」居心地悪そうに、杵淵が尻を動かした。

「責任は持ちます。ところで、ドームの方はどうですか？」

「進捗状況は五パーセントというところだ」杵淵が目を瞬かせる。

実際には、コンサートの入場者五万人全員を当たっているわけではない。まず、ファンクラブの会員以外のチケット購入者は分からない。会員の購入者のうち、男性は除外した。年齢的に、十二歳以下と三十歳から上の人間も排除。それでも残ったのは、四万人を越える。四万人の五パーセント……潰せたのは二千人か。既に四桁を越えているのに驚いたが、先は長い。大友は軽い頭痛を覚えた。必要な捜査ではあるが、あまりにも負担が大き過ぎるのではないか。

「何だかすいません」

「ああ？」

「仕事を増やしてしまって」

「いや、いい土産だよ」杵渕が薄笑いを浮かべた。ぐっと身を乗り出し、声を潜める。「ここだけの話だけどな、うちの連中、誰もチケットのことに注意を払ってなかったんだ。お前が手を回してくれなければ、まだ誰も思いついてなかったかもしれん」

「そうですか……お役にたててよかったです」

「とにかくこの件は、他からも応援を貰って百人体制でやってる。いずれ、全員を潰しきれるよ」

「それでも手がかりになる保証はありません。それは覚悟しておいて下さい」

「分かってるって」苦笑しながら、杵渕が顔を擦った。「その時はその時だ。何か別の手を考えるさ。それで、貴也君の方はどうなんだ？」

「そうですね……」今朝の貴也の様子を思い浮かべる。少し早い夏休みにはしゃいでもおかしくはなかったが、実際にはひどく大人しかった。だがあれは、「元気がない」というよりは「落ち着いている」と評するべきではないか。しっかりと大友の顔を見たが、昨日と違ってパニックになることもなかった。一晩家で寝て、精神的に安定してきたのかもしれない。

「まだまだだと思います」希望的な方向へ振って話をすることもできたが、大友は敢えて悲観的な見方を示した。上司を満足させるためだけに、話を膨らませて報告する刑事もいるが、外れた時にはショックが大きくなる。

「そうか……やっぱり時間がかかるかな」

「そうなると思いますけど、何とかします。それにしても、いろいろと変ですよね」

「例えば？」

「幼稚園とか。真昼間に子どもが誘拐されて、目撃者が誰もいないっていうのは、おかしな話じゃないですか」

「それなんだがな」杵淵の声に力が入った。「どうも貴也君は、普段は元気がいい――よすぎる子どもらしい。むしろ多動児に近いと評する人間もいる」

「ええ」優斗のクラスにも、多動児と言われる子どもがいる。授業参観の時に実際見たのだが、じっと座っていられず、机の間を回り始め、果ては教室から出て行ってしまったのだ。これが学級崩壊の一歩になると、渋い顔をしていた母親たちの顔を思い出した。

「だから幼稚園でも集中できなくて、ふらっと外へ出てしまうことがあるそうだ。今回も、同じようにいなくなったと思ったら、誘拐されていたというわけなんだ」

「しかしそれは、幼稚園としては恥ずかしい話ですね」大友は唇を噛み締めた。

「それはそうだ」

「そんな幼稚園には、安心して子どもを預けておけませんよ」

「まあまあ、怒りたくなるのも分かるが、落ち着け。今回は幼稚園だって被害者みたいなものなんだから。そんな怖い顔、するなよ」

「分かりますけど……」

そんなに簡単に分かってしまうほど、怖い顔をしていたのか。両手で顔を擦って怒りを削り落とし、にっと笑って見せた。釣られて杵淵も、目を瞬かせながら苦笑する。

「ドームの方のリスト、私も手伝います」

「そうか？　助かるよ」

それが一番大変な道とも思えなかったが……何でもかんでも突き進めばいいというわけではない。貴也の問題に関しては、今は冷却期間だと割り切るべきだ。押す時と引く時を間違えると、大変なことになる。子どもの場合、ストレスによるショックは長く尾を引く可能性がある一方、ちょっとした環境の変化で急に立ち直ることもある。それに賭けよう、と大友は決めていた。取り敢えず今日は家族だけにしておくが、明日は伊豆に向かう。貴也には泣かれても、やるべきことはやらないと。

「あ、それと……」

「何だ？」報告書に視線を落としていた杵淵が顔を上げる。

「東日の記者が接触してきているんです」

「何も話してないだろうな」杵淵が目を細めた。

「ええ……ただ向こうは、情報交換をしないかと言ってきてます。何か知ってるんですかね。銀行のことか」

「どうもマスコミの連中は、銀行が何か裏の事情を知っているんじゃないかと疑っているようなんだ」杵淵が両手を広げてテーブルに置いた。「銀行に身代金を要求というのは、異常事態だからな。それで人質が帰ってきてもしつこく取材してる」

「そういうことですか……その線も、追うべきなんですかね」

「捨てる必要はないが、そもそも線がないじゃないか」

「ええ……」現状では、考えても仕方ないことか。「リストの件は、柴の指示に従えばいいですか？」

「そうしてくれ。ところであいつ、かなりカリカリしてるから、嚙みつかれないようにな」


柴は回遊魚のような男である。基本的に、歩き回って何かを探す。それ故、机に縛りつけられて電話作戦というのは、彼にとってはじわじわと頭上に重石《おもし》を積み重ねられているに等しいだろう。呼吸ができない、と感じているはずだ。

「あー」柴が甲高い声を出しながら、両手を頭上に上げた。この一時間で確か三回目。引っ張り上げるように腕を伸ばすと、ばきばきと肩の関節が鳴る音が響く。

捜査本部が置かれたのとは別の、目黒署の会議室。折り畳み式のテーブルを詰めこみ、そこにタップコードを這わせてあった。携帯電話の充電器がそこにつながっている。捜査本部よりはかなり狭い部屋に三十人ほどの刑事たちが詰めており、人いきれでむっとするほどだった。エアコンの効きも悪い。ここの他に、本庁でも人が集められ、四万人強全員のアリバイをチェックする作業が行われている。

「だいたい、電話でっていうのは無理があるぜ」大友が電話を置いた途端、柴が文句を言ってきた。「相手の顔を見て初めて、嘘をついてるかどうかが分かるんだから。電話じゃ無理だよ」

「プロらしくない台詞だな。声だけでも、相手の嘘ぐらい見抜けよ」

「だけど、今回のは滅茶苦茶だぜ。『あなたは誰かに、身代金を運ぶように頼まれませんでしたか』だって？　こんなことを聞かれて、まともに答える人、いないだろう」

「それでもやらないよりましだ」大友はリストに定規を当て、たった今電話を終えた相手の名前を丁寧に消した。二十一歳、女子大生。舌足らずの声で「そんなの知りません」の一言で片づけられた。近くで、バッグのやり取りをしている人間を見なかったか、という質問にも、「コンサートに行ったんだから、周りの人なんか見てるわけないし」と、馬鹿にしたように答えるだけだった。

「こんなことやって、本当に犯人に辿り着けるんですか？」向かいのテーブルにいた森嶋も話に乗ってきた。「もう少し効率的な方法はないんですかね」

「このリストを持ってきたのは僕だよ」

「あ、すいません」森嶋がいきなり頭を下げる。何があってもまずは謝ってしまうタイプのようだ。「分かってますけど……」

「文句を言う前に、自分でも何か手がかりを捜してくればいいじゃないか。犯人につながる情報があれば、そっち優先で捜査するだろう」大友は釘を刺した。

「この電話作戦をやってる限り、外へ捜査に行く時間なんかないじゃないですか」口を尖らせながら森嶋が反論する。

「文句ばっかり言ってるんじゃないよ、お前は」柴が立ち上がり、森嶋の頭を軽く小突いた。森嶋が両手で頭を押さえ、片目を細くしながら縮こまる。柴が追撃した。「やるべきことはさっさと終わらせる。自分の仕事があるなら、その後でやるんだ。一日は二十四時間あるんだから、いくらでも動きようがあるだろうが」

「そんなに一生懸命仕事ばかりしてたら、死にますよ」

「死ぬ訳ないだろうが。そんな下らないこと言ってて、貴也君に申し訳ないと思わないのか」

「だけど……」

「文句を言ってる暇があったら電話しろ」

ぶつぶついいながら、森嶋がリストに視線を戻した。それを見た柴が溜息をつく。

「しかし、何とかしたいな」

「分かってる」大友は自分のリストに視線を落としながら答えた。

「お前、何かこう、ぱっと全部が解決するようなアイディアはないのか」

「あるわけないだろう、そんなもの」

「頼りにしてるんだけどな。お前って、参謀タイプだから」

「参謀？」

「大将になって人を引っ張る感じじゃないけど、その横にいて、一発で状況を逆転させるアイディアを出すタイプ」

「何だよ、それ」肩をすくめる。「だいたい僕は今、普通の刑事ですらないんだぜ」

「そう言う割には嬉しそうな顔してるじゃないか」

「すいません、煩いんですけど」

森嶋がここぞとばかりに攻めてくる。柴が苦笑を零して、自分の電話を手に取った。

参謀——そんな偉そうなものではない。自分は今のところ、ほとんど役にたっていないのだから。名簿を引っ張り出してきたことも、ちょっとした機転に過ぎない。福原もこの状況を知ったら激怒するだろう。

名前と電話番号の羅列を目で追いながら、大友は自分にできることを考えた。観察すること、考えること——そう、福原もかつて指摘したことがある。お前には、腕っ節は期待していない。荒事になったら、怪我しないように後ろに引っこんでいろ。お前にやって欲しいのは、視野を広くして全体を見ることだ。何故？　お前は何者にも見えないからだ。どこにいてもその場に溶けこめる。そういう特性のなさを利用して、周りの状況を全て頭に叩きこむんだ。それから考える。脳みそを絞るように必死に考えて、何か答えを引き出せ——これが要するに、柴が言うところの「参謀」というわけか。

しかし、福原も一つ勘違いしている。自分は別に、根っから「特性のない男」ではないのだ。どこにでも溶けこめるのは、大学の四年間、芝居に打ちこんだためである。刑事の中にいれば刑事として、銀行員の集団に入ればそれらしく、東京ドームのコンサートの中にも違和感なく入れる自信がある。刑事といえば、聞き込みや取り調べという相手とのやり取りの中で情報を引き出すものだと思われがちだが、実際には純粋な観察から何かを得ることも多い。そのためには、疑われずに周囲に溶けこむのが肝要だ。

よし、その「観察」から考えよう。僕は今朝、貴也を見てどう感じたか？　まったく平静。貴也の方でも、僕の顔を見ても動じる気配はなかった。何故だ？　一目見て泣き出した最初の出会い。二回目は言葉を交わすことには成功したが、長くは続かなかった。しかし今朝、三度目の対面では、言葉こそ交わさなかったものの、危うい気配はまったく感じられなかった。

一晩家で寝ただけで変わったのか？　そんなことはあるまい。子どもの回復力は、時に大人の想像を超えるものではあるが、それにしても今朝は極端だった。

僕だと分かっていたのか？

違うかもしれない。

いきなり立ち上がったので、柴が怪訝そうに見上げてきた。

「どうした、いきなり」

「いや……」右手を拳に握る。僕は昨日、どんな格好をしていただろう。貴也に最初に会った時、二度目に会った時……眼鏡だ。二度とも、何となく柔らかい雰囲気を出そうと、眼鏡をかけていた。貴也の周辺に眼鏡をかけた人間――眼鏡をかけた大人はいるのだろうか。少なくとも両親はかけていない。幼稚園の先生にはいるかもしれないが……。

「ちょっと出てくる」

「どこへ？」

「伊豆」

「ああ？」柴が目を細める。「まさか、湯治じゃないだろうな」

「今時、湯治は死語だよ」

「あ、大友さん、俺が運転手をしてもいいですよ」森嶋が軽い調子で手を挙げる。

「阿呆、お前はここで電話セールスだ」柴が吼え、もう一度大友に目を向ける。「ところでテツ、本当に運転手はいらないか？」

7

「上手く逃げ出したな」

「馬鹿言うな」にやりと笑って、柴が蕎麦をすする。取るものも取り敢えず飛び出してしまったので昼食を取る暇もなく、東名の海老名サービスエリアで大慌ての食事になった。

「森嶋が恨むぞ」

「放っときゃいいんだよ、あんな奴。どうせ何の役にも立たないんだから、電話作戦をやらせておけばいいんだ」

「そっちの方から犯人につながるかもしれないじゃないか」

「どうかね。お前には悪いけど、あの数全部を潰すのは、実質的には不可能だ」首を捻って大友の意見を否定してから、柴が丼を傾け、蕎麦汁を飲み干した。ああ、と溜息をついて丼を置き、コップの水を一気に喉に流しこむ。煙草をくわえたが、壁の「禁煙」の張り紙に気づいてパッケージに戻した。「まったく、どこもかしこも禁煙かよ」

「いい加減、煙草やめろって」

「俺の楽しみはこいつだけなんだぜ……それでテツよ、一体何を摑んだんだ？」

「摑んだわけじゃない。ちょっとした実験と観察をやってみたいだけだ」

「実験と観察？」

「ああ。お前もよく見ててくれ。二人で見れば、はっきりするんじゃないかと思う」

「何を見るんだよ」

「貴也君の様子」

「何だよ、それ」柴が首を振った。「もう少し具体的に、はっきり言ってくれ」

「様子としか言いようがないんだよな」大友は首を傾げた。自分の中では結論が出ているのだが……上手く説明できない語彙の乏しさがもどかしい。

「ま、仕方ない」蕎麦の丼を持って、柴が立ち上がった。「様子を見るんだな？　参謀」

「参謀がそう仰るんだから、精一杯観察させていただきますよ」

「参謀はやめろよ、参謀は」苦笑しながら、大友は柴の後を追った。こっちとしては、一介の刑事として捜査に参加している意識しかないのだ。


七月、そして週末と二つの悪条件が重なり、伊豆方面へ向かう道路はどこも混み合っていた。首都銀行の保養所があるのは伊東のさらに先、川奈。東京から向かう場合は、国道一三五号線を真っ直ぐ南下するのが普通だが、この状況だと長大な駐車場になっているのが容易に想像できた。柴は湯河原経由で山中を通るルートを取ったが、それでも保養所に到着した時には午後三時近くになっていた。

「いやあ、腐っても銀行だな。やっぱり金を持ってるもんだ」車を降りるなり、柴が声を上げて背伸びをした。「立派な保養所じゃないか」

ホテル並みとは言わないが、コンクリート造の三階建ての建物は確かに立派なものだった。白い外観もそれなりに洒落ており、海も間近である。窓からは相模灘が一望できるはずだ。

フロントでバッジを示し、内海の部屋番号を確認する。初老のフロント係――管理人と言うべきかもしれないが――は部屋番号を教えてくれたが、すぐに「今はいないと思いますよ」とつけ加えた。

「お出かけですか」

「プールだと思います」

「ああ、今日も暑いですよね」確かに、立っているだけで汗が流れ出す陽気である。

「もう泳げるんですか?」

「まだですけど、水の近くは涼しいですからね」

「プールはどちらですか」

「中庭です」フロント係が、ホールの奥を指差した。「そちらのドアから出られるようになっていますので、右に行って下さい。すぐに分かりますよ」

指示されるままホールを横切り、ガラス製の重いドアを開ける。右手を見ると、大きな腎臓型のプールがすぐ目に入った。半ズボンをはいた貴也が、両足をプールに入れて水を跳ね上げている。傍らのビーチチェアには、内海と瑞希が横たわっていた。内海は白いアロハシャツと短パンという軽装で、顔にタオルをかけ、胸の上で両手を組んでいる。瑞希の顔は、パラソルの影に入って暗くなっていた。こちらはノースリーブで裾の長いワンピースという格好である。三人ともいかにも夏の休暇中という感じだが、それが見せかけだけのものだと、大友にはすぐに分かった。誰もリラックスしていない。眠っている内海さえ、警戒心を身にまとっているようだった。

「クソ暑いな」柴が額に手をかざす。ネクタイを引っ張って緩め、シャツの首元に指先を突っこんだ。

「あと、頼むぞ」

「俺は離れていた方がいいか?」

「会話に入る必要はないから」

「本当に運転手代わりかよ」柴が眉根を寄せる。

「手を挙げたのはお前じゃないか……しっかり見ててくれ」

「あいよ」

不満そうに唇を歪める柴を残して、大友はゆっくりプールに近づいた。建物の正面から見て左側が芝の広場、右側がプールになっている。広場の方は、海に向かってなだらかに傾斜していた。遠くに転落防止用の柵が見えたが、視線の高さによっては、広場がそのまま海につながっているように見える。

声はかけなかったが、すぐに瑞希が大友に気づいた。最初は大きく目を見開いて驚きの表情を見せたが、すぐに頭を下げ、夫のむき出しの腕に触れる。内海は起き出す気配がなく、胸は規則正しく上下していた。ここへきて安心して、疲れが吹き出したのだろうか。大友は瑞希に軽く一礼し、プールの縁を歩き続けた。貴也が顔を上げ、大友の姿を認める。大友が太陽を背中に背負っていたので、誰なのかは分からないようだったが、軽く頭を下げる礼儀正しさは失っていなかった。

大友は靴と靴下を脱ぎ、ズボンを膝までまくり上げた。一メートルほどの間隔を置いてプールサイドに腰を下ろし——水で尻が濡れた——足を突っこむ。水はまだひんやりと冷たく、疲れを洗い流してくれるようだった。貴也はバタ足のように足を動かし続けており、その動きが起こした波が、大友のズボンの裾を濡らした。意識して軽い調子で貴也に話しかける。

「昨日会ったの、覚えてるかな」

無言でこっくり。

「今朝は？　車に乗る時、近くにいたの、覚えてる？」

もう一度、こっくり。まったく落ち着いた様子で、目は澄んでいた。むき出しになった腕や足が早くも赤くなりかけている。明日の朝は日焼けに苦しむだろう。

「あのさ、幼稚園の先生で眼鏡をかけている。眼鏡をかけている人、いるかな」

「え？」質問の意味を理解しかねたようで、貴也が首をひねる。

「これだよ、これ」

大友は背広のポケットから眼鏡を取り出し、振って見せた。貴也が少しだけ強張った表情を浮かべ、首を横に振る。大友が眼鏡をポケットに戻すと、はっきりと緊張感が抜けた。想像を確信に高めつつ、大友は続けた。

「最近、眼鏡をかけた人に会わなかったかな。僕以外で、だよ。眼鏡をかけた人に、怖い目に遭わされなかったかな」

貴也の喉がゆっくりと上下した。目が潤み始め、唇がかすかに震える。

「貴也君は、どこかにいたんだよな。誰かに閉じこめられてたんだよな。その時、眼鏡をかけた人が一緒だったんじゃないか？　その人の顔、見ただろう」

緊迫の一瞬だ。ここでまた貴也がパニックに陥るか、立ち直って話してくれるか。遠くで波が砕ける音に、大友の鼓動が重なる。熱い風が耳をくすぐり、流れて行った。

貴也が素早くうなずく。しかし自分を見つめ続ける大友と目が合った瞬間、深くゆっくりともう一度うなずいた。よし。ガッツポーズしたい思いを辛うじて抑えながら、大友はプールから足を引き抜いた。立ち上がり、貴也に手を貸して立たせる。貴也が怪訝そうな表情を浮かべたが、無視して脇の下に両手を差し入れ、大きく持ち上げる。重さを利用するように振り回すと、貴也が身を強張らせるのが分かったが、構わず同じ動きを続けて振り回す。ほどなく貴也の表情が崩れ、嬉しそうな悲鳴が喉からほとばしった。

大丈夫だ。君は大丈夫だ。よく思い出してくれた。大友はかすかに目が潤むのを感じながら、心の中で貴也にエールを送った。

少し離れた所——大友と貴也のやり取りが辛うじて聞こえる場所——に立っていた柴の許へ歩み寄る。

「どう思った？」

「たぶん、お前の考えが当たりだよ。それにしても、よく気がついたな」柴が目を回す。

「それぐらい、何とかしないと」

「一応褒めておくか」

真面目くさった表情で柴がうなずく。うなずき返しておいてから、大友は海に目をやった。潮臭い風が鼻腔を刺激し、気持ちが奮い立つ。とにもかくにも、これが第一歩になるのだ。

「これだったんです」ホールのソファに落ち着くと、大友は背広から眼鏡を取り出した。

「それが何か？」興味を引かれたように、内海がソファの肘かけを摑んで身を乗り出す。

「私は昨日、貴也君と会う時に、二回とも眼鏡をかけていました。伊達眼鏡なんですけど……二回とも、貴也君とはまともな話ができませんでした。ところが今朝、車に乗りこむ時に、貴也君は私を見ても特に何の反応も示しませんでした。何が違うのか、考えたんです。一晩でショックから回復することはあり得ませんから、何らかの外的要因ではないかと。結論は、この眼鏡でした。貴也君は、眼鏡に対して何かトラウマのようなものを持ってしまったのではないか、と」

「さっき、大友が近づいて行った時、貴也君の反応はまったく普通でした。怖がっている様子はなかったですね」柴がフォローを入れる。

「そういうことですか……」内海がうなりながら腕を組んだ。

「貴也君の周りには、眼鏡をかけた人がいないんじゃないですか？　もちろん、テレビなんかでは見ることはあるでしょうけど、貴也君にとって、生で見る眼鏡をかけた人間の存在は、強烈な印象を残したんだと思います。おそらく、犯人グループの中に、眼鏡をかけた人間がいたんでしょうね」

「それは大きな前進ですね」

大友はかすかな違和感を感じながらも、内海の賛同を受け入れた。大きな前進——そんなことはない。

「眼鏡をかけた人」というだけでは、絞りこめていないも同然である。貴也に対する本格的な事情聴取はこれからなのだ。背格好、年齢、顔の特徴。そういうものを具体的に思い出してもらわないと、どうしようもない。あるいは監禁場所につながるヒントがあれば……現場はいつも、最大の手がかりをくれるのだから。しかし内海は、これで事件が解決したとでもいうように、期待に目を輝かせている。おつき合いで言葉を合わせた感じではない。

「今日はもう、無理はしません。あまり一気にやると、また悪い影響が出るかもしれませんからね。申し訳ないんですが、明日もう一度、ここに来てもよろしいでしょうか。できるだけリラックスした雰囲気で話がしたいんです」

「ええ、それはもちろん。よかったな、貴也」内海が手を伸ばし、隣に座る貴也の髪をくしゃくしゃにした。貴也が嬉しそうな笑みを浮かべる。

「時間はまだ分かりませんが、連絡を入れてから伺うようにします……ところで、誰も追いかけて来ませんでしたか？」

「はい？」事情が呑みこめないようで、内海が首を傾げた。

「マスコミですよ。さすがにここまでは来てないようですね」

「ええ、静かなものです。こういう時はやっぱり、こういう環境の方がいいですよね」

突然内海が体を右斜めに倒した。ズボンの左ポケットで携帯が震え出したのだ。着信を確認してすぐに閉じる。大友の視線に気づき、苦笑を浮かべて携帯を振って見せた。

「またメールです。いい加減にしろっていうんですよね。こういう事情で休暇を取ってることは、皆知ってるのに」

「お忙しいんですね。銀行の人は、日曜日でも働くんですか」

「ええ。不況の時の方が忙しいっていうのは、皮肉ですよね。いくら忙《せわ》しなく動いても、金にならないんですから。自転車操業みたいなもので……因果な商売ですよ」

「大変ですね」

「ちょっと返信しないといけないので……失礼します。私は部屋にいますから」

内海が席を立ち、ホールの奥のエレベーターに向かった。おおかた部屋に、仕事の資料を置いているのだろう。

「貴也君は、これからすぐ元気になると思いますよ」

大友は瑞希に声をかけた。瑞希はうなずいたが、表情が憂鬱で、依然として貴也に不安気な視線を注いでいる。

「本当に大丈夫なんでしょうか」貴也を見つめたまま、訊ねる。

「治療が必要になっても、原因が分かっているなら、医者もやりやすいんじゃないでしょうか。我々は、様子を見ながら慎重にやりますから……しかし、ご主人も大変ですよね。こういう所に来ても、仕事から逃げられないなんて」

「いつも忙しいですから」素っ気ない口調で言ったが、そこにわずかな不安が滲んでいるのを大友は聞き逃さなかった。

「こういう時ですから、仕事なんか全部放り出してもいいですよね」

「そんな……はい、そうですけど」瑞希の口ぶりがあやふやになった。「でも、銀行には無理を聞いてもらいましたから。お金も出してもらったんだし、仕事のためには多少無理をするのも仕方ないですよね」

「失礼なことを伺ってもいいですか」

「はい」ようやく瑞希が背筋を伸ばし、大友の顔を正面から見た。

「内海さんは――ご主人は、あなたたちのケアをきちんとしていますか？」

「それは――」瑞希の顔に朱が指した。「当然です。本当に気を遣ってくれています。家族のことですから」

「逆に気を遣い過ぎ、ということはないですか」

「仰る意味がよく分かりませんが」瑞希の口調が硬くなる。

「今日、ここへ来ることだって、内海さんが急に決めたんでしょう？　ちょっと動きが性急過ぎる感じがするんですが」

「何とかしたいと思って無理をしてくれたんです。それに主人がいなかったら、私も貴也も、こんな風にはしていられなかったかもしれません」

「貴也君には、誘拐されている間のことは聞いたんですか」

「まさか」瑞希が悲鳴に近い声を上げた。「そんなこと、できるわけがないでしょう。それにそういうのは、警察の仕事じゃないんですか」

「我々が聴くよりも、ご家族が訊ねた方が自然に引き出せる場合があります——いや、ほとんどの場合はそうですね」

「私、そんなこと、できません」強張った表情で瑞希が首を振る。「貴也が苦しむのは見たくないんです」

「そうですか……」大友は膝を叩いて立ち上がった。「失礼なことを申し上げました。お詫びします。それでは明日、もう一度伺いますので、よろしくお願いします」

車に戻るまで、大友は口を開かなかった。ロックされていない助手席に乗りこみ、オーブンレンジのようになった車内の熱気に耐えていると、柴が運転席のドアを開けた。すぐにエンジンをかけ、エアコンの温度設定を下げて風量を上げる。

「どうかしたか？」心配そうに訊ねてきた。

「お前、あの家族のこと、どう思う？」大友は逆に質問をぶつけた。

「どう思うって、何が」

「自然か？」

「自然なわけないだろう。あれだけの事件に巻きこまれたんだぜ？　普段がどんな様子か知らないけど、今はねじれてずれて、おかしくなってるに決まってる。何でそんなことを聞くんだ?」

「いや」大友は言葉を切り、拳を顎の下にあてがった。自分でも上手く説明できないのだが……何だろう、この違和感は。「悪い、煙草を一本もらえないか?」

「何だよ、今更。完全禁煙して何年になるんだ?」

「煙草を吸うと頭が冴えるのを思い出した」

柴がにやりと笑い、煙草のパッケージとライターを差し出した。大友は黙って受け取り、火を点ける。久々に体を満たす刺激に、頭がくらくらした。思わず咳きこみ、涙をこらえる。柴がせせら笑った。

「言わんこっちゃない。もうお前は、煙草が吸えない体なんだよ」

「頭が冴える前に、気絶しそうだな」大友は車の灰皿を引き出し、一服しただけの煙草を押しつけた。「もったいない」と柴がつぶやく。

眩暈が治まってくると、ずっと自分の中で声を発し続ける違和感について考え始めた。貴也が受けた衝撃……これは本物だ。六歳の子どもが誘拐され、目隠しされた状態で一昼夜を過ごせば、絶対にトラウマになる。手荒な真似はされなかったようだが、だからといってショックが軽いわけがない。むしろ、何も見えない状態が長く続いた方が、恐怖は膨らむかもしれない。

瑞希の態度。これも十分、理解可能だ。大事な一人息子を失いかけたショックは、一日二日で消えるわけではあるまい。元気を喪失し、些細な言葉に敏感になり、考え過ぎて貧血を起こす。母親としては、まったく当然の反応だ。息子よりも彼女の方が、この事件の影を長く引きずるかもしれない。

内海——そう、やはり違和感の源泉は内海の態度だ。貴也が誘拐されている間の苛立った態度、あれは理解できる。もっと突っかかってこなかったのが不思議なくらいだ。自分の力ではどうしようもない状況に置かれた時、取り敢えず八つ当たりできる相手を探すのは、人間の自然な本能である。それが刑事であってもおかしくはない。しかし、貴也が帰ってきた後は……ほっとしているのは分かる。テンションが上がるのも理解できなくはない。だが内海の態度は、貴也や瑞希と比べて温度差があり過ぎる。瑞希を励ます。貴也を元気づける。そのためにわざとテンションの高い自分を演じているのかもしれないが。

演じている？　そう、今の彼はまさに舞台の上にいる感じだ。自ら演じる人間であった大友には、それがよく分かる。それにしても内海は演技が下手だ。無理している。

実際は、内海はもっと蒼褪め、がちがちになっていてもおかしくない。彼は銀行に迷惑をかけているのだ。もちろん、銀行側は表立って彼を責めるようなことはしないはずだが、それでも今後、有形無形のプレッシャーをかけてくるのは間違いない。下手をすると、銀行にいられなくなる可能性も高い。どれだけ精神力の強い人間なら、この状況に耐えられるだろう。

ずれ。家族の間にずれがある。その原因は、内海その人以外に考えられなかった。

「どんな具合だ」

「いきなりそれはないんじゃないですか、指導官」

前置き抜きで切り出した福原に向かって、大友は苦笑をこぼした。夕方、目黒署に戻ってきた途端に、携帯に電話がかかってきたのである。自分が苦笑いしているのを、彼は気づいただろうか——おそらくは。福原は妙に鋭いところがあるのだ。

話しながら、大友は席を立った。杵淵への報告は終え、今日はもうしばらく電話作戦の手助けをするつもりだった。人気のない廊下へ出て、窓の外に目をやる。真下は署の駐車場。既に陽は暮れかかり、アスファルト全体が赤く染め上げられている。

「いきなりも何も、他にお前と話す話題はない」

一つ深呼吸をしてから、大友は貴也の話をした。家族の「ずれ」に関しては口をつぐんでおく。あくまで大友が感じただけのことであり、何かを疑うほどではないのだ。

「なるほど。眼鏡をかけていない人間を容疑者から排除すればいいんだな」

「皮肉はやめて下さい、指導官」思わず反発した。帰りの車の中でもそのことで柴に散々からかわれ、いい加減飽き飽きしていた。

「俺は真面目に言ってるんだ。日本人で眼鏡をかけている人間がどれぐらいいる？　俺だってかけてるぞ。そういう条件は重大だろうが。後は地域の絞りこみで何とかなる」

「犯人は神奈川、埼玉と動き回っていたんですよ。今のところ、地域性はありません」

福原に思い出させてやった。

「しかし、監禁されていた場所はずっと同じだったと思わんか。犯人も、人質をあちこちに動かすような危険な真似はしないだろう」

「それはそうなんですが……」

「何か引っかかってるのか？　テツ、お前の悪い癖だぞ」

「そうですか？」

「真っすぐ、何も見ないで進めばいいものを、些細《ささい》なことに引っかかって躓《つまず》く。それはお前が、自分に自信を持っていないからだ。お前が引っかかってるのは、たいてい自分の推理の穴に関してだぞ。もっと自信を持て。お前は自分で考えている以上に切れる」

「初耳ですね」

「茶化すな、たわけ者」電話の向こうで福原が癇癪を爆発させた。「俺はアドバイスしてるんだ。迷わず進め。その結果はたいてい、間違っていない」

「あくまで『たいてい』ですよね。百パーセントということはない」

「屁理屈もいい加減にしろ。俺がどうしてお前をこの事件に送りこんだと思っているる？」

「リハビリ」

「そうだ。リハビリには、辛いこともある。痛い目に遭うこともある。それでも続けなくちゃいかんのだ。我慢のしどころだぞ。ここで踏ん張らないと、お前は戻れない」

「戻りたいのかどうか、自分でも分からないんですけどね」

「おい――」

「すいません。仕事に戻ります。自信はありませんが、明日以降、また子どもの事情聴取を続ける予定です」

「土産は干物でいいぞ」

「はい？」

「伊豆なんだろう。手ぶらで帰って来るつもりか」

「指導官……」大友は額をやんわりと揉んだ。本気で言っているのか？

「冗談だ」

いかめしい声で言って、福原は電話を切ってしまった。ますます頭痛が酷くなる。やっぱり僕は駄目じゃないか、と大友は溜息をついた。福原の冗談を見抜けないようじゃ、まだまだ勘は戻っていない。内海に対して感じた違和感も、勘違いなのだろう。

やはり五万人のファンを一人ずつ潰していった方が確実なのか……重い足取りで会議室に戻る。

8

「いたぞ！」夜九時。疲れた空気を震わせるように声を張り上げたのは柴だった。椅子を蹴倒す勢いで立ち上がると、会議室に詰めていた刑事たちが一斉に彼に視線を向ける。柴は役者を気取るようにゆっくりと刑事たちの顔を見渡してから、「あのバッグを交換した人間がいる——目撃者が出た」と告げた。一斉に椅子が引かれる音が響き、会議室はちょっとしたパニック状態に陥った。刑事たちが殺到し、柴を囲んで輪を作る。出遅れた大友は、輪の外側から、小柄な柴の顔を辛うじて見ることができた。疲れを吹き飛ばすような輝きが瞳に浮かんでいる。

「セクションB、十五列七番の客だ」

柴の指摘に、大友は手元の見取り図に視線を落として確認した。セクションBはフィールドレベルで、ステージをぐるりと取り囲むスタンディング席の一部である。十五列ということは、かなり前方の上席だ。

「ここに座っていた客、濱中未来《はまなかみらい》、十九歳が、すぐ近くの客がバッグを交換するのを見ている」

おお、とどよめきが上がる。大友は何とか冷静さを保ちながら、再度見取り図に視線を落とした。十五列七番——この前後左右の客を当たっていけば、問題の二人組を割り出せるかもしれない。

「今俺が電話した相手が、バッグを交換する現場を見ている。我々が追跡していた二人組のうちの一人と服装が合致する人間だ。あの場では、ＺｉのＴシャツを着ていない人間の方が少なかったから、普通の黒いＴシャツ姿は間違いなく目立つ。ブーツは不明だが……皆、ちょっと待っててくれないか？　杵淵管理官に報告してくるから」

柴が飛び出して行くと、残された刑事たちが電話作戦を放り出し、思い思いに推測を口にし始める。大友の隣に座った森嶋も例外ではなかった。

「当たりだと思いますか、テツさん？」

お前に「テツ」と呼ばれる筋合いはないと思いながら、大友はうなずいた。

「バッグを交換した、か。ああいう場所ではちょっと異様な光景だから、見間違いはないだろう」

「とすると、対象は十人ぐらいに絞りこめるんじゃないですかね」体を折り曲げ、森嶋がマーカーでコンサート会場の見取り図をちまちまと塗り潰し始めた。セクションＢ十五列七番を中心に、前後左右が蛍光イエローに染まっていく。「オーケイ！」嬉しそうに言って、森嶋が両手を叩き合わせた。「これぐらいなら今夜中に潰せますよ」

「名簿、作っておいた方がいいぞ」自分は指示する立場にないと思い、大友は森嶋にアドバイスした。「その十人、すぐに当たれるようにしておこう」

「了解です」

威勢よく語尾を上げて、森嶋が名簿を作り始めた。そこに柴と杵淵が飛びこんでくる。

杵淵がすぐに大音声《だいおんじょう》を上げた。

「大至急、この濱中未来という女子大生に直当《じか》たりしてくれ。家はどこなんだ？」

「横浜ですね」リストに目を落としたまま、森嶋が答える。

「よし、急げ。今日中に正式な調書が欲しい。柴、お前に任せる」

「了解です……テツ、つき合え」

「分かった」立ち上がりながら、聖子にまた連絡を入れなくては、と考えて気が重くなる。夕方一度電話をして、夕食を食べさせるよう頼んだのだが、結局今夜も向こうに泊まらせることになるだろう。念のために月曜日の準備をさせておいてよかった。

「森嶋、その子に連絡を入れておいてくれ。女子大生と電話でお話しする権利は、お前に譲ってやる」

どっと沸いた。久しぶりに聞く、屈託のない笑い声。おふざけは厳禁だが、時には勢いをつけるためにこういう笑いも必要だ。そして大友が知る限り、柴はこうやって場を和ませるのが非常に上手い。

「行くぞ、テツ！」右拳を左手に音高く叩きつけ、柴が会議室を出て行く。興奮で盛り上がったその背中を見ながら、大友は捜査の大きな歯車が動き始めるのをはっきりと感じていた。


一人暮らしだという濱中未来は、市営地下鉄ブルーラインで、横浜から一駅の三ツ沢《みざわ》下町《しも》駅の近くに住んでいた。駅のすぐ近くにあるマンションは大学生専用で、彼女は二人を部屋に上げるのを拒んだ。余計な時間がかかるのを嫌った柴は、何とかその場で事情聴取を済ませようとしたが、相手の機嫌を損ねてしまっては逆効果である。大友は柴に目配せして、「外でお茶でも飲もう」と進言した。

三ツ沢下町駅の周辺には、腰を落ち着けて話ができる場所がない。結局、もう少し賑やかな東急反町《たんまち》駅の近くまで移動して、午前一時まで営業しているハンバーガーショップに腰を落ち着けることにした。さすがにこの時間になると客は少ない。

未来はすらりとした長身で、身長は少なく見積もっても百七十センチはありそうだった。間違いなく柴よりは背が高い。喫煙席を主張する柴を、大友は視線で黙らせ、コーヒーを三つ買って禁煙席に落ち着いた。柴があまりにも入れこみ過ぎているのが分かったので、大友は自分でこの場の主導権を握ることにした。気持ちが前のめりになっていると、相手を威圧したり、誘導尋問しがちである。

「この前の東京ドームですけど、すごかったですね」

「見てたんですか？」こんな時間だというのにしっかり化粧をした未来が、目を瞬かせる。たっぷりと盛ったマスカラが、風を起こしそうにばさばさと上下した。

「仕事ですよ……濱中さんは、ずっとZｉのファンなんですか？」

「ここ二年ぐらいです。急にはまって」小さく舌を出した。「今回、やっとドームのチケットが取れたんです」

「大変なんですってね。ファンクラブに入らないとチケットも買えないとか」

「それでも抽選になりますから、最後は運なんですよ」

未来がコーヒーに砂糖とミルクを加え、ゆっくりとかき回した。柴は苛立ちを隠そうともせず、カップを嚙み砕きそうな勢いでコーヒーを啜っている。

「それで、あなたが見た人なんですけど、どんな感じだったんですか？」

「コンサートと全然関係ない黒いTシャツを着てるから、珍しいなって。ツアーの時は、事前にオフィシャルグッズが売り出されるんで、皆でそれを着ていくのがお約束なんですよ」

「今回のロゴ入りTシャツとか」

「あれ、なかなか優れものなんですよ」にっこり笑うと目が横倒しした三日月のようになる。「通気性が良くて、ドームみたいに蒸し暑いところで着てても汗を逃がすんです」

「なるほど。その人ですけど、上はTシャツで？」

「下はスカートだったと思いますけど……」言葉が曖昧になる。

「足元は？」

「靴ですか？　そこまではちょっと」

さすがに百パーセント一致とはいかない。「ブーツか？」と訊ねることはできるが、イメージを植えつけたくなかった。大友は内心の落胆を押し隠しながら質問を続ける。

「一人でしたか？　連れの人は？」

「そこまでは分かりません」

「バッグを交換したんですね」

「ええ」

「時間はいつ頃ですか」

「三曲目の後です」

「随分はっきり覚えてるんですね」

未来が肩をすくめた。

「最初に三曲やって、その後でMCが入ったんです。Ｚｉのコンサートでは、MCの時は静かにするのがお約束なんですよ」

「そういう時こそ、歓声で煩くなりそうなものですけどね」

未来が、呆れたように口を丸く開けた。

「Ｚｉの魅力はトークなんですよ？　だから話をちゃんと聞くのは、ファンなら当然です」そんなことも知らないのか、とでも言い出しそうだった。「そういう時は静かだから、周りの様子も分かるんですよ」

「なるほど。それで、バッグを交換した相手は？」

「男の人でした。若い……二十代だと思いますけど、一瞬横顔を見ただけですから、はっきりとは」

「どういう具合にやったんですか？」大友は両手を交差させた。

「後ろから近づいて来て、女の人の肩を叩いて。女の人もすぐに気づいて、自分のバッグを差し出しました。普通でしたよ。普通っていうか、そのタイミングで、その場所で交換するのは前から決まっていたような感じでした」

男は元々近くの席にいたはずだ。スタンディング席とはいえ、コンサートの最中に自由に動き回れるとは思えない。

「それを見た時、どう思いました？」

「ええと……」

「重そうじゃなかったですか？」

「そこまで分からないんですけど……」未来が、形のいい顎に人差し指を当てた。「考えてみたら、変ですよね」

「そう、変なんだ」それまで何とか沈黙を守っていた柴が身を乗り出す。未来が顔を引き攣《つ》らせながら、椅子に背中を押しつけた。露骨に嫌がっているのにも気づかない様子で、柴がまくし立てる。「中身は言えないんだけど、あのバッグには、相当重い物が入っていたんですよ。十キロぐらいかな……だから、簡単には手渡しできなかったはずです。そういうの、見て分からなかったかな」

「いや、でも……そこまではっきり見てませんでしたから」

それまで快活に喋っていた未来の口調が、急にあやふやになった。柴、焦り過ぎだ。相手を追いこんでどうする……心の中で舌打ちして、大友は話を引き取った。

「これを見てもらえますか」狭いテーブルの上に会場の見取り図を広げる。「あなたの席はここでしたね」ボールペンで、セクションB十五列七番を丸く囲む。見取り図そのものが小さいので、米粒に字を書くような気分だった。「その女性はどの位置にいましたか?」

「ちょっと待って下さい」

未来がバッグの中から素早く眼鏡を取り出した。普段はコンタクトレンズもしていないのだろう。あるいは家に帰って外したのか。眼鏡をかけてもよく見えないようで、テーブルに思い切り顔を近づける。大友がボールペンを差し出すと、しばし迷った後に受け取り、自分の席の斜め前の席を指した。

「セクションB、十四列六番、ですか」

「私の斜め前のその席でした」

「Ziのコンサートの時、スタンディング席はどうなってるんですか? 席順なんか関係なく、ばらばらになりそうな感じもしますけど」

「そんなことないですよ。通路に出たりする人はほとんどいないし。その辺は整然としてるんです。Ziのファンって、皆そんな感じなんですよ」

「大人しいんだ」

「大人しいっていうか、礼儀正しいというか。だから大人から子どもまで楽しめるんですけどね」

「了解」大友は見取り図を畳み、礼を言った。「助かりました。よく覚えていてくれましたね」

「記憶力は悪くないんです」未来がにこっと笑い、耳の上を指差した。

「頼りになりますね。また何か伺うことがあるかもしれませんから、そのつもりでいてもらえますか」

「分かりました」未来の目が少しだけ輝いているように見えた。

「何だか気に食わないんだよなあ」帰りの車中、柴がぶつぶつと文句を言った。

「何が」

「イケメンは得ってことだよ。さっきの彼女、お前に対するのと俺に対するのと、全然態度が違ったじゃないか」

「僕がイケメン？」大友は脂ぎった顔を両手で擦った。「だとしても、だいぶ疲れたイケメンだな」

「またまた、ご謙遜を」柴が鼻を鳴らした。「まあ、いいか。これからは、ご婦人と子どもの相手はテツに任せよう」

「それでお前は、マル暴の専門でいくか？」

「俺の柄じゃないな、それは。できれば俺もご婦人担当になりたい」

会話が軽く転がっているのを、大友は心地よく感じた。この事件が起きてから最初の、大きな動きと言っていい。身代金の受け渡しを担った人間さえ割り出せれば、絶対に犯人に辿り着けると大友は確信していた。あの二人組は、どう考えてもアルバイトである。少し叩けば、誰から頼まれたのか、すぐに吐くだろう。そうすれば後は、芋づる式で真犯人に行き着く。

柴の電話が鳴った。舌打ちして背広のポケットから引っ張り出し、着信を確認する。

「出てくれないか？　森嶋だ」

受け取り、名乗る。森嶋の声は微妙なトーンだった。惜しいところで失敗した、だがまだ望みはある、という感じ。

「問題の有賀美雪《ありがみゆき》なんですけどね、しばらく捕まりませんよ」問題の女性が座っていた席、「セクションBの十四列六番」を森嶋に伝え、チケットを買った人間を割り出してもらっていた。

「というと？」

「昨日、海外へ――ハワイへ行ったそうです」

「まさか高飛びじゃないだろうな」思わず声を高くすると、柴が事情を察して「クソ！」と短く叫び、ハンドルに拳を叩きつけた。大友は右手を横に出して、静かに運転するよう忠告し、電話に意識を集中する。

「高飛びじゃなくて、単なる旅行です」

「接触できたのか」

「ええ、家族にはね。普通の家でしたよ。本人は専門学校生だそうです。ハワイへ行くのは、前々からの予定だったそうで……優雅なもんですね」鼻を鳴らして続ける。「一緒にコンサートに行った人間は、まだ割れてません。友だちと行くとは言ってたそうですけど、家族はその友だちが誰かまでは知らないようですね」

「チケットは自分で取ったのか？」

「それは間違いないようです」

となると、犯人はどの時点で二人に接触したのだろう。誘拐の計画は、かなり入念に練られたものだ。東京ドームのZiのコンサートを利用して身代金の入ったバッグをすり替えるという巧妙な方法には、相当の準備を要したはずである。ということは、有賀美雪と犯人は、以前からの顔見知りである可能性もある。犯人が東京ドームの近くでうろうろして、危険なアルバイトをしてくれそうな人間を当日にスカウトしたとは考えられなかった。偶然に頼るには危険過ぎる。

本当に高飛びしたのでなければ、何日か後には必ず美雪を摑まえられる。真犯人へはあと一歩だ、と大友は拳を握り締めた。

「帰国予定は？」

「四日後。今週の木曜日ですね」

「その間に、もう一人の人間を探すんだな。見ていた人がいたかもしれない」

「まだやらないといけないんですかね」うんざりした口調で森嶋が言った。「有賀美雪を待てばいいんじゃないですか」

「その前に決着をつけられるかもしれないじゃないか。杵淵さんも、絶対にそう指示するよ。今のうちに覚悟しておいた方がいい」

「まったく、日曜の夜に何やってるんですかね、俺は……」森嶋が溜息をついた。「こんなことだから、結婚が遠のくんですよ」

「そこは自己責任で何とかしてくれ」

電話を切り、柴に状況を報告する。話し終えた瞬間、柴は奇声を上げて万歳をした。コントロールを失ったハンドルがぶれ、車の鼻先が揺れる。大友は慌てて右手を伸ばし、ハンドルを押さえた。

「危ないぞ」

「万歳ぐらいしたい気分だよ」

こういう時こそ冷静になれ。自分にはまだ、貴也に話を聴くという大事な仕事が残っている。仮にこのまま犯人が捕まっても、被害者の証言は捜査を完成させるために絶対必要なのだ。

そう自分に言い聞かせても、体が軽く感じられるほどの浮き立つ気分を抑えることはできなかったが。


「そうか、二十五メートル泳げるのか。すごいな」

貴也の目が煌いた。保養所のプールサイド。貴也は上半身裸で、足で水を蹴り上げていた。

「ちょっと泳いでみたら？　このプールは二十五メートルもないけどさ」

腎臓型のプールは、縦が二十メートル、横が十五メートルほどだろうか。水深も浅く、底に描かれたイルカの絵はさほど歪んでいなかった。

「水着じゃないと、プールに入っちゃ駄目なんだよ」

「ああ、そうだな。じゃあ、海は？」

「まだ泳げないって、ママが」

「もう少しの我慢だな。まだ水は冷たいから」

背中に瑞希の視線を感じる。二人だけにしてくれ、と頼んだのだが、瑞希は息子が見える場所にいたい、と言い張った。妥協の結果、彼女は十メートルほど離れた芝の上にビーチチェアを持ち出して腰かけている。内海は仕事の話があるということで、部屋に閉じこもっていた。この保養所に通い始めて三日目——火曜日になるが、日曜日に会っただけで、月曜、火曜と彼の顔を見ていない。

気温は高いが、今日は雲が分厚い。雨を予感させる黒い雲だった。貴也は綺麗に日焼けし始めていたが、今日はもう、あまり長く外にはいられないだろう。

「貴也君さ、ずっとどこにいたんだ？」

「分からない」

「目隠しをされてたんだよな。ずっと真っ暗だったのか」

「うん」

かすかに身震いする。だが大きな前進だ、と大友は思った。昨日になってようやく、事件のことを直接聴けるまでになったのだ。

「何も見えなかった？」

「うん」

「ご飯はどうしてたんだ？　誰かが食べさせてくれたのか」

「パンとか……」

菓子パンなら、目隠しをされたままでも食べられるだろう。しかし、六歳の子どもにパンしか与えないとはどういうつもりなんだ……大友は、偏食がちな優斗の顔を思い浮かべ、かすかな怒りを感じた。

「じゃあ、お腹も減ったよな」

「大丈夫だったよ」

貴也がにこっと笑った。線は細いが、明るい笑みである。大友は先ほどの怒りを忘れ、貴也の背中を軽く叩いて立たせた。

「あの……」すかさず瑞希が駆け寄って来る。振り向くと、心配そうに唇を引き締めていた。

「ちょっと散歩しましょう。その先から海岸に降りられるみたいですよ」大友は緩い斜面になっている芝の広場の先を指差した。

「大丈夫なんですか？　海水浴ができる場所じゃないですよね」瑞希が眉をひそめる。

「平気ですよ」大友は穏やかな笑みを浮かべてやった。「今日は風もないですし、海に入るわけじゃないから」

「一緒に行きます」

「もちろん」

大友は貴也に手を貸して、滑りやすい傾斜をゆっくり下っていった。フェンスの端にある鉄製のドアを開け、その先にある狭い砂浜に足を踏み入れる。貴也が海に向かって駆け出そうとした──昨日までだったら考えられない動きだった──が、大友は慌ててTシャツの襟首を後ろから摑まえて抑えた。貴也がばたばたと暴れ、襟首が伸びる。これが貴也本来の姿なのだろう。

「まだ海は冷たいぞ」

「暑いよ」

「水は冷たいんだよ。今は見てるだけで我慢しような」

貴也の背中を押し、ベンチのようになっている巨大な流木に腰を下ろす。振り返ると、瑞希は十メートルほど離れ、松の木が作る影の中にいた。よほど日焼けが怖いらしい。

ごつごつとした流木は座りにくかった。座面に当たる部分が少し斜めになっているので体が右側に傾いでしまい、姿勢を真っ直ぐにしようとすると腰に緊張を強いられる。仕方なく、やや体を倒したまま、正面を向いた。貴也はちょこんと腰かけて、両足をぶらぶらさせている。強い潮の香りを含んだ海風が吹きつけ、貴也の柔らかな髪をふわりと撫でた。

「あのさ、どういうところに座ってた？」

意味が分からないと言いたげに、貴也が大友の顔を見上げる。

「ええと、そうだな……床は硬かったかな？」

「硬くない」

「今、木の上に座ってるだろう？　こんな感じじゃなかった？」

「違うよ。もっと柔らかくて……よく知らないけど……今の部屋みたいな感じ」

「今泊まってる部屋？」

「うん」

大友は立ち上がり、瑞希の許に歩み寄った。保養所の部屋に、畳敷きの一室があることを確認する。貴也が監禁されていたのは、畳部屋だった可能性が高い……よし、これでいい。少しずつ思い出していけば、そのうち必ず大きな手がかりにぶつかる。

陽が傾いてくるまで、二人は流木に座ったまま、あれこれと話を続けた。貴也は集中力が途切れがちだったので、時に水泳の話をし、時に幼稚園の話題を挟みながら、ピンポイントで質問を続けていく。六歳の子にしては論理的に話してくれたが、何しろずっと目隠しをされた状態だったので、肝心のことが分からない。どんな部屋だったのか、犯人は何人いたのか。いつもパンを持ってきてくれたのは男だったらしいが、それが同一人物なのか、何歳ぐらいだったかも判然としない。

しかしどこかで犯人を見たはずだ。眼鏡を怖がるのは、眼鏡をかけた犯人を見たからに違いない。誘拐された時か、部屋の中でか……しかしその考えは、徐々に後退していった。おそらく拉致されてから公園に放置されるまで、ずっと目隠しをされていたのだろう。そんな状態で車にでも乗っているところを見られたら、すぐに一一〇番通報されそうなものだが……もしかしたら、と思い直して質問を再開する。

「貴也君、公園に来る前、車に乗ったんだよな」

「乗ったよ」そろそろ大友との会話にも飽きてきたのか、貴也は拾い上げた小枝で、砂の上に正体不明の模様を描き始めた。足で消しては描き直す。何を描きたいのか分からなかったが、単に悪戯をしているにしてはしつこ過ぎた。

「目隠しはいつまでしてたのかな」

「うーん、車を降りる時まで」

どきり、とした。公園まで目隠しをされていたわけではないのだ。やはり犯人を見ている。

「降りる前？　その後？　車の中の様子は覚えてないかな」

貴也が顎を胸につけて、目を閉じた。じっと考えこんでいる様子だが、答えは出てこないだろう、と大友は半ば諦めていた。子どもは記憶力が悪い、というわけではない。むしろ脳細胞が衰え始めた大人よりもよほどはっきり、物事を覚えこむだろう。ただしそれを、適切な言葉で説明できないのだ。優斗も同じである。伝えたいことを言葉にできず、二人の間でジェスチャーゲームが行われることもしばしばだ。

隠してた」

「分かんない」貴也が両腕を組み、首を傾げる。妙に大人びた仕草だった。「中でも目

「じゃあ、目隠しを取ったのは？」

「公園。車を降りてから」これは当然だろう。目隠しをしたまま子どもを連れ歩いていたら、どう見ても怪しい。

「君を公園まで連れて行った人だけど、その人が眼鏡をかけてたのか？」

「そう。顔は見るなって言われたけど……おじちゃん」

この証言は当てにならない。六歳の子どもの目から見れば、二十歳の若者でも「おじちゃん」になるだろう。

「そうか……あとさ、車を降りる時、高かった？　低かった？　ほら、ここへ乗って来た車があるだろう？　あんな感じだった？」

「覚えてない」

大友は貴也に聞こえないよう、小さく溜息をついた。やはり全てうろ覚えのようだ。言葉にできないのではなく、「知らない」という明確な否定。今日はこの辺が潮時か……明日以降、またじっくりやっていくしかない。

そろそろ戻ろうか、と声をかけようとした瞬間、貴也が砂に描いた絵を完成させた。満足そうにうなずくと、笑みを浮かべて大友の顔を見上げる。先ほどから何度も描いては消していたものが、ようやく納得できる出来になったのだと分かる。突然、大友の頭

に情報が流れこんできた。

「あのさ、これは――」

「見たの」

「どこで？」

「袋」

「袋？」

「家の中にあったの」

「ちょっと待て」大友は慌てて貴也に向き直り――そうするためには腰を不自然に捻らなければならなかった――細い両肩を摑んだ。瞬時に貴也の顔に恐怖の色が走る。大友はゆっくりと手を放し、背中を丸めて視線の位置を貴也と一緒にした。足下の絵を見て、低い声で確認する。

「この模様が書かれた袋が家の中にあったんだな？　どうして分かったのかな。ずっと目隠しをされて、何も見えなかったんだろう」

「ちょっとずれて……見えた」

「そうか。よし、いいぞ。その調子だ。どんな袋だった？」

「紙みたいな」封筒か。

「大きさは」

貴也が首を傾げながら、両手で宙に長方形を描いてみせた。決して正確ではないだろうが、大友の目には、Ｂ４サイズの大き目の封筒に見えた。

「部屋のどこにあったか、分かるかな」

「壁のところ」

「そうか、よく思い出したな」大友は貴也の髪をくしゃくしゃにした。

貴也が砂の上に描いたマーク——首都銀行のロゴだ。二重の円に「Ｓ」を組み合わせたシンプルなマーク。それが描かれた大き目の封筒……首都銀行？——内海の勤める銀行。


平日の伊豆は、週末の混雑具合が嘘のように空いている。長大な駐車場のようになってしまう国道一三五号線の流れもスムーズで、暗くなるまでには東京へ帰り着けそうだった。既に銀行の封筒の件は、杵淵に報告してある。何の意味があるかは分からないが、ここから糸を伸ばしてどこかに辿り着けるかもしれない。

少しだけ心が軽くなっていた。貴也は、こちらが想像していたよりも多くの情報を記憶しているのだろう。このまま焦らず、ゆっくりと事情聴取を続けていけば、犯人を特定する情報が得られるかもしれない。

大友は捜査本部のある目黒署には行かず、午後六時過ぎ、一度本庁に足を運んだ。今夜はこれ以上、仕事はない。帰宅する前に、久しぶりに刑事総務課に顔を出しておくつもりだった。自分がいなければ仕事が滞るわけではないが、片づけられるものは片づけておかないと。

六時を過ぎて人は少なくなっていたが、隣の席の畑野はまだ居残っていた。

「おう、テツ、どうした」

「ちょっと一段落したんで、様子を見に来ました」

「特に何もないはずだぞ」畑野が音を立てて新聞を畳みながら言った。「このところ、平穏無事だったんだ。お前さんが事件を持っていっちまったんじゃないか」

「まさか」

「いや、本当にここしばらく、何もなかったからな」畑野がノートパソコンを開き、画面を覗きこんだ。「今日だって、刑事部は開店休業状態だったんだぜ」

「そんなこと、年に一度もないですよ」

「そうだな。でも、おかげで仕事が捗ったよ。例のIT研修、だいたい骨組みはできたから」

「やってくれてたんですか？　すいません、僕の仕事なのに」

「いやいや、お互い様ってことで」畑野が人の良さそうな笑みを浮かべる。事件になると大騒ぎするタイプだが、普段は穏やかな、面倒見のいい男である。「向こうの手伝いが終わったら目を通しておいてくれ。IT関係はお前の方が詳しいんだから」

「そうでもないですけどね……でも、現代の刑事には、IT関係の知識は必須ですよね」

「まあな」

「それにしても、本当に暇だったんですね」人が少なくなった室内を見回して、大友は言った。普段は、深夜まで居残っている人間が、必ず何人かいる。

「ああ。夕方、自殺が一件あったぐらいだよ。本当に暇だろう？」

「そうですね」大友は自分のデスクに荷物を降ろしながら、畑野のパソコンの画面を覗きこんだ。

「何だな、こう不景気だと、銀行さんもいろいろ大変なんだろうねえ。ちょっと同情するな」

大友は衝撃のあまり、画面の情報をすぐには把握できなかった。しかし死者の肩書きが「首都銀行」の「支店長」であることだけは頭に叩きこんだ。

第三部　偽りの平衡

1

武本は酔っ払っていた。

「二課の仕事の基本は情報収集」という彼の言葉を信じるとすれば、情報源に酒を呑ませて何か聞きだそうとしているのだ、とも解釈できる。だが彼は、明らかに酔い過ぎていた。情報源から話を引き出すどころか、大友の言葉さえ理解できない様子である。

「ああ？　何だって？」やけに声も大きい。よほど騒がしい場所――安い居酒屋にでもいるのだろう。

「この前、銀行の不正融資の話をしてただろう？」

「不正……何だって？」

「不正融資だよ」大友は声を張り上げた。隣席の畑野が驚いて目を見開く。軽く頭を下げて謝っておいて、少しだけ声のトーンを下げた。「言ってたじゃないか、不正融資をしている銀行があるって」

「ああ、おお」ほとんど雄叫びのような声。「あった、あった。よく覚えてるね。さすがイケメンは違うな」

「それとこれとは関係ない」大友はやんわりと額を揉んだ。こいつ、こんなに酒癖が悪かっただろうか。「その銀行、どこなんだ？」

「自分の口座が本気で心配になったか？　考え過ぎだよ」武本がへらへらと笑った。

「どう考えても銀行が潰れるような話じゃないから、お前の金は安全だよ」

「そんなことはどうでもいい。どこの銀行なんだよ」

「こんな場所で言えるわけないだろうが」武本が突然真面目な声を出す。一瞬で酔いが抜けたようだった。「何かあったのか？」

「あった……もしかしたら、首都銀行じゃないのか？」

一瞬の沈黙。店の騒音が、武本の声に取って代わった。

「何で分かった？」

「当てずっぽうだ」

「脅かすなよ」武本が鼻で笑う。「俺の知らないところで、何か変な動きでもあったかと思ったぜ」

「捜査は動いてないんだな？」

「そんなこと、電話で言えないって」

「お前、今どこにいるんだ」

「虎ノ門」

本庁詰めの刑事が酒を呑みに行く場合、虎ノ門と有楽町が多い。どちらも桜田門から歩いていける場所にあるためで、もう少し足を伸ばすにしても新橋がいいところだ。

「虎ノ門のどこ？」

「『鳥華《とりはな》』。知ってるだろう？」

「ああ」

締めの鳥スープが美味い焼き鳥屋で、二課の連中の溜まり場だ。まだ七時前だが、武本は完全に酔っている。「酒も将棋も早いのが美点」というのは、刑事の習性に対する皮肉だ。いつ事件があるか分からないから、吞める時に吞んでさっさと酔っ払った人間の勝ち。勝負を引き分けで持ち越したくないから、将棋で長考は禁止――それにしても武本は、退庁してからのごく短い時間で、どれだけ吞んだのだろう。

「すぐそっちに行く」

「何だよ、刑事総務課さんが査察か？」

「お前の酒の吞み方は間違ってるぞ。僕が今から叩き直しに行くからな。覚悟しておけよ」

携帯電話を切り、加入電話で連絡しなかったのを悔いた。受話器を架台に叩きつけてストレスを解消できたのに。酔っ払った武本からまともに話が聴けるかどうか、心配になってきた。

「どうしたんだ？」畑野が目を輝かせながら訊ねてきた。「不正融資って何事だよ。聞き捨てならないな」

「ちょっと、首都銀行の関係で気になることがあるんです」

「この自殺者か？」畑野がパソコンのモニターを指差した。

「ええ。他にも、いろいろと」

「何だよ、もったいぶらないで教えてくれよ」

「はっきりしたことが分からないうちは言いたくないんです……すいません、ちょっとこれから、酔っ払いを一人、回収してきますから」

「ミイラ取りがミイラになるなよ」

からかうように言って、畑野がパソコンに向かう。視線はモニターに釘付けになっているのに、大友は何故か見られている気がしてならなかった。


仲間たちと酒を呑まなくなって、どれぐらいになるだろう。そう、ここ二年はほとんど、呑み会はパスしていた。刑事総務課で度々催される会合だけでなく、同期や先輩後輩と軽く一杯、というのさえ避けている。優斗のためだから当然なのだが、どこか後ろめたい気持ちになるのも事実だ。最近の若い連中は、職務時間外の交わりを極端に避けるというが、警察は例外である。「行くぞ」と誰かが声をかければ、仕事をしていない限り、席を立つのが普通だ。だからこそ、酒を断るのには勇気がいる。二年も経つのに、大友は未だに慣れない。

　夜の虎ノ門を訪れるのも実に久しぶりだった。この街は、官庁街・ビジネス街と繁華街との境目のような場所であり、両者の要素が微妙に混じり合っている。食事や酒を呑む場所には事欠かないが、新橋ほど露骨に誘いをかけてくるわけではない。

「鳥華」は、虎ノ門交差点のすぐ南側の雑居ビルに入っている店で、外観は小奇麗だが、一歩店内に入ると香ばしい煙が猛烈な攻撃を仕掛けてくる。焼き鳥は美味いのだが、服に臭いがついてひどい目に遭うんだよな……と思いながら、桜田通り沿いに車を停めた。武本をピックアップしたらすぐに車を出し、走らせながら話を聴くつもりだった。

　歩道に入ると、すぐに声をかけられた。

「おーい、テツ」

　声の主を捜して首を回すと、コンビニエンスストアの前でキャッチャー座り――両足のアキレス腱にかなり負担がかかっていそうだった――をしている武本が手を振っていた。こいつ、野球の経験なんかあったかな、と首を傾げながら近づき、左手首を摑んで体を引っ張り上げようとする。酒が入っている人間の常で、自分で自分の体をコントロールできないせいか、やけに重い。諦め、頭を一つ叩いて「さっさと立てよ」と声を荒らげる。

「乱暴だな」文句を言いながら、武本がコンビニエンスストアの壁に背中を預けたまま、ようやく立ち上がる。両手に缶コーヒーを一本ずつ持っており、右手を差し出し、大友が受け取るまでそのままの姿勢を保持していた。

「缶コーヒーなんか飲みたくないよ」

「酔い覚ましだ。つき合え」

「とにかく車に乗ってくれ」受け取ったコーヒーを軽く投げ上げてから、大友は車道に向けて顎をしゃくった。「いつまでも停めておけないから」

「酔っ払ってる時にドライブはきついんだけどなあ」

「とにかく、乗れ」

肩をすくめ、武本が助手席のドアを開けてさっさと乗りこんだ。顔はかなり赤いが、足取りはしっかりしている。コンビニの前で座りこんでいたのは、ある種の演技だろう。「せっかく呑んでたのに呼び出しやがって」と、露骨に文句をつける代わりの抗議のジェスチャーだ。

運転席に滑りこんでドアを閉めると、さすがにアルコール臭い。窓を開け、車内を空気が流れるようにしておいてから、大友はサイドブレーキを戻してアクセルを踏んだ。車の流れに乗って、桜田通りを南下する。

「それで？　首都銀行がどうかしたのか」音を立てて缶コーヒーのプルタブを引き上げながら、武本が訊ねた。

「どうしたのかはこっちが聴きたい。お前が言ってた不正融資の件、実態はどうなってるんだ?」

「あくまで噂の段階だぜ。正式な捜査に入ってるわけじゃない」

「それでもいいよ。分かってる範囲で聞かせてくれ」

武本がコーヒーを一口飲んだ。覆面パトカーなので車内は禁煙だが、構わず一本くわえて火を点ける。顔を背けて煙を吐き出すと、ウィンドウにぶつかってすぐに拡散した。

「簡単な話なんだ。不正融資が集中的に行われたのは、二年……三年前らしい。相手は中小企業や町工場ばかりだ。回収の見込みがないのに、実績を上げるために無理な融資をした——簡単な話だよ。バブルの頃に流行った手口の再現さ」

「どうして発覚したんだ?」

「まだ発覚したとも言えない段階だけどな。この不景気で、焦げつきが何件か発生して、それが銀行内で問題になってきている、というわけなんだ」

「事件化できるのか?」

「どうかな……」武本が顎を撫でる。「一つ二つの容疑はあるんだけど、全体の構図がまだ描けないんだ」

「暴力団や裏金の関係は?」

「そういう噂もあるけど、まだ裏が取れない。一つはっきりしているのは、焦げつきそうな融資先に対する取り立てが厳しくなっているということだ。このご時世だから、何としても損失は出したくないんだよ。結局、泣くのはいつも、金を借りてる方ってわけだ」

「支店長……高円寺支店長が自殺した話、知ってるか？」

「何だって？」

シートにだらしなく座っていた武本が、いきなり体を起こした。その拍子に大友はブレーキを踏んでしまい、武本のコーヒーが少し零れる。だが武本は、それにすら気づいていない様子だった。コーヒーで濡れた指先が、わずかに震える。

「おい、まさか――」彼の緊張は大友にも伝染した。

「そのまさかだよ」武本が左手を口元に持っていって、手の甲に零れたコーヒーを舐め取った。「その支店長が、問題の不正融資の中心にいた人物らしいんだ」


この状況をどう解釈すべきか。

誘拐の本筋には関係ないはずだが、何かが引っかかる。ここにきて、大友の中で、首都銀行の存在が急に大きくなってきた。

大友の混乱は、報告を受けた杵淵にも伝染した。

「まあ、その……」杵淵が、指先が痒いかのようにしきりに両手を擦り合わせる。「確かにここのところ、首都銀行の名前はよく出てきているな。支店長の自殺、不正融資の噂、それに内海さんの勤務先でもある。だがな、偶然だと考えた方がいいんじゃないか？　確かにその支店長は不正融資に関与していた可能性もあるが、それとこっちの一件は何の関係もないだろう」

「もう一つ、貴也君が首都銀行のロゴが入った封筒を監禁現場で見てるんですよ」

「ちょっと待て。首都銀行の個人預金者数がどれぐらいいるか、知ってるか？」杵淵が身を乗り出す。

「さあ。杵淵さんはご存じなんですか？」

「知らんが、俺の銀行の預金者数は、個人だけで六百万人ぐらいいるぞ。首都銀行はそこよりは小さいはずだけど、百万人単位で預金者がいるのは間違いないだろう。封筒なんて、どれだけ出回ってると思う？　ブツから当たるやり方は通用しないぜ」

「でも我々は、五万人から一人を引き当てたじゃないですか」

「あれで運を使い果たしたかもしれんな」杵淵が自嘲気味に唇を捻じ曲げた。忙しなく目を瞬かせる。

「杵淵さん」大友はテーブルに両手をつき、覆い被さるように杵淵に顔を近づけた。「私たちは運で仕事をしてるんじゃありませんよ。運みたいに不安定な要素は、むしろ排除すべきなんです」自分でも驚くほど低い、迫力のある声だった。これは決して演技ではない。演技でこんな声は出せない。

「分かってるよ」杵淵が唖然として身を引いた。椅子がぎしりと音を立てる。「この事件を解決するためなら、俺は何でもやるさ。誰のアドバイスでも素直に受ける。だけどな、お前さんももう少し絞りこんでくれないと駄目だぞ。生のままの材料をぽんと放り出して、『何とかして下さい』は通用しない」

「そうですね」大友はゆっくりと直立の姿勢を取った。少し言い過ぎた、と反省する。

「貴也君をもう少し揺さぶってみます。段々話せるようになってきてますから、何か手がかりを思い出すかもしれません」

「一番難しい取り調べだがな……お前ならやれるだろう」

「上手くいく保証はないですよ」

「いや」杵淵が両手を組み、顎の下にあてがった。どこか嬉しそうだった。「俺はお前が捜査の一線にいた時代を直接は知らない。どんな刑事だったかは、噂で聞いてるだけだ」

「ろくな噂じゃないでしょう」

「理解しにくい噂、というところかな。お前は優秀だが、とらえどころのない男だそうだな」

「そんな評判、自分でどう解釈していいか分かりません」肩をすくめる。

「とらえどころのないのがお前さんの武器かもしれんな。相手が誰でも上手くダンスを踊れる」

「踊りは苦手なんですけど」

「冗談が下手なのは欠点だな。もう少し鍛えておけ」杵淵の唇がにやりと歪む。「それはともかく、お前さんはこの一件ではしっかり結果を出してくれている。俺に言わせれば、この特捜本部のラッキーボーイなんだよ。その運を、もう少し貸してくれないか」

「私は運なんか信じてません。さっきもそう言ったでしょう」

「いいんだ、俺の気持ちの問題だから。とにかくお前さんは今、いい顔をしてる。いい刑事の顔だよ」

「そうですか」反射的に顔を擦る。刑事の顔か……二年間、父親としての顔を身につけるのに必死で、すっかり忘れていたもう一つの顔。心配になった。刑事の顔を取り戻すうちに、今度は父親としての顔を忘れてしまうかもしれない。


十時近く、聖子の家を訪ねた。今日は何としても優斗を家で寝かせるつもりだったが、聖子は断固として拒絶した。

「あなたね、ちょっと考えてごらんなさい」彼女の声は冷たく硬かった。そもそも、玄関に入れてくれもしない。「寝たばかりなのよ。それをいきなり起こされて、また寝て……そういう、質の良くない睡眠は成長の大敵なんだから」

「……分かりました」口論を続けても絶対に負ける。大友はすぐに引き下がった。

「仕事もいいけど、菜緒が亡くなった後で大見得を切ったのを忘れてないでしょうね」

小さくうなずく。「この子は僕が育てます」――それが当然だと思っていた。菜緒の忘れ形見。血を分けた自分の息子。優斗にとっては肉親であっても、聖子に全面的に世話を任せるわけにはいかない。その決意を忘れずに、二年間を息子のために使ってきた。

それが今は、聖子におんぶに抱っこで辛うじてやっている状況だ。どんなに皮肉を言われても、ここは耐えるしかない。

聖子の本音はどこにあるのだろう。彼女にとっても優斗は可愛い孫のはずだ。婿が情けない、任せておけないと思えば、自分で育てると宣言するかもしれない。今までは散々「面倒なことは押しつけないで欲しい」と文句を言っていたが、それは一種の照れ隠しで、本音とは思えなかった。

「帰ります。明日の朝、もう一度顔を出します」

「そうね。早く来た方がいいわよ」

「ええ」

優斗の顔を見たかった。おぶって帰る間、体重と体温を感じたかった。だが今、僕は父親の顔をしていないのかもしれない。子どもは、父親が仕事の気配を背負って帰って来たことにすぐ気づくだろう。ましてや僕は、切った張ったの世界にいるのだ。血なまぐさい雰囲気――この事件では誰も死んでいないが――が、優斗をすくませるかもしれない。

一人の部屋は蒸し暑く、湿気が籠っていた。一日分の汗を洗い流すためにシャワーを浴び、出てから窓を開け放つ。エアコンの風はいつまで経っても好きになれないのだ。腹が減った……帰宅途中、コンビニエンスストアで買ってきたいなり寿司と太巻き、それにビールで遅い夕飯にする。最近、ちゃんと料理も作っていない。本当は、料理など大嫌いなのだ。ただ、優斗に食べさせるために作る。好き嫌いをなくし、丈夫に育てるためなら、苦手な料理も頑張る。だが一人きりだと、こんなもので十分だった。

一本目の缶ビールを呑み干し、すぐに二本目に手をつける。生暖かい風が部屋の中を吹き抜け、濡れた髪を揺らした。静かだ……優斗がいても、この時間はもう寝ているから静かなのだが、間違いなく生活の臭いがある。今は何もなかった。独身男が一人、寂しくビールを呑んでいるだけ。そう考えると、一本目は喉に爽快さを吹きこんだビールの味が、何だか鈍重に感じられた。

久しぶりにオーディオの電源を入れ、ジョン・マクラフリンのアルバム「エレクトリック・ギタリスト」をかける。大友の趣味ではなく、菜緒のコレクションだ。大友は基本的に音楽には興味がなく、菜緒がどうしてこういう音楽を聴くようになったのかを訊ねたこともなかった。何というか……ジャズなのだろうが、リズムセクションがもっと力強い。蜂の羽音のような細かいギターのフレーズは、ギタリストの指が痙攣しているのではないかと思わせた。

オーディオセットの横に置いたフォトフレームを見やる。まだ赤ん坊だった優斗を抱いた菜緒と、三人で写った写真。自分の目つきがひどく悪いことに大友は気づいた。そう、あの頃は……昔のことを思い出しても何にもならない。大友は、未来に目を向けることにした。自分では答えを出せない質問を、ここにはいない菜緒にぶつけてみる。

なあ、僕は刑事でいていいのかな。

2

「君が見たのはこの袋じゃなかったかな。このマークだろう？」

大友は、貴也の眼前に首都銀行の封筒を翳《かざ》した。今朝、目黒署の近くにある支店で貰ってきたものだ。封筒を凝視した貴也が二度、大きくうなずく。今日は雨なので、プールサイドや海辺というわけにもいかず、大友は内海の部屋に上がりこんでいた。

「色はどうだったかな」大友は三種類の封筒を持ってきていた。白、薄い青、生成《きな》り。

「うん……これ」貴也が生成りの封筒を指で突いた。

「あの、大友さん？」内海が遠慮がちに声をかけてきた。目には心配そうな色が宿っている。「うちの銀行の封筒がどうかしたんですか？」

「ああ、貴也君が思い出してくれたんですよ」大友は内海に向き直った。「監禁現場で、この封筒を見たらしいんです」

「それが手がかりになるんですか？　そんな封筒、どこにでもありますよ」内海が、昨夜の杵淵と同じようなことを言い出した。

「何もないよりはましです。ちなみにこの封筒、どんな時に使うんですか？」

「用途は決まってないですけど、そのサイズだと、パンフレットや契約書を入れますね。でも、どれだけの数が出回っているかなんて、分かりませんよ」

「そうでしょうね。でも、今のところこれは貴重な手がかりなんです。首都銀行の顧客……その中に犯人がいるかもしれない」

「まさか」内海が絶句したが、すぐに我に返った。「何百万人ですよ？　東京だけでも、どれだけの人が対象になるか……警察はそこまでやるんですか？」

「重要な手がかりですからね。貴也君がもう少し詳しく様子を思い出してくれたら、絞りこめるんですが」

貴也が、それまで座っていたソファから立ち上がり、窓辺にとことこと歩いて行った。窓は天井まであり、海辺を向いている。晴れた夏場には絶景になりそうだが、今は白いカーテンのような雨が景色を曖昧にしていた。照りつける陽射しの下で泳ぎたいのだろうな、と大友は思った。

「しかし、まさかうちのお客様が……」内海の視線が不安に泳ぐ。

「そうと決まったわけじゃありません。それより内海さん、どうなんですか」

「何がですか」内海は大友と目を合わせようとしなかった。

「ここだけの話ですから、正直にお願いします。首都銀行が、どこかから恨みを買っている可能性はないですかね」

内海は会見でははっきりとは答えなかったが、ここで聞いておきたかった。

「ないとは言えません」内海があっさり認めた。「金を扱う商売ですから、どこでどんな風に思われているかは分かりません。金のことになると、人間はシビアになりますからね。ただ、うちの支店では特にそういう問題はないですよ。それぐらいのレベルなら、私にでも分かります。でも、銀行全体の話となったら、何とも言えませんね。あるともないとも……」

「そうですか」率直な物言いに、大友は少しだけ引いてしまった。こういう場合、普通は即座に否定するのではないだろうか。それだけ内海が大友を信頼している証拠かもしれないが……いや、そうとは思えない。

「高円寺支店の支店長が自殺したのは、ご存じですか？」

「ええ」内海の表情に影が差す。「今朝、支店の人間が教えてくれました。嫌な話ですよね」

「お知り合いでは？」

「面識はありません。うちの銀行も大きいんですよ。同期でも、一生のうち一、二回しか顔を合わせない人もいますから」

「でしょうね。警視庁でも同じです」

「そうなんですか？」

「四万人、いますから」大友は右手の親指以外の指を立てて見せた。

「へえ、そんなにねえ」感心したように言い、内海が両手を広げる。「日本最強の捜査機関ってわけですか」

「世界最強かもしれません」

「それは頼もしい」

内海の声にわずかな皮肉が混じった。あっさり身代金を奪われ、犯人の影すら摑めていない状態である。「世界最強」は言い過ぎだった、と大友は自分の言葉を悔いた。

「この件、ニュースにはならないんですね」

「基本的に、自殺に関して警察はあまり広報しませんから。よほど社会的な影響が大きかった場合ぐらいですね」

「ああ、電車に飛びこむとか……」内海が顔をしかめた。

「あるいは有名人とか、集団自殺とか」

昨日自殺した首都銀行高円寺支店長、佐川友光《さがわともみつ》は、自宅の二階寝室で首を吊って死んでいた。この日、出社した記録はない。心配した部下が家を訪ねたが、反応はなし。妻は旅行に出かけていたのだが、出社しないという連絡を受けて不審に思い、慌てて日程を繰り上げ、戻って来て夫の死体を発見したのだった。自殺そのものに疑わしい状況はない、と所轄では断定している。ドアノブにロープを引っかけ、上を通して反対側に首吊りの輪を作り、首を突っこんだのだ。つま先が床についていたが、自殺装置としては十分な役割を果たしたようである。よほど暴れたのか、ドアの蝶番《ちょうつがい》の一部が壊れていた。もう少し暴れたらドア全体が外れ、死には至らなかったかもしれない。

「銀行も、いろいろ大変なんでしょうね」

「大変ですよ。特に今みたいに不景気な時代の方が大変なんです」内海が長々と溜息を漏らした。

「こういう自殺というと、私たちは警察官の性《さが》で、すぐに不祥事を想像するんですけど……」

「まさか」内海の顎が強張った。が、すぐに表情を硬い笑顔に作り変える。「刑事さんがそういう風に考えるのは分かりますけど、佐川さんの場合は病気の問題があったそうですよ……私はそういう風に聞きましたけどね」

「そうですか」確かに病気は辛い。特に仕事に没入して人生を送ってきた人間が、治療のために仕事ができなくなれば、絶望して自暴自棄になるのも不思議ではないだろう。

「だけど、死ぬことはないのにね。うちの銀行、そんなにシビアじゃないんですよ。弱い立場の人間を見捨てるようなことはしません。ケア制度も充実してますし」

「そうでしょうね」思わずうなずく。身代金の一億円をぽんと出したのはその証拠だ。

「人情味が厚いっていうか……今の銀行は十年前の合併で生まれたんですけど、当時からぎすぎすした雰囲気はなかったんです。私なんかは入行したばかりで、あまりよく事情が分かりませんでしたけど、先輩たちの話を聞くと、似たような企業文化を持った銀行同士の合併ということで、上手くいったようなんですね。今でもフレンドリーな空気があると思います」

「それにしても、支店長の件は残念でしたね」

「ええ。知り合いじゃなくても……同じ組織の人間が自殺したらショックですよね」内海がかすかに身を震わせ、目を逸らした。明日は我が身、とでも思っているのかもしれない。

「分かります。すいませんね、変な話で」うなずき、この会話を打ち切った。いつの間にか室内の雰囲気は、どんよりと暗くなっている。

「お茶、いかがですか」瑞希が声をかけてくれた。この部屋はかなり広めのリビングルームとベッドルーム、それに四畳半の畳部屋という造りで、リビングルームの一角には小さなキッチンもついている。料理をするには物足りないが、お湯を沸かしたり、電子レンジを使ったりする分には間に合う。

「ああ、いいよ、俺が運ぶから」内海が軽い足取りでキッチンに向かい、コーヒーカップの載った盆を受け取った。「大友さんは、ブラックでよかったですね」

「すいません」カップを取り上げ、一口啜る。苦味が背筋をしゃんと伸ばしてくれた。カップを両手で包みこみながら、貴也の横に立つ。貴也は窓に両手を当て、額をくっつけるようにして外の光景に見入っていた。元気を取り戻してからの貴也は、むしろ落ち着きがない。「多動児」というのが本当かどうかは分からないが、瑞希一人では手に余るのではないだろうか。今も外に行きたくてうずうずしている様子だった。

「泳ぎたいか？」

「うん」

「海で泳いだことはあるのか？」

「一回。去年」

「海とプールと、どっちがいい?」

「うーん……海」

「もうすぐ海で泳げるね……あのさ」大友はカップを握り締めたまま膝を折り曲げた。蹲踞の姿勢を取ると、貴也の顔が自分の顔よりも少し上になる。「部屋を出た時のことなんだけど、その時も目隠しされてたんだよな」

「うん」貴也が窓ガラスから顔を離した。よほど強く押しつけていたのか、額がかすかに赤くなっている。

「周りは見えなかったんだよな。抱っこされて出て来たんだっけ」

「うん」

「部屋を出て、それからどうした?」

「階段をね、降りた」

「その階段は外にあったかのかな。それとも中? 外と中の違いは分かるかな?」

「うーん」貴也が顎に人差し指を当て、首を傾げる。「外。風が吹いてたから」

「よし、いいぞ。階段を降りる時、何か音は聞こえなかったか?」

「かんかん、って」

「こういう音?」大友は右手を拳に固め、窓枠を叩いた。鈍く低い音がする。

「もっと大きな音」

「どんな感じかな」

「ええとね」貴也が目を閉じた。大友はこのところ、貴也の記憶力に信頼を置いている。一度ショックから抜け出してしまうと、彼の記憶は予想以上に鮮明だった。貴也が目を開け、嬉しそうに大友に顔を向ける。「あの、階段」

「階段、そうだよな」話が堂々巡りになっている。やはり子どもの記憶と説明はこの程度か、と諦めかけた瞬間、貴也が次の材料を投げてくれた。

「もう一個の階段」

「もう一個って？」

「中の階段じゃなくて……」

説明するだけの語彙がないのか、もどかしげにしていた貴也がいきなり駆け出した。内海が「貴也！」と大声で呼びかけたが、無視してドアに向かい、背伸びするようにノブに手をかけた。重いのか簡単に開けられないようなので、大友は左手にカップを持ったまま駆け寄って、手を貸してやった。廊下に出ると、貴也が左手の方を指差す。

「あっちの階段」

「ああ、あれのことか」

保養所には二つの階段がある。ロビーから各階へ通じる内階段と、非常階段だ。非常階段を降りるとそのままプールの脇まで行ける。貴也はプールへ行く時、そちらを使っているのだろう。大友は貴也を部屋に戻してから、非常階段を調べた。

ドアを開けると、雨混じりの風が吹きつけてくる。台風とは言わないが、かなりの荒れ模様だ。非常階段は何度も塗り直した跡があり、塗装はところどころで分厚く固まっている。一歩足を踏み出すと、かんかん、と甲高い音が耳に響いた。途中の踊り場まで降りて、早くも体が濡れてきたので引き返す。ドアを開けると、部屋に帰したはずの貴也が立っていた。本来、好奇心旺盛な性格なのだろう。

「貴也君、こういう音か？」大友は意識してゆっくりと階段を降りた。振り返ると、貴也が二度、はっきりとうなずく。うなずき返し、大友は貴也の肩を抱いて部屋に戻った。心配そうな表情を浮かべた内海と瑞希に迎えられる。

「すいません、確認したいことがあったんです。それにしても、貴也君の記憶力は大したものですね」

「ええ」

「今日はここまでにします。明日、もう一度来ますから……内海さん、ここへは予定通り、土曜日までですか？」

「そのつもりです。土曜日の昼ぐらいには向こうへ帰ります。さすがにもう、マスコミの心配もいらないでしょう？」

「そうだと思います。一週間近く経てば、連中は興味をなくしますよ」

「だといいんですけどね。このままずっと追いかけ回されたらたまらないからな。週明けには仕事に復帰したいですし」

「一応、マンションの周囲は調べておきます。私が散々押しかけて、休養にならなかったのはお詫びしますけど、明日も明後日も伺うことになると思います」

「構いませんけど、大変ですね。東京からだと結構遠いでしょう」

「平日は道路が空いているから大丈夫ですよ……それでは、今日はこの辺で失礼します。貴也君、また明日な」

手を振ると、はにかんだような笑みを浮かべて貴也が手を振り返してきた。

車に乗りこみ、大友は浮かんできたヒントを頭の中でまとめ始めた。畳敷きの部屋……古い鉄製の外階段……監禁場所に関するヒントはこれぐらいだ。それでも、古い木造二階建てのアパートなどではないか、という想像は働く。

貴也の記憶はまだまだ掘り起こせそうだ。いずれもっと具体的に、監禁場所につながる手がかりが出てくるだろう、と大友は楽観視した。それに明日、木曜には、有賀美雪がハワイから帰国する。今のところ、最重要人物だ。これ以上貴也に探りを入れなくても、美雪さえ摑まえれば事件は一気に解決するかもしれない。二十歳の専門学校生、それも女性が、警察の取り調べにいつまでも耐えられるとは思えなかった。

しかし、本当にただのバイトだとしたら。犯人に関する具体的な情報を何も知らない可能性もある。それでも犯人には会っているはずだから、何がしかの手がかり、印象はあるだろう。そこを突いていくしかないか。ふと気になり、上を見上げる。貴也の部屋、その寝室の窓は細く開き、内海の顔が覗いていた。何かを探るような……しかし大友と目を合わせようとはしない。何を見ているのだろう。駐車場の向こうは道路だが、さほど通行量が多いわけではなく、誰かを待っている様子でもない。

微妙な不快感を抱いたまま、大友は車のエンジンを始動させた。


「明日も明後日も伺うことになる」という予告は、反故《ほご》にせざるを得なかった。杵淵から、成田へ行くように命じられたのである。「ご褒美だぞ」というのが彼の言い分だった。そもそもドームのチケット購入者を割り出す方法を考え出したのはお前なのだから、金の受け渡しに係わった本人に対面する機会を与えてやる、というわけだ。

大友は貴也と有賀美雪を天秤にかけて、美雪を選んだ。我ながらわがままだと思う。結局、美雪の証言の方が直接犯人につながる可能性が高いのだ。そういう場に居合わせたいと願うのは刑事の本能である。仮にここから一気に捜査が進展して犯人を逮捕できれば、貴也への事情聴取は後回しにしてもいい。

美雪の到着は昼過ぎの便になるというので、木曜日は朝の始動が早い。そのため水曜日は、早目に解散になった。今日は七時半には家に帰れる……大友は聖子に電話を入れ、今日は家で食事をさせる、と告げた。

「駄目」

「何でですか。早く帰れるんですよ」

「この時間から準備してどうするつもり？　どうせスパゲティかレトルトのカレーでし

ょう？　もっとちゃんとしたものを食べさせないと駄目よ」

「いつもちゃんと食べさせてますよ」

「あら、あの子、ここのところ太ったみたいよ」皮肉を交えて聖子が言った。「普段、ろくなものを食べさせてないからじゃないの？」

恵比寿駅へ向かう道すがら、検討していた夕食のメニューは、浴びせかけられた皮肉の攻撃で吹っ飛んだ。人が一生懸命やっているのに……聖子は常に皮肉っぽいが、今日は度を越している。もしかしたら優斗は、体調でも崩しているのだろうか。訊ねてみると、「それはない」と否定された。とにかく家に来るようにと言われ、やきもきしながら山手線、小田急線と乗り継ぐ。一時間後、聖子の家のドアを開けると、すぐに優斗が飛び出して来た。元気そうなので、取り敢えずほっとする。

聖子は後からゆっくりと出て来た。エプロンで手を拭いているのは、今しがたまで料理をしていたからだろう。

何百回と訪れたこの家のダイニングルームが、今日はどこかよそよそしく感じられた。そのせいか、優斗が学校の話題を喋っても、頭を素通りしてしまう。食事はいつも通り――煮物の大鉢がテーブルの真ん中に置かれ、あとは焼き魚と生野菜――だが、味わっている余裕もなかった。聖子もどことなく素っ気無く、大友に会話を振ってこない。

食事を終えると、聖子は優斗に自室へ行くよう命じた。基本的に聖子に対しては絶対服従なので、優斗は逆らわず、この家に泊まる時に使っている六畳間に消えていった。

これはまずい。いつもとまったく様子が違うと、大友は警戒を強めた。

大きなダイニングテーブルに、聖子と二人きり。大友が身構え、何を言われても驚かないようにと自分に言い聞かせようとした瞬間、聖子がいきなり爆弾を落とした。

「あなた、お見合いする気ない？」

「はい？」思わず甲高い声が出る。

「お見合いよ。悪い話じゃないと思うけど」

「ちょっと待って下さい」大友は座り直した。「いきなりそんなことを言われても困りますよ」

「あのね、こういう話にいきなりもゆっくりもないの。優斗にも母親が必要だと思わない？」

「ご迷惑をおかけしているのは、重々承知してますけど……」やはり聖子は、面倒な孫の世話を押しつけられている、と鬱陶しく感じているのだろうか。

「それはどうでもいいの。優斗は手間のかからない子だし」聖子が顔の前で手を振った。「でもね、あの子にも母親が必要でしょう。あなたはどうでもいいんだけど、やっぱり優斗のことを考えるとねえ」

「私一人じゃ、子育てもできないって言うんですか」

「否定できないわね」聖子の声が急に冷たくなった。「だって、こういう風に仕事が忙しくなる時もあるでしょう？」

「今は例外ですよ。普段は優斗のために仕事を調整してます」

「あなた、本当は昔みたいに仕事がしたいんじゃないの？　菜緒がよく零してたわよ。日付が変わる前に帰って来ることなんて、滅多にないって。そういう生活が懐かしくなったとか」

「それはあくまで昔の話です。今は、いつでも優斗が一番ですから」

「嘘が下手ね」

言われて思わず顔を擦る。聖子が口の端を持ち上げて薄く笑った。

「役者なんだから、もう少し演技ができないと」

「昔の話だし、所詮アマチュアレベルですよ。何を期待してるんですか」

「何も期待してないわよ」聖子が露骨な嘲りの笑いを漏らした。「あなたよりずっと長く生きてるんだから、嘘か本当かぐらいはすぐに分かるわ。何も、自分の気持ちに嘘をつかなくてもいいのに。仕事がしたいなら、そのためのサポートを考えてあげようっていうだけの話じゃない」

「それは、相手の女性に対して失礼じゃないですか？　ただ家のことを任せるために結婚するなんて、今時流行らないでしょう。だいたい、こんな条件で結婚しようなんていう物好き、いるのかな」

「あなたが世の中の女性をどういう風に見ているかは知らないけど」聖子が勝ち誇ったように言った。「いつの時代でも、家に入って夫と子どもを支えるのが自分の役目だと思っている女性はいるものよ」

「そうですか？」

「そう」

聖子が立ち上がり、サイドボードから封筒を取ってきた。それが首都銀行のものであるのに気づき、大友は苦笑いした。こんなところまで、首都銀行に追われているとは……聖子が封筒を逆さにして、中身をダイニングテーブルにぶちまける。写真が何枚か流れ落ちて、一枚はテーブルから落ちそうになった。慌てて手を伸ばし、押さえる。一番上の写真に視線を落とした。この女性は……二十代前半ぐらいだろうか。大友は心の中で彼女に語りかけた。あなたが何者かは知りませんけど、まさか僕と結婚する気じゃないでしょうね。何もその若さで、いきなり子持ちにならなくても。

「その子、可愛いでしょう」

「ええ、まあ」確かに標準以上だ、と認めざるを得なかった。顔が細いのにふっくらした頬には、どことなく菜緒の面影もある。

「はっきりしないわね」聖子が手を伸ばし、写真をひったくった。「それでよく、菜緒と結婚できたわね」

「それとこれとは関係ありませんよ」

「この子ね、髙嶋《たかしま》さんのところの麻美《まみ》ちゃんっていうのよ。今年、二十六歳になるのかな。製薬会社にお勤めなんだけど、ちょっと仕事に疲れ気味みたい。そろそろ家庭に入ってもいいかなって話してるみたいよ」

「ちょっと――」

「それからこっちはね、中山《なかやま》さんのお宅の恵理《えり》さん」別の写真を拾い上げ、二枚並べて大友の前に置いた。「二十九歳なんだけど、三十歳になるまでには何とかって、結構焦ってるらしいわよ」

「いつ三十歳になるんですか？」

「ええとね」聖子が一枚のメモを開いた。内容までは分からないが、細かい文字でびっしり埋まっている。「九月」

「もうすぐじゃないですか。三十歳までに結婚は、どう考えても無理でしょう」

「細かい話はどうでもいいの」聖子が頬に手を当てる。「中山さんも親馬鹿だから、心配しちゃって。器量はいい娘さんなんだけど、どういうわけか今までご縁がなかったのよ」

それは、人格面で何か問題があったからではないか。だいたい、中山さんとか髙嶋さんとか言われても、誰のことなのかさっぱり分からない。聖子のお茶の教室の関係かもしれないが、それは大友には縁のない世界だった。

聖子が写真を次々と大友の前に並べ、女性たちのデータをまくしたてる。その顔は嬉しそうに輝き、普段の皮肉な調子は引っこんで、口調も滑らかだった。ずらりと並ぶ写真を見ながら、大友は絶対に勝てないカードゲームに強制的に参加させられた気分になっていた。

家に帰ると、優斗はすぐにシャワーを浴びた。六月から九月ぐらいまでは、大友は風呂を用意しない。暑くて湯船につかる気になれないからだが、風呂釜を使わなければ掃除は簡単でいい、と自分で決めたルールに従っているせいもある。使わないものは汚れない、というのが大友の基本認識だった。

シャワーから出てきた優斗に麦茶を出してやる。髪がちゃんと拭けていない。床にぽたぽたと水滴が垂れたので、タオルで乱暴に拭ってやった。

「優斗、頭はちゃんと拭かないと。風邪引くぞ」

「こんなに暑いのに？」優斗の顔は、シャワーの名残ではなく汗のせいで、てかてかと濡れ光っていた。

「暑くても風邪は引くんだよ」

「ふーん」優斗がつまらなそうに言い、立ったまま麦茶のコップを傾けた。大人用なので少し大きく、両手を使わないとしっかり摑めない。麦茶を半分ほど飲むと、ダイニングテーブルの椅子に腰かけた。ちょっと前までは子ども用の椅子が必要だったのに、今は普通の椅子で問題ない。よじ登らずに座れるようにもなっていた。子どもっていうのは、いつの間にか大きくなるんだよな、と大友は感心した。

自分も麦茶を用意し、向かいに座る。

「なあ」

「何？」コップに視線を注いでいた優斗が顔を上げる。

「あのさ」どう切り出す？　これは家族の問題だから、優斗にも知っておく権利がある。しかし、息子に相談するのも何だか情けない気がしないでもない……。

「どうしたの、パパ？」不安そうに優斗が目を見開いた。

「いや、ちょっと言いにくいんだけど、その……新しいママがきたらどうする？」

「パパ、再婚するの？」優斗がさらに目を丸くする。

八歳の息子の口から「再婚」という言葉が飛び出したことに、大友は思わず苦笑した。どこでこんな言葉を覚えてきたのだろう。

「いや、そうじゃないんだけど、お婆ちゃん——聖子さんが、お見合いしろって急に言い出してさ」

「するの？」

「どうしようか」

「変なの」優斗が首を傾げる。「パパ、大人なんだから、自分で決めればいいじゃない」

「あのな、パパはわざわざお前に相談してるんだぞ。お見合いして結婚したら、新しいママがくるんだ。お前、どう思う？」

「そんなの、その時になってみないと分からないよ」優斗が妙に大人びた仕草で肩をすくめる。「パパも心配性だよね」

「何だよ、それ」

「だって、結婚するかどうか、分からないんでしょう」

「ああ。お見合いするかどうかも、な」

「じゃあ、どうしてそんなこと聞くの？　パパのことじゃない」

「お前の問題でもあるんだよ」

「そうかな。だって、結婚するのはパパでしょう」

「それはそうだけど……」会話がぐるぐる回っていた。どうにも説明しにくい。優斗が、母親のいないこの家のことをどう思っているのか、大友には分からなかった。確認するなら今がチャンスかもしれないが……どうも優斗は、大友が結婚するのと、自分に新しい母親ができるのを、別の問題と見ているのではないか。

「あんまり心配すると禿げるよ」からかうように、にやにやしながら優斗が言った。

「心配すると禿げる？　そんなこと、どこで聞いたんだ」

「真吾《しんご》君」

「ああ」優斗のクラスメートだ。

「真吾君のパパ、つるつるなんだって」

「そうなのか？　真吾君のパパ、そんなに年じゃないだろう」

「でも、つるつるだって」軽い笑い声を上げながら、優斗が椅子から滑り降りる。「パパも、髪の毛なくなったら困るでしょう」

「ああ、困る」慌てて髪に指を突っこむ。確かにそれは困るが……何だか話をはぐらかされてしまったような気がする。自室に消える優斗の背中を見送りながら、大友はこの話をどうやって断ろうかと考えていた。優斗と二人で十分ではないか。もしも息子がもう少し小さかったら、再婚を考えたかもしれない。それなら新しい母親も優斗もすぐに馴染めるだろう。だが小学校二年生というのは、いかにも微妙な年齢ではないか。上手くいけばいいが、人間関係が崩れて家の中がぎすぎすするのだけは避けたかった。それなら、優斗と二人で苦労した方がよほどましだ——結局僕は、ややこしい決断から逃げているだけかもしれないが。

3

町田から成田へは電車を乗り継ぐと二時間以上かかることが分かり、大友は町田のバスセンターから乗れる空港連絡バスを使うことにした。

町田駅から成田空港まではノンストップで、道路も珍しく空いていた。つい居眠りしそうなほど順調だったが、それでも考えが散り散りに来ては去って、眠気を追い払ってしまう。頬杖をついて、流れる街の光景を眺めながら、大友は考えが漂うに任せた。しかし一巡りすると、何故かいつも最後に内海の顔が脳裏に浮かんでくるのだった。何か……何かが変なのだ。しかし具体的にこれだ、というものがない。

考えているうちに、あっという間に成田に着いてしまった。集合場所は第二ターミナル一階の国際線到着ロビー。既に柴が来ていて、手持ち無沙汰にしていた。ズボンのポケットに両手を突っこみ、背筋をぴんと伸ばしてうろうろしている。

「遅いんだよ」大友の顔を見ると、いきなり文句を零した。

「まだ時間前じゃないか」大友はわざとらしく腕時計を覗きこんだ。

「到着が早まったらどうする」

「そういうことはほとんどないよ」

「まあ、いい……煙草を吸おうぜ」

「僕は吸わないんだけど」

「この前吸ってたじゃないか」

「あれは気紛れだよ」

「いいからつき合え」歩き出しながら、早くも煙草をくわえる。

煙草を吸わなくなった大友にとって、喫煙室は拷問室と同義だった。室内は白く染まり、息をするだけで肺がんの恐怖に襲われる。無意味だと知りながら鼻で息をしてみると、粘膜がひりひりして目が霞んでくる。

「今日で決着、つけられると思うか」柴が普段より激しく煙草を吹かしながら訊ねる。

「どうかな。あまり期待しない方がいいよ」

「悲観的だな、お前は」

「現実的と言って欲しいな。甘い期待をして、何度も泣かされたから」

「それは俺もそうだけど……」柴が煙草を灰皿に投げ捨て、すぐに新しく一本をくわえた。掌を丸めてライターを守りながら火を点け、目を細めて煙を噴き上げる。「俺たちの仕事って、ある時点で一気に動き出すことがあるよな？　今日がそうじゃないかと思ってるんだが」

「確かにそういう予感はするけど、相手の顔を見るまでは期待しない方がいい」あるいは見てからも。美雪が戸惑いの表情を浮かべ、取り調べが嚙み合わないまま、訳の分からない方向に流れてしまう様子を、大友は容易に想像できた。

「ま、気合入れていこうぜ、気合」柴が大友の肩を思い切り叩き、喫煙室を出た。気合を入れるなら自分の頰でも張ればいいのに――痛みの残る肩を抑えながら、大友は大股で歩み去る柴の背中を追った。

十分後に、集合をかけられた残りのメンバーが一斉に到着した。どうやら全員、同じ成田エクスプレスを使ったらしい。現場で陣頭指揮を取る杵淵が、五人の刑事たちを到着ロビーの一角に集めた。

「今のところ、到着は予定通りだ」案内板に視線を投げながら、話を切り出す。「出口は一か所しかないが、念のため、そこは二人で固める。残る二人は後方で待機。万が一の場合はすぐに、援護に回ってくれ。先陣は、柴、お前が行くか？」

「了解です」柴が顎に力を入れてうなずいた。

だ。


「あとは市田《いちだ》、頼む」

市田と呼ばれた大柄な刑事が、ゆっくりと二度、首を振った。小柄だが俊敏な柴と、何かの時には盾になりそうな市田の組み合わせは、容疑者確保にはちょうどいいコンビだ。

「到着時刻ジャストに配置につく。確実に身柄を確保してくれ」

「その後はどうするんですか」大友は訊ねた。

「取り敢えず、成田署に移動する」

「空港署じゃないんですか？」

「成田署にたまたま知り合いがいてな……警察大学校で机を並べた仲だ。向こうの方がいろいろ便宜を図ってもらえる」

「分かりました」うなずき、大友は一歩引いた。

ハワイ便の到着まで三十分あったが、それまでどこかで時間を潰すわけにもいかず、結局全員が早々と位置に着いた。フライト状況を示す案内板の下の出入り口から、時折どっと人が吐き出されてくる。一台の飛行機に何百人も乗っているのだから、混み合うのは当たり前だ。大友は、昨日渡された美雪の写真に何度も視線を落とし、その顔を頭に叩きこんだ。専門学校入学の時に撮影された学生証用のもので、少なくとも髪の長さは、大友の記憶にある通りだった。

『予定通り到着。来るぞ』

柴の緊張した声が、無線で飛びこんできた。柴と市田は、既に自動ドアの両側に待機している。大友は少し離れ、もう少し広い範囲が見渡せる位置に陣取った。

十分……二十分。税関の手続きにはそれなりに時間がかかる。焦るなよ、と自分に言い聞かせ続けた。三十分が過ぎた頃、柴の声が再度耳に入ってきた。

『……発見』

その一言をきっかけに、大友も動き出した。出口に近づくと、柴と市田が間を詰め、一人の女性の背後に近づいて行く。肩が出たワンピースに、目まで隠れる大きな帽子。肌は綺麗に焼けていた。左手で巨大なスーツケースを引き、右手にはバッグと買い物袋をぶら下げているので、足取りはゆっくりしている。顔が見えない……顔を見ても、東京ドームで追跡していた女性かどうかは分からないのだが、何としても顔を見たかった。柴が美雪の右腕を掴む。美雪がはっと顔を上げ、その拍子に帽子が落ちた。市田が紳士的に帽子を拾い上げたが、手渡さない。大友はその時初めてはっきりと美雪の顔を見た。丸顔。眼鏡。愛嬌のある丸い鼻と厚めの唇。笑顔が似合いそうな童顔だったが、その顔はすぐに恐怖で歪んだ。

大友が早足で近づいて行くと、美雪がいきなり泣き出した。その場にしゃがみこもうとしたが、柴が思い切り腕を掴んで引っ張り上げ、それを許さない。

「柴」

大友はゆっくりと首を振った。柴が、助けを求めるように大友に視線を投げる。相手が男なら、泣こうがわめこうが強引にやり抜くタイプだが、相手が若い女性だと勝手が違うようだ。結局、面倒な話は僕のところに回ってくるのか……溜息をつきながら、大友は美雪の前に立った。

成田市は、成田空港と成田山新勝寺以外には何もない街である。成田署は、空港闘争が盛んな頃には、千葉県警でも一番忙しかったはずだが、今は田舎街を守るのんびりとした警察署なのだ。一年のうちで忙しいのは、成田山新勝寺に初詣客が殺到する正月だけ。あとは、ゴルフ場での置き引きの捜査ぐらいだ——杵淵の知り合いだという刑事課長が、皮肉っぽく教えてくれた。

署の建物自体も古いので、刑事課の一角にある取調室は冷房の効きが悪く、熱気が籠っている。美雪は鼻の脇に汗をかいていた。柴は「こういうのはお前の方が向いている」と、早々と逃げを打った。女性に泣かれたのがショックだったのか、すっかりやる気をなくしてしまい、美雪の供述を記録するために、壁際に置かれたデスクについていた。それでなくても小柄な背中は、丸まってますます小さく見える。

「あなた、暑いのは苦手じゃないですか」

ずっとしゃくりあげていた美雪が顔を上げた。目は赤くなり、鼻をぐすぐす言わせている。

「冬の生まれですよね？　だから美雪っていう名前なんでしょう」本当は、誕生日までとうに割り出しているのだが、話のきっかけが必要だった。

「……二月です」恐怖に押し潰され、ずっと黙っていた美雪がやっと口を開いた。

「ああ、やっぱりね。冬に生まれた人は夏に弱いっていうから」大友は意識して気さくな笑みを浮かべた。二十歳の若い女性に対して、どの程度の気さくさをもって接するかは難しいところだが……もう少し緊張を解いてやろう。

「柴、何か冷たい飲み物はないかな。熱いお茶って季節じゃないよ」

柴がゆっくりと立ち上がる。「そんなのは俺の仕事じゃない」と言いたそうな怒りの視線をぶつけてきたが、にこやかな笑みを返してやった。自分の役割――今、この場から消えること――を理解した柴が、文句を呑みこんで部屋を出て行く。抗議のつもりなのか、ドアは開けっ放しにしていった。

「悪かったね」大友は背中を丸め、美雪に少しだけ近づいた。「あいつは僕の同期なんだけど、ちょっと乱暴なんだ。男相手の時はあれでもいいんだけど、女性に対する態度としてはまずいよね。いきなり腕を摑まれちゃ、びっくりするのも当然だよ」

「怖かったです。急に後ろからですから」美雪が身を震わせる。

「そうだよね。相手の顔が見えないで、突然あんなことになったら、誰でも驚く。取り敢えず、あいつに代わって謝りますよ。あいつに謝られても嬉しくないでしょう？」

美雪の表情がわずかに崩れ、もう少しで笑顔が浮かびそうになった。しかし、この場に笑顔は似合わないと思ったのか、すぐに唇を引き締める。口角がきゅっと上がった。

柴は飲み物の確保に手間取っているのか、なかなか戻って来ない。その時間を利用して、だらだらとハワイの話をした。大友はたまたま、新婚旅行がハワイだったのだ。もう十年も前のことだが、当時の様子を思い返して必死に話題を合わせる。意外だったのは、ハワイが当時とさほど変わっていない、ということだった。印象に残り、記憶に焼きついたポイントは今も健在のようである。観光地とはそもそもそういうものかもしれないが……美雪の今回の目的は、主に買い物だったらしい。最近の若者は物欲がないというが、そういう人ばかりではない、ということだ。アルバイトで金を貯め、ハワイで一気に散財。ほとんどの時間をアラモアナ・ショッピングセンターで過ごしたという。羨ましい話だ。公務員、なかんずく警察官の給料はそれほど安いものではないが、子どもを抱えていると、自由になる金など高が知れている。別に贅沢がしたいわけではないが、この二年間は、自分の好みでTシャツすら買ったことがないのに気づいた。

「ハワイは結構、物価も高いでしょう」

「でも今、円高だからそうでもないんですよ」

「ああ、なるほど」

「あの、ちょっと電話してもいいですか？」

「本当はよくないんだけど、いいですよ。どこに？」

「一緒に行っていた友だちに。心配してると思うんです」

「そうか、何も言わないで別れちゃったからね。でも、ここで電話してもらえますか？

まだ話の途中だから、あなたをここから出したと分かると、私が怒られるんですよ」

笑顔。大抵の嫌な話題を水に流せる、と自負している表情を浮かべる。実際、美雪も
「仕方ないですね」と言って、電話を取り出した。彼女の同行者は二人いて——一緒に東京ドームに行った人間でないことは分かっている——空港から美雪を連れ出す時にも一悶着あったのだ。美雪は比較的落ちついた声で、自分が成田署にいること、たぶんすぐ帰ることなどを伝えた。

「済みましたね」

「ええ」

そのタイミングを見計らっていたかのように、柴が戻って来た。紙コップを三つ、無理矢理両手に抱えている。歪んで中身が少し零れ、手にかかっていたが、それ以上の被害は出さずにデスクに置いた。どうやらオレンジジュースらしい。冷たいお茶の方が良かったんだがな、と思いながら、柴に目礼する。彼が自席に戻り、音を立ててオレンジジュースを一啜りしたのを確認してから、大友は両手を組み合わせた。

「今日、わざわざここに来てもらったのには理由があるんです。あなた、Ｚｉのファンですよね」

「はい？」何を言い出すのかと、眼鏡の奥の目が大きく見開かれる。

「Ｚｉですよ。先日、東京ドームでコンサートをやった」

「ええ」美雪の顔に困惑の色が浮かぶ。その奥に、かすかな恐怖心が潜んでいるのを大

友は見逃さなかった。

「あなたは、そのコンサートに行きましたね。席はセクションB十四列六番。間違いありませんね？」

「あの、そうですけど、それが何か……」

「私は、あなたのすぐ近くにいたんですよ」

「そうなんですか？　気づきませんでした」

「後ろといっても、セクションBにいたわけじゃありません。後楽公園から東京ドームまで、ずっとあなたの後ろを歩いていたんです。残念ながら、人が多くて追いつけませんでしたけどね。あの混雑振りは、本当にすごいですよね」

美雪の喉がかすかに動いた。大友の顔に視線を据えたまま、オレンジジュースに手を伸ばしたが、指先が震え、コップを倒しそうになってしまう。大友はすかさず手を伸ばし、紙コップを摑むようにして支えた。

「あなたは、あの公園で何をしたんですか？　私はずっと見ていましたから、何があったのかは分かっている。でも、あなたの口から直接聞かせて下さい」

突然、美雪がわっと泣き出した。涙は本物であり、頰を伝ってデスクに小さな水溜りを作る。大友は無言で両手を組み合わせたまま、少しだけ緊張感を抜いた。しばらく無言を貫く。美雪の動揺がゆっくりと解け、上下していた肩の動きが小さく収まってきた。

「何も知らないんです」と言ったその声に嘘はない、と大友は確信する。

柴の顔を見やると、うんざりした表情を隠そうともしない。「あまり期待しない方がいいよ」と自分で忠告したのを思い出す。期待はしないが……いや、していなかったといえば嘘になる。結び目が一気に解《ほど》けるように捜査が動き出す瞬間。確かにそれを期待していた。

話は複雑になりそうだったが、最高の材料は今やこちらの手の内にある。やれるはずだ、ここを突破口にできるはずだ、と大友は自分を鼓舞した。

「ドラッグか何かだと思ったわけだ」

「思っただけです。中身は全然見てませんから」

昼食を飛ばし、既に午後一時半。窓から射しこむ陽射しは容赦なく取調室の気温を押し上げており、大友は上着を脱いでいた。それでもワイシャツの脇の下が濡れて、不快極まりない。ワイシャツの首に人差し指を突っこんでネクタイを緩めたが、暑さは体に張りついたままだった。時差ぼけなのだろう、美雪はひどく辛そうにしている。時折目を擦っては、何とかあくびを我慢していた。

「あんな重いドラッグがあると思うか？　あれが全部乾燥大麻だとしたら、末端価格は最低でも二千万円になるんだよ。そんなものを公園からピックアップして、東京ドームまで運ぶ――そんな馬鹿げたアルバイトがあると、本気で思ってたのか？」

「だって、他に考えられないから」

「そもそも、ドラッグだと思ったら断るのが普通じゃないかな。何もやばいアルバイトをしなくても、金ぐらい稼げるでしょう」

「でも、五万円なんですよ?」何が間違っているのか分からない、と言いたげに美雪が首を振る。「一時間か二時間で五万円……そんないいバイト、他にないじゃないですか。それに、Ｚｉのメンバーに会わせてもらえるっていう話だったから。そんなチャンス、ないんですよ」

大友は呆れて首を振りそうになるのを辛うじて思い止まった。今のところ、美雪はよく喋っている。それを邪魔する可能性のある行為は慎まなければ。

ドアが開き、市田が顔を見せた。大友は柴の視線にうなずきを返してから、取調室の外へ出た。刑事課の中は幾分エアコンが効いており、すっと汗が引いていく。

「もう一人、橋田舞子《はしだまいこ》の方も所在は確認できました」ぼうっとした外見からは想像もできない、甲高い声だった。

「何者だったんだ?」橋田舞子の名前は、美雪の供述から割れていた。

「こちらも専門学校生です。有賀美雪とは高校の同級生ですね」

「どこにいた?」

「先ほど学校で身柄を押さえて、目黒署に移送中です」

「手荒なことはしてないだろうな」

「そう思いますけど、気を遣い過ぎじゃないですか、大友さん」

「だいたい、あの二人の容疑は何なんだろう」大友は閉じたドアに向けて顔を捻った。「誘拐の従犯になるのかな」

「それは……」市田がのっぺりした顔を歪ませた。「違うでしょうね。事情を知らずに犯行に加担したというだけですから、立件は難しいかもしれません」

「だったら今のところは、お客さん扱いだ。乱暴にしないように、向こうにいる連中にも伝えてくれないかな」

「森嶋さんが担当してるみたいですけど」

「あいつで大丈夫かな……」大友は顎を撫でた。森嶋は詰めが甘い——詰めだけではなく全てにおいて甘い。

「伝えておきます」

立ち去ろうとした市田に「ちょっと待った」と声をかける。ゆっくり振り向いたその顔に向かって、「橋田舞子は、この件についてどう言ってるんだろう」と訊ねる。

「バイト、だそうです」

二人が口裏を合わせる時間的余裕は、十分過ぎるほどあった。だが大友は、二人が詳しい事情を知らなかったと確信している。美雪がのこのこハワイに出かけたのがその証拠だ。もしも最初から誘拐に加担していたとしたら、その直後に呑気にハワイに行く気になどなれないだろう。そして彼女が、高飛びするほど図太い神経の持ち主とも思えない。実際、何事もなかったかのように、予定通りに戻って来たわけだし。

再び、炎暑の取調室に戻る。ぐったりと椅子に腰かけた美雪が、恨めしそうに大友を見上げた。柴は苛立ちを隠そうともせず、貧乏ゆすりをしている。彼の後頭部は、短い髪の一本一本に汗がへばりついて、てらてらと光っていた。大友は溜息を漏らしながら椅子を引く。長い午後になりそうだった。

「シロ、ということでいいんだな」杵淵が念押しをした。

「断定はできませんが、当面、留め置く適当な容疑がないんです」大友は肩をすくめ、残念だ、と意思表示した。「ただし、きっちり監視はつけました。泳がせておく必要もあるでしょう。事情聴取は、明日以降も続けますし、容疑が固まれば逮捕、ということでいいと思います」

「結局この線では、犯人に直接辿り着けなかったか……」杵淵が盛大に溜息をついた。

成田署の刑事課、課長席の前の応接セット。柴と市田が美雪を都内の自宅まで送り、大友たちは今後の打ち合わせのためにその場に残った。夕日が容赦なく部屋に入りこみ、杵淵の顔を赤く染めていく。血塗《ちまみ》れのようだ、と大友は思った。

「しかし、大きな前進ですよ。今までとは圧倒的に情報量が違いますから。お茶とケーキの件を、まず潰しましょう」美雪の証言の中で、犯人に直結しそうな情報だ。

「そうだな……」杵淵が溜息をついて立ち上がった。瞬きのスピードが上がっている。

「東京へ戻ろう。やることはいくらでもある」

東京へ帰る車中、大友は美雪の発言を頭の中で整理した。美雪が「その男」と会ったのは、Ｚｉのドームコンサートの三日前。舞子と一緒に、期間限定で原宿にオープンしたＺｉのオフィシャルショップへ出向いた時だった。スタンディング席が取れた幸運を話し合いながらグッズを選ぶのに夢中になっていた二人は、背後からいきなり肩を叩かれた。二人の目に飛びこんできたのは、感じのいい、背の高い青年の姿だった。

「三十歳……にはなってない感じ？」自分の言葉に自信が持てないようで、美雪が語尾を上げた。「百八十センチぐらいあって、すらりとしてて、ちょっと格好いい感じだった。自分は今、当選したチケットを引き取りに来たんだけど、アルバイトをやらないかって」

二人がろくに内容も聞かずにあっさり引き受けたのは、男の容姿がやけに爽やかだったせいかもしれない。実際美雪は、男のことを語る時に夢見るような目つきになった。

事情は詳しく話せないけど、Ｚｉのコンサート会場に、あるものを運んで欲しいんだ。僕は駄目なんだよ、顔がばれてるから。まさか。爆弾のわけがない。そんな物持ってたら、セキュリティでばれちゃうだろう？　大丈夫だって。ちょっとやばいものだけど、Ｚｉの連中に渡さないといけないの。事務所も関係ないから。俺が個人的なつながりでやってるだけ。知り合いかって？　そうじゃなきゃ、こんなことしないよ。あいつら、事務所に締めつけられて、好きなことなんて何もできないんだぜ？　可愛そうだと思うなら、ちょっと手を貸してくれよ。今ちょっと聞いたんだけど、スタンディング席のチケット、持っているんでしょう？　僕の席のすぐ近くなんだ。一人五万円、出すから、それで引き受けてもらえないかなあ。コンサートが終わったら、バックステージで会えるようにするしさ。

美雪の記憶をまとめると、男の言葉はそんな感じだった。あくまで柔らかく、しかし断れないような雰囲気をまとった青年の態度は、二人をがんじがらめにしてしまった。Ｚｉのメンバーと個人的に知り合いだという説明も、二人の心を刺激した。

それにしても、あまりにも幼い。ちょっと考えれば、危ないアルバイトだということはすぐに分かるはずだ。それを引き受けて……大友は深く溜息をつき、あの二人はこれからどうなるのだろうと考え、かえって心配になった。

満員の東京ドームで身代金を受け取る——犯人がかなり前からドームのチケットを手配し、用意していたことが分かった。あまりにも大胆かつ巧妙な手口からすると意外だったが、美雪たちに接触してきた男は、露骨で大き過ぎる足跡を残していた。よりによって、二人にコーヒーとケーキを奢り、しかも支払いにカードを使っていたのだ。それまでまったく謎の存在だった男は、突然具体的な名前を持って大友たちの前に現れた。

佐倉智巳《さくらともみ》、二十八歳。住所は大田区。といっても、田園調布に代表される高級住宅地ではなく、中小の町工場が集まっている、海岸に近い下町の方だ。クレジットカードから割り出した彼の個人データは、住所のほかに、生年月日、勤務先、それに携帯電話の番号に止まっている。犯歴はなし。電話すべきかどうかで特捜本部の中でも議論が起きたが、「まずは直接顔を拝もう」という意見の方が強かった。

「さて、我らが智ちゃんはご在宅かな」柴が歌うように軽い口調で言って、助手席の窓をおろした。煙草に火を点け、煙を車外に吐き出す。風に押し戻されて車内に戻ってきてしまい、空気が白く汚れた。ハンドルを握っていた森嶋が、大袈裟に顔の前で手を振る。

「禁煙ですよ、柴さん」

「若者が細かいことを気にするな。規則は破られるためにあるんだぞ」

「そんな、犯罪者みたいな……」

「犯罪者の気持ちが分からないで、どうして犯罪捜査ができる。お前も少し、泥水を飲んだらどうだ」

「泥水って何ですか。煙草を吸ったって、犯人が見つかるわけじゃないでしょう」

「気持ちの問題だよ、気持ちの問題。最後は気合なんだ……青年よ、かの長嶋茂雄も至言を吐いてるんだぞ。『練習量を超えたところにあるのが気合だ』ってな」

「マジですか？」

「嘘に決まってるだろうが。だけどいかにも長嶋が言いそうな台詞だろう？」

柴が甲高い笑い声を上げた。森嶋がうんざりして肩を落とすのが、後部座席に座っている大友にも見えた。柴は分かりやすい男で、いい手がかりに辿り着いたり、犯人逮捕に赴く時などは、異常にテンションが高くなる。彼独自の気合の入れ方で、それ自体は問題ないのだが、周りの人間をすぐに巻きこむ傾向があるのはいただけない。

「テツ、この男が誘拐の実行犯だと思うか？」柴が首をひねって後ろを向いた。

「それは間違いないだろうね。もう一クッション挟まっているかもしれないけど」

「黒幕がいて、佐倉も指示通り動いていただけ、ということか」

「調べてみないと分からないけど、佐倉という男と首都銀行のつながりがあるかどうかがポイントじゃないかな。あくまで、銀行を狙った犯行だと見るべきだから」

「もしかしたら、銀行じゃなくて内海本人に対する恨みかもしれないぜ？　金を奪うよりも、子どもを誘拐して内海を不安にさせるのが狙いだった、とか。それに銀行を巻きこめば、彼の社会的立場もなくなる」真っ直ぐ前を睨んだまま、柴が言った。

「それなら、あまり効果はなかったんじゃないかな。内海さんはすっかり立ち直ってるんだから」

「そうなのか？　随分簡単なもんだな」

「ああ。奥さんは相変わらず元気がないし、貴也君もやっと喋るようになった程度だけど、内海さんは大丈夫だ」

「子どもが帰って来て、変にテンションが上がったのかもしれないな」

違う。人は、あんなに簡単には、気持ちの切り替えができないものだ。もしかしたら一人息子は殺されていたかもしれない——たとえ無事に帰還した後でも、そんな可能性を考えて悪夢に陥る、というのはよくある話だ。

「とにかく、佐倉を叩くことだな」

柴が両手を打ち合わせた。甲高い音が、銃声のように車内の空気を緊張させる。だが大友は、内海のことが頭から離れなかった。何かおかしい……演技のような彼の態度。一つの可能性が浮上してきたが、大友としては現段階ではそれを積極的に否定せざるを得なかった。

貴也のために。

4

佐倉の家は、昭和から生き延びているような古びたアパートだった。周囲は、同じように小さな年代物のアパートや狭い一戸建てが、消防車などとても入れそうにない路地にごちゃごちゃと建ち並ぶ住宅街。火事になったら、一帯が全滅するのを指をくわえて見ているしかないだろう。

アパートを一目見た瞬間、大友は鼓動が早くなるのを感じた。二階建てで、鉄製の外階段がついている。ためしに二段登ってみると、かつかつという甲高い金属音と軋み音が耳に刺さった。最近はアパートもフローリングの床がほとんどだが、これだけ古いと畳敷きでも不思議ではないだろう。問題は、アパートの前に駐車場がないことだ。貴也は「階段を降りてすぐ車に乗った」と言っていたが、子どもの言う「すぐ」は、どれほどの距離なのだろう。目隠しした子どもを目立たないように車に押しこむには、監禁場所のすぐ側に車を停めておかねばならないはずだが、そもそも車を停めておけるだけのスペースすらない。道路は車のすれ違いもできない、狭い一方通行なのだ。

「カメラはあるかな」大友は運転席の森嶋に声をかけた。

「ええ、小さいデジカメなら」

「ちょっと貸してくれ。もしかしたら、このアパートが監禁場所かもしれない」

「マジかよ」後ろを振り向きながら、柴が目を大きく見開く。

「完全じゃないけど、条件にある程度合致するんだ」

「よし、まずは偵察といこうか」柴がドアを押し開けた。「森嶋はここで待機。何か動きがあったら呼んでくれ」

「了解です」森嶋が顎を胸に埋め、シートの上で姿勢を低くした。

車を出た大友は、少し離れた場所からアパートの全景を撮影した。ストロボは使えないが、最近のカメラはISO感度を自在に設定できるので、街灯の灯り程度でもそれなりに写せる。貴也はこの写真で何か思い出してくれるだろうかと考えながら、アパートの裏手に回った。そちら側が窓で、一階部分はブロック塀で隣の民家と区切られている。窓からブロック塀までの距離は五十センチほどしかなく、これではろくに陽も射さないだろう。暗闇に目を凝らすと、建物とブロック塀の間の細い隙間に、様々なごみが落ちているのが分かった。二階の住人がこの隙間をゴミ箱代わりに使っているのだろうか、と大友は首を傾げた。

その場から少し離れ、アパートの窓側を観察する。佐倉の部屋は二階の二〇三号室。手前から若い番号になっているのは分かっていたので、どこが佐倉の部屋かはすぐに見当がつく。灯りは灯っていなかった。まだ仕事をしているのか、それともどこか別のアジトで、奪った一億円を仲間と山分けでもしているのか。

正面に戻り、郵便受けを確認した。ダイレクトメールが大量に突っこまれていたが、新聞はない。新聞は取っていなくても不自然ではないが……ダイレクトメールを全部引き抜いてみたが、それほど古い物はなかった。長期間家を空けているわけではない、と判断する。

柴が慎重に階段を下りてきた。彼は体重も軽いし、ゴム底の靴を履いているのだが、それでも足音は響く。二段を残したところで立ち止まって手すりを摑み、大友に向けて首を振った。不在。

階段を下りきった柴が大友の背を軽く叩き、車に向けて親指を指《さ》す。霧のように細かい雨が降っており、大友は背広がかなり濡れたのを改めて意識した。後部座席に滑りこみ、ハンカチで頭の湿りを拭う。

「いないな」分かりきった結論を、柴が改めて口にした。

「郵便も溜まってる。ダイレクトメールばかりだけど」

「さて、考えどころだな」横に座った柴が腕組みをする。「ここで待つか、勤め先に行ってみるか」

「勤め先は、もう閉まってるんじゃないか」大友は自分の腕時計で時間を確認した。既に午後八時を回っている。勤務先は「羽田鋼業《はねだこうぎょう》」。名前からは、製造業らしいという以外に、何の業種か想像もできない。この不景気のご時勢、二十四時間三交代で操業しているとは考えられなかった。

大友は大田区の住宅地図を広げた。森嶋が気を利かせて室内灯を点ける。羽田鋼業の所在地は、JR大森駅の南側と分かった。佐倉のアパートは京急の平和島近くであり、二本の指を使って距離を測ってみると、八百メートルほどしかない。会社へは歩いて通っていたのだろうか。

「自転車置き場は見たか？」柴に確認する。

「見た。少なくとも、佐倉の名前を書いた自転車はなかったよ」

「念のため、会社に回ってみるか」

「そうだな。ここは、帰って来れば電気が点くから分かるだろう。ノックしてみてもいいし。森嶋、出してくれ」

「環七から行った方が分かりやすいよ」地図を見ながら、大友は指示した。「沢田の交差点を右折してくれ。その後、八幡通り入口交差点を左折」

「了解です」森嶋が低い声で応じ、車は霧雨のカーテンを切り裂くように走り出した。

大森駅の東側は住宅地だが、一戸建てやマンションに混じるように、小さな町工場が点在している。あまり近づき過ぎてもまずいと思い、大友は少し離れた場所で車を停めさせた。雨脚が強まっており、車を降りた大友と柴は無言で肩を丸めたまま、工場への道を急いだ。

「何だか暗いな」柴が闇に溶けこみそうな声で漏らした。

「景気が悪いから。この辺の工場なんか、どこも大変じゃないかな」

三分ほど歩いて、羽田鋼業に辿り着いた。看板には社名と「精密螺子《ねじ》製造」の文字。シャッターは下りている。一階が工場、二階が事務室という感じの作りだが、灯りは消えていた。建物の大きさから、さほど大きな会社ではないと知れる。

「単に閉まってるのか、潰れたのか……」柴が建物を見上げた。いかつい顔が雨に濡れる。

「潰れたんじゃないかな」大友はぽつりとつぶやいた。

「そんな感じだな」低い声で柴が同意する。

「ちょっと聞き込みをしてみるか」

「同業者か？　どこも閉まってるぜ」

確かに。そこかしこに小さな看板を掲げた工場があるのだが、灯りは全て消えている。せめて羽田鋼業の社長の家が分かればいいのだが……ここは明朝、出直すしかないだろう。

「あれはどうかな」大友は近くで黄色い光を発する看板に向けて顎をしゃくった。「中華　花村《はなむら》」の文字がある。ネオンが灯っている——営業している店は、それぐらいしかない。

「飯か？」

「違うよ。こんな近くにあるんだから、佐倉がよく利用してたんじゃないかな」

「そういう意味か」柴が恨めしそうな表情を浮かべたが、すぐに悪戯っぽい笑みが取って代わる。「飯を食ったことにして、森嶋を悔しがらせてやろうか」

「まさか。彼には、後で何か奢ってやるつもりだったんだけど」

「何だよ、森嶋に取り入って点数を稼ぐつもりか？」

「あいつに愛想を振りまいても、点数にはならない」

「そりゃそうだ」緊張を解すように、柴がにやりと笑う。前屈みになり、大股で店に突進して行った。

夕食時なのだが、店内に客は一人もいなかった。店主らしい中年の男が一人、店の中央付近のテーブルにつき、煙草をふかしながら入り口近くの高い位置に置いてあるテレビを眺めている。灰皿に溜まった吸殻の数を見た限り、たまたま客足が途絶えたのでないのは明らかだった。

名乗ると、特に動揺するでもなく、ぼんやりとした目つきでうなずく。二人は店主の向かいに座り、大友が切り出した。

「羽田鋼業に勤めている佐倉さんのことでお伺いしたいんですが」

「ああ、佐倉ちゃんね」店主の顔にわずかに生気が蘇った。

「ご存じですね？」

「よく食べに来るから。弁当も買ってもらってるし」

「弁当？」

「そう。うち、昼は弁当もやってるんですよ。ラーメン屋だけど、魚を焼いたり、フライを揚げたりしてね。こういう店は、何でもやらないと食っていけないから」

「佐倉さんは常連ですか？」

「常連……常連って言っていいでしょうね。少なくとも週に一回は顔を出すから」

「最近もですか？」

「最近？　いや、今週は見てないな」

「先週は？」

「どうだったかねえ」店主が腕組みをし、首を捻る。「一々お客さんの名簿をつけてるわけじゃないから分かりませんけどね。来たかもしれないけど、自信はないな……いや、だけど」

「だけど？」にわかに暗くなった店主の顔を正面から見ながら大友は追撃した。

「そもそも、羽田さんのところ、やってるのかな」

「倒産したんですか？」

「それは分からないけど、今週は社員が一人もうちに来てないから……ちょっと、冗談じゃないですよ」店主の顔が蒼くなる。「いや、あり得ない話じゃないか。去年辺りから、この近くでも工場が二件倒産して、一件は社長が夜逃げしてるからね。羽田さんのところも苦しかったはずですよ」

「業種は？」

「螺子の製造。リーマンショックの前までは結構繁盛してたはずなんだよね。社員も二十人ぐらいいたし、夜中まで操業してたからね。それがぽつぽつと抜けちゃって。最近は十人ぐらいでやってましたよ」

「随分お詳しいですね」

「別に覗きをやってるわけじゃないけど」店主が慌てて顔の前で手を振った。「弁当を届けるように、時々頼まれるんですよ。それで社員の人数ぐらいは分かるでしょう」

「ああ、それはそうですね」

「参ったな……まさか羽田さん、自殺なんかしてないだろうな」

「社長、ですか？」

「そう。中学高校と俺の先輩なんですよ。オヤジさんの跡を継いで、一生懸命やってるんだ。いい人なんですよ、面倒見がよくてね」

「最近はあまり、経営状態は思わしくなかったんですね」大友は「自殺」の一言に引っかかった。

「そう、たぶん……リーマンショックの前って、結構景気が良かったじゃないですか。その時に設備投資に金を使って、それが回収しきれてないっていう話でした。一緒に酒を呑むと、よく愚痴を零してましたよ」

「この近くに住んでるんですか？」

「ええ……」それまでぺらぺらとよく喋っていた店主が、急に口籠った。「すいませんけど、羽田さんが何かやったんですか？　警察のお世話になるような人じゃないんですけどねえ」

「いや、羽田さんがどうのこうのじゃないんです」大友はすぐに否定した。

「じゃあ、佐倉ちゃん？」彼の目つきはまだ暗かった。「佐倉ちゃんが何かやったって言ってもねえ……信じられないな。いい男でね、優しいし。まさか、女絡みじゃないでしょうね」

女絡みといえばまさにそうだ。二人の女性を犯罪に引きこんだのだから。

「申し訳ありませんが、あまり詳しいことは……」

大友は言葉を濁したが、店主はなおも食いついてきた。

「ちょっと、本当にそんなことが……あり得ないでしょう。何かの間違いじゃないんですか」

「ご主人ね」柴が割りこんできた。小柄な体を精一杯大きく見せようというのか、胸を膨らませている。「捜査の都合ってやつで、細かいことは言えないんですよ。ね？　聴かれたことだけに答えてくれればいいんです。佐倉っていう男だけど、最近何か様子がおかしくなかったかかな？　落ち着かないとか、周りを気にしてるとか」

「だけど、ほら、とにかく最近は見てないから」急に強い言葉で脅しをかけられ、店主の答えはしどろもどろになった。

「答えてもらえると助かるんだけどな。しょっちゅう会ってたんだから、何か様子が変わったら、気づかないわけがないよね。隠されたら困るんですよ。こっちは、人の命がかかってるんだから」

畳みかける柴の言葉に店主の顔が青褪め、唇が震え出した。柴がすっと身を引き、目を細めて睨みつける。

「さっさと住所を教えてくれればいいんです。何も、脅そうとしてるわけじゃないんだから」

結局店主が負けた。図らずも良い警官と悪い警官を演じてしまったな、と思いながら、大友は店主が告げる羽田の住所を手帳に書き取った。住所からして、このすぐ近くのようだ。

必要な情報を聴き出してしまうと、柴は急に愛想よく饒舌になった。

「今度はラーメンを食いに来ますよ。本当は今も食べたいところなんだけど、後輩が腹を空かせて待ってるんでね。自分たちだけ食べて帰ると、恨まれる」

店主は無言で唇を噛み締めていた。自分たちが帰ったら塩でもまくつもりかもしれないな、と大友は思ったが、帰り際に質問を一つ追加するのは忘れなかった。

「佐倉さんは普段、眼鏡をかけていましたか？」

羽田はやはり不在だった。工場から歩いて五分ほどの住宅街の中に、家はすぐに見つかったのだが、灯りは消えている。数日分の新聞が郵便受けに突っこまれており、佐倉と同じようにしばらく家を空けているのは明らかだった。インタフォンの呼び出しにも返事がない。柴が森嶋を呼びつけ、三人で手分けして近所の聞き込みを始める。三十分後に羽田の家の前で集合した時には、羽田は夜逃げした可能性が高い、という結論に達していた。

「経営状態は相当悪かったみたいだな」雨を気にしながら、柴が煙草に火を点ける。

「そうでしょうね。数字は会社の外には出ないかもしれませんけど、近所の人が気づくぐらいだから」森嶋が同意した。「景気が悪いと顔に出るんでしょうね」

「いっぱしの口を叩いてるんじゃない」柴がぴしりと言った。「まあ、先週から工場がずっとシャッターを閉じているのは間違いないな。テツ、どうする？」

「会社の方については、明日、大田区の産業組合にでも聞いてみよう。会員会社の経営状況はそれなりに摑んでいるはずだから。肝心の佐倉の方は……」いつも黒縁の、結構お洒落な眼鏡をかけていたというラーメン屋の店主の証言を思い出す。これは、美雪たちの証言とも一致していた。佐倉は変装の基本を知らないらしい。危ない橋を渡るなら、少しぐらい印象を変える工夫をしないと。美雪たちをスカウトした時に、眼鏡を外すか別の物にかけかえるだけで、随分印象が変わったはずなのに。「当面、家を張り込むしかないだろうな」

「ああ、それは俺たちの仕事だ」煙草を持ったまま、柴が顔を擦る。「杵淵さんと相談して、徹夜で張るように配置を決めるよ。お前はそろそろ、優斗のところへ帰ってやったらどうだ？」

「いや」反射的に大友は言った。「大詰めじゃないか。僕も手伝う」

「それぐらいの人手は足りてるぜ」柴が不審気に目を細めた。「だいたい、優斗を放っておいていいのかよ」

「ああ――まあ、今夜はいいんだ」

優斗を引き取りに聖子の家に行けば、見合いの話を蒸し返されるかもしれない。それにつき合うのが面倒だった。こういうことは、無視しているうちに時間が経って、流れてしまうものではないか――まさか。聖子はしつこい。大友が何らかの結論を出すまで、執拗に迫ってくるに違いない。仕事を言い訳に、彼女のお節介から逃れられるなら。許せよ、と大友は心の中で優斗に手を合わせた。

大友は、夜中の二時まで受け持つ張り込みの第一チームに自ら志願した。佐倉のアパートから少し離れた路上に車を止め、助手席のシートを少し倒して楽な姿勢を取る。柴は運転席で、ハンドルの上に屈みこむように背中を丸めた。

「まさかと思うけど、羽田も関係してるんじゃないだろうな」何回目かとなる同じ疑問を、柴が口にする。大友は「分からない」と答えざるを得なかった。仮に羽田鋼業が店じまいをし、社長の羽田と家族が夜逃げしていてもおかしくはない。その辺りは明朝、組合の方を当たればもう少しはっきりするだろうが、柴は早急な結論を求め続けた。今夜はずっとこの話につきあわされるのだろう、と少しばかりうんざりした気分になる。

電話が鳴り出した。出る前に時刻を確認すると十一時過ぎ。聖子が文句を言ってきたのだろうかと思って出ると、武本だった。

「今、大丈夫か」疲れ切った声である。

「平気だよ……張り込み中だけど」

「首都銀行の件だけどな、不正融資の額は全体で五億円ぐらいになるらしい」

五億。銀行という組織から見れば大きな金ではないかもしれないが、一般の感覚からすれば、一生に一度もお目にかかることのない大金である。

「相手は？」

「複数だ。一番大きいところには一億円弱。その他は数千万円単位だな。ちょっと景気のいい時期に、設備投資の名目で無理に貸しつけたらしい」

「相手は？」

「中小企業がほとんどだ。町工場に毛の生えたような会社ばかりだよ」

一瞬、鼓動が跳ね上がった。

「貸付先のリストは手に入ったのか？」

「まだだけど、それは、何とかする……しかし、無理に貸しておいて、いい加減な話なんだぜ？　既に焦げついているところも何か所かあるようだ。自殺したくもなるよな」

「それは、高円寺支店の営業区域での話なのか？」

「いや、問題の支店長が前にいた支店だ」

「どこだ？」

「城南支店……受け持ち区域は大田区、品川区だな」

またもや跳ね上がる鼓動。落ち着け、と大友は自分を諫めた。武本の情報は、ほとんど具体的ではない。

「一つ、お願いがあるんだけど」

「何だよ、まだあるのか」唸るように武本が文句を言った。

「貸付先に、羽田鋼業という会社がないだろうか。螺子の製造をやってる、大田区の会社なんだけど」

「何か、お前の方に関係ある話なのか？」

「そうかもしれない」

「今のところ、具体的な名前は出てないんだ。調べてみるけど、今夜は無理だな」武本がすかさず予防線を張る。「明日の朝……午前中まで待ってくれ。それも、ネタ元がご機嫌を損ねず、俺に会ってくれればの話だからな。期待しないでくれよ」

「お前なら何とかしてくれるだろう」

「俺はもう、疲れて死にそうだよ」

普段仕事をしていないから、たまに忙しくなると疲れるんだろう。皮肉を呑みこんだまま、大友は電話を切った。

「誰だ？」眠そうな声で柴が訊ねる。

「二課の武本」

「ああ」つまらなそうに言って、柴が煙草をくわえる。「ろくな奴とつき合ってないな、お前も」

「そう言うなよ。同期だろう」

大友は首都銀行の不正融資の件、支店長の自殺の件についてかいつまんで説明した。

「おいおい」急に柴の声に元気が蘇る。「そいつは臭いぞ。ぷんぷん臭う」

「臭いの原因が何か、説明できるか？」

「いや、それは……」直感は大事だが、「何か怪しい」というだけでは買えない。

「とにかく、明日の午前中まで待とう。もしも首都銀行から羽田鋼業に対する貸しつけがあって、それが焦げついていたら、少し疑って考えないといけないな」

「少し、で済むわけないだろう。こっちは経済事件の専門家じゃないんだぜ。脳みそを振り絞って考えないと」

「そうだな」苦笑を漏らしながら、大友は腹の上で両手を組み合わせた。既に日付が変わろうとしている。アパートへの人の出入りはほとんどなかった。そもそも、半分も部屋が埋まっているかどうか……大友は欠伸をかみ殺しながら、ひたすら時が過ぎるのを待った。

午前一時五十分、交代要員の刑事二人が到着した。引き継ぎをし——十秒で終わった——深い疲労を身にまとって引き上げるだけになったが、ふと思いついて、大友はハンドルを握る柴に声をかけた。

「ちょっといいかな」

「おいおい、今から何かやろうったって無理だからな。こんな夜中に、誰に話を聴くんだよ」柴がすかさず文句を言う。

「話を聴くんじゃない。見に行くんだ」

「何を」

「羽田鋼業」

「そこはさっき見ただろうが」苛ついた声で言い、柴が舌打ちをした。

「裏を見てみたいんだ」

「何で」

「勘、かな」

「はいはい」呆れたように言って、柴が溜息をつく。「仰せの通りにいたしますよ。刑事総務課に逆らうと怖いからな」

「そこまで大袈裟な話じゃない」

「何にせよ、トラブルを起こさないのが一番だ」

信じられない言い草だ。気に食わないことがあると、上司にも平気で突っかかって行くのが柴という男である。「トラブル」の概念が、普通の人とは違うはずなのに……。

人気の消えた住宅街の中を走り、五分後には羽田鋼業の前に辿り着いた。間口十メートルほどの建物。奥に深い作りのようだ。両隣の建物との間にほとんど隙間はなく、裏へ回るには相当遠回りをする必要がある。大友は車のドアを開け、「少し待っててくれ」と柴に声をかけた。柴は、大友の言う「少し」が相当長いことだと覚悟したようで、シートを倒して手を振ると、あっさり目を閉じて腹の上に両手を乗せた。

少し離れた路地に入り、入り組んだ住宅街の中を歩く。羽田鋼業の裏に辿り着くのに、五十メートル以上も歩かなければならなかった。雨は依然としてしつこく降り続いており、汗と相まって全身が不快である。

しかし、その不快感を吹き飛ばすだけの発見があった。

外階段。

建物の一階は、防音の意味もあるのだろう、分厚いコンクリート製の壁になっており、当然中がどうなっているかは分からない。しかし外階段で上がる二階部分には窓があった。そちらが事務室だということは、近所への聞き込みで分かっている。大友は、全ての条件が合致すると確信した。外階段は相当古く、手すりには全面に錆が浮いている。裏道だが道路はかなり広く、大きなワンボックスカーなどが長時間駐車していても、通行の邪魔にはならない。それに、外階段とはいっても、上にプラスティック製の屋根が被さっているので、誰かが上り下りしても、外からはっきりとは見えないだろう。ワンボックスカーをこの外階段のすぐ横につければ、誰にも見られないのではないか。

外階段を上ってみる。ぎしぎしという金属音が、予感に拍車をかけた。金属製のドアの前に立ち、深呼吸してノブに手をかける。さすがに鍵はかかっていた。小さな落胆を抱えながらも、大友は森嶋から徴用したカメラを使って建物を撮影することは忘れなかった。

5

午前六時、覆面パトカーで目黒署を出発。ガムの助けを借りて必死に眠気と戦いながら、八時過ぎには川奈にある首都銀行の保養所についた。部屋を訪ねようと思ったが、フロントで、内海一家はレストランで食事中だと教えられたのでそちらに向かう。いつの間にか宿泊客が増えているようで、それまで大友が一度も足を踏み入れたことのないレストランには、三組の客がいた。真っ先に大友に気づいた内海が、驚いたように目を見開いた。腰を浮かしかけたのを手で制する。

「どうしたんですか、こんなに早く」

「確認したいことがあっただけです。ご迷惑をおかけしますが――」

「とんでもない、構いませんよ」内海が手を振って、大友の謝罪を遮った。「何か、お食べになりますか？」

抗い難い誘惑だった。胃は空っぽで、頭が上手く回りそうにない。しかしここで食事をすれば、誰が払うかで一悶着起こるのは目に見えていた。コーヒーだけを貰い、砂糖とミルクをたっぷり加えて一口飲んだ。これで少しは空腹が誤魔化せる。

貴也がこちらをちらちらと窺っている。ほぼ毎日顔を合わせているのだから、既に気になる存在になったと言っていいだろう。本当に心を開いているかどうかは分からないが……そういえば昨日はここへは来なかったのだ、と思い出した。

「貴也君、昨日は何してた？」

「泳いだよ」貴也の顔がぱっと明るくなった。

「雨が降ってたのに？」もちろん梅雨の末期で蒸し暑い天気ではあったが、泳ぐには少し涼しかったはずだ。

「無理言って、プールを使えるようにしてもらったんです」瑞希が、居心地悪そうに体を捻りながら言った。

「でも、泳げて良かったじゃないか。楽しかったか？」

オムレツを口一杯に頬張りながら、貴也が満足そうにうなずいた。今すぐにでも外へ飛び出したそうだった。

「今日も泳げそうだな」夕べのぐずついた天気が嘘のように、今日は朝から晴れ上がって陽射しも強い。日焼け止めがないと、貴也の肌はすぐに真っ赤になってしまうだろう。しかし貴也は、日焼けの苦しみなど知りもしないように、満足気にうなずくだけだった。

大友はしばらく無言で、三人の食事を見守った。貴也はここにいる間に、急速に元気を取り戻している。それは悪いことではないのだが……食事が一段落したところで、大友はデジカメを取り出し、昨日撮影した二か所の写真を順番に見せた。最初に佐倉のアパート。次に羽田鋼業の建物。貴也の表情に変化はない。首を傾げながら小さなモニターを覗きこみ、次いで答えを求めるように大友の顔を見上げた。

「見覚え、ないかな」

貴也が無言で首を振る。だが、大友を失望させるのが悔しいと思ったのか、今度は必死の形相でモニターを凝視した。力を入れ過ぎたのか、顔が真っ赤になっている。

「貴也……」

瑞希が心配そうに言って、貴也の肩に手をかけた。貴也は体を捻ってその手を振り払い、モニターに集中し続ける。やがて肩がすっと落ち、小さく溜息をついた。

「分かんない」

「そうか」大友は次の手を打った。「あの日……階段を下りる時に、音が聞こえたんだよな。かんかんって、鉄の音が。それ以外にはどうだった？　何か他の音は聞こえなかったか？」

「他の音？」

「何でもいいんだ。車の走る音とか、誰かの話し声とか」

「うん……」貴也が目の前の皿に視線を落とす。食べ残したオムレツの残骸が乗っているだけだが、そこに答えがあるとでもいうように集中していた。瞬き一つしない。

「目隠しされてると、案外音がよく聞こえるんだよ。普通なら聞こえないような音も、さ。何でもいいんだ。自分の足音以外に聞こえた音はないかな」

「……太鼓？」自信なさげに言って、貴也が顔を上げた。

「太鼓？」大友は、右手で太鼓を打つ真似をした。「こういう太鼓？」

「そうじゃなくて、あの、ぱらぱらって……」それですぐにピンときた。両手の人差し指で、テーブルを素早く叩いてスネアのロールを真似する。貴也がすぐ、満足そうにうなずいた。

雨。羽田鋼業の裏手の階段の上には、プラスティック製の波型の屋根がかかっている。雨が降れば、細かいドラムの音のように聞こえるであろうことは、想像に難くない。敏感になった貴也の耳が、雨音をそのように聞いていたとしたら……走るな、と大友は自分に言い聞かせた。可能性だけならいくらでもあるが、確かな物は何一つないのだ。

「大友さん、何か動きがあったんですか」瑞希が心配そうに訊ねる。

「犯人に近づいています。確実に」

「本当に？」瑞希が目を見開いた。

「おそらく」

ふと、内海に目をやる。今のやり取りをまったく聞いていなかった様子で、ぼんやりと広い窓を眺めていた。視線の先には、風を受けて波頭が白く弾ける海。

「内海さん?」

大友の呼びかけに、内海がはっと振り返った。

「貴也君、よく思い出してくれてますよ。偉いですね」

「ああ、まあ」

「こんなことを言う権利は私にはないかもしれませんが、もう少し褒めてあげてもいいんじゃないですか。血を分けた親子でしょう」

内海が再び視線を海に向ける。何を考えているのか……声をかけるタイミングではないと判断し、大友は静かに席を立った。

「追い詰めたと思ったら行方不明か……上手くいかんもんだな」杵渕がボールペンをテーブルに投げ出した。頭の後ろで両手を組み、そこに体重を預ける。大友は立って後ろ手を組んだまま、うなずいた。

「会社の方はどうなんですか」

「倒産したわけじゃない。少なくとも書類上はな。ただし、先週の水曜日から、操業はしていない」杵渕が忙しなく瞬きをした。

「実質的に店じまい、という感じですね」

「ああ」

「社員はどうですか」

「今、順次当たってる。今のところ聴いた話では……」杵淵が手帳を広げた。「先週の月曜日に、一時的に会社を休業する、と社長から話があった。ただし必ず再開するから、自宅待機と言われているそうだ」

「実際には、再開の見込みはどうだったんですか？」

「一時帰休を言い渡した時点で、社長は『来週から』と明言したそうだ。具体的だから、ちゃんと予定があったんだろう。基本的には真面目な社長だったそうだから、そういうことでは嘘はつかないんじゃないかな。だがテツよ、これが誘拐と何の関係があるんだ？」

「実はまだつながっていません。もう一歩なんですが……社員の佐倉が、女性二人に身代金受け渡しのブリッジ役をさせた——それは間違いないんですが、会社に関係あるかどうかと言われると、今のところは答えようがありません」

「そうか……」杵淵が目を瞬かせた。「ああ、佐倉の写真が手に入ったぞ。商店街のイベントの時に撮ったやつだそうだ。去年の写真だから、イメージもそれほど変わっていないだろう。今、柴と森嶋が走ってる。確認でき次第、逮捕状に持っていきたいな」

　杵淵がテーブルに写真を置いた。佐倉の顔をほぼ正面から捉えている。面長、すっきりした目元、わざと乱したような髪型。俗受けしそうなハンサムで、黒縁の眼鏡がアクセントになっている。眼鏡——貴也が恐れた記憶。

「誘拐容疑で大丈夫なんでしょうか」

「それ以外に考えられんよ」杵淵がゆっくりと背中を丸めた。「話を整理しようか。お前が羽田鋼業にこだわる理由は何なんだ？」

「二つ、あります」大友は右手でVサインを作った。「一つは、あの誘拐を佐倉一人でやるのはまず不可能、ということ。もう一つは、貴也君が監禁されていた場所が、羽田鋼業の建物に似ていることです」

「似ている」杵淵が少し皮肉をこめて言った。「曖昧だな」

「ええ。写真でははっきり確認できませんでした。チャンスがあれば貴也君に直接建物の中を見せたいんですけど、そう簡単にはいかないでしょうね。またショックを受けるかもしれませんし」

「ああ」

「ただ捜査の本筋としては、あまり固執しない方がいいと思います。外れたら方向性が滅茶苦茶になりますからね」

「珍しいタイプだな、お前も」杵淵が目を見ひらいた。

「そうですか？」

「普通は、自分の摑んだ材料や推理があれば、それをごり押しするだろう。そういう我の強いところがないと、一課の刑事としてはやっていけない」

「私は刑事総務課の人間ですよ。一課の刑事じゃありません」

当たり前といえば当たり前過ぎる事実を指摘すると、杵渕が照れたように笑った。

「そうは言っても、いずれ戻るつもりなんだろう？」

「先のことは分かりません」

「慎重だな」

「いろいろありますから」

この話題を打ち切るつもりで、大友は一礼した。杵渕もうなずいて、書類に戻る。手柄を独り占めしたい……それは刑事の本能である。仲間に自慢できるし、表彰状の数が増えれば、将来の昇任では絶対的な切り札になるのだ。しかし大友は、やはりこれから先のことを何も考えられない。中途半端だな、と自嘲気味に笑いながらその場を離れようとした時、携帯電話が鳴り出した。武本。近くの席――杵渕には直接会話に内容が聞こえそうにない位置――に座り、電話に出る。

「どうした」

「ちょっと会わないか？」

「いいけど、何か摑んだのか」

「それは会った時に話したい。昼飯、食ったか？」

「いや、まだだけど」

「渋谷辺りで落ち合わないか？　俺は今、新宿にいるんだ。お前、目黒だろう？」

「ああ。三十分後でどうかな」

「了解。東急百貨店の上にしようか。あそこなら分かりやすい」

「そうだけど、高いぞ」大友は思わず顔をしかめた。今月の給料日まではまだ間があるのに……。

「あそこが一番、山手線から近い。三十分後に東急百貨店のレストラン街でいいな？エレベーターを下りた所で落ち合おう」

「分かった」

電話を切り、ちらりと杵淵の顔を見る。書類に集中していたのを、誰かからの電話で邪魔された。しかし電話の内容がかなり重要なものだったのか、すぐにそちらに意識を吸い取られる。こちらを見ていないのは承知で頭を下げ、大友は特捜本部を出た。


先に待ち合わせ場所の東急百貨店に着いていた武本は、すぐに「中華にしよう」と切り出した。

「いいけど、何で中華なんだ」

「半分個室みたいになっている席がある。そこなら話がしやすい」

「そういうことか」

「まあ、そんなに高くないから。お互い薄給の公務員だからな」武本が鼻を鳴らす。

既に昼食の時間を過ぎていたので、店内は空いていた。何度か利用したことがあるのだろう、武本は迷わず、奥のスペースを選んだ。出入り口に近い席とは区切られており、確かに半個室と言えないこともない。夜はここが喫煙席になるようで、絶対に消せない紫煙の臭いがかすかに漂っていた。武本はメニューを広げるとすぐに店員を呼びつけ、勝手に料理を頼んでしまった。チャーハンを二つ。

「おいおい、勝手に頼むなよ」

抗議したが、武本は取り合わない。メニューをテーブルの隅に押しやると、店員の姿が消えるのを目で追ってから切り出した。

「注文で愚図愚図している時間が惜しいんだよ……お前、何を知ってたんだ」

「何が」因縁のような台詞に、思わずむっとした声で応える。

「首都銀行の件。知ってて俺に黙ってたんじゃないのか」

「まさか。分かってることがあれば、全部話してるさ」

「本当に？」武本の怒りが少しだけ引いた。腕組みをしながらソファに背中を押しつけ、試すように大友の目を見詰める。小さく吐息を押し出し、「ま、お前なら嘘はつかないか」とつぶやいた。

「何を摑んだ？」

「不正融資先の完全な名簿」

「羽田鋼業の名前があったのか？」

「あった」

大友は思わず身を乗り出した。勢いに押されたように、武本が背中をソファに押しつける。

「額は」

「一億……にちょっと欠けるぐらいだな。問題の不正融資の中では、最大の額だ」やっと自分のペースを取り戻したのか、武本がいつもの軽い調子に戻って言った。「この額を見て、俺はあることを思い出したんだ」

「ああ」大友は唾を呑んだ。「ぴったりだな」

「そういうこと」

「どういうシナリオなんだ、これは」

「俺に聞くなよ」武本が肩をすくめる。「不正融資のシナリオ全体は、まだ完全に解明されたわけじゃない。だけどお前が知りたいのはそっちじゃないだろう?」

「ああ」

「だったら俺に聞くのはお門違いだ。自分で考えてくれ——あるいは調べてくれ」

「羽田鋼業は、先週から休業している。社長は今のところ、所在不明だ」

「おい……」武本の喉仏が上下した。「しかし、これは……俺には分からんな」

「僕もだよ」

「ここから先はまだ分からないことだらけなんだな? ちょっと複雑だ……」武本がゆっくりと顎を撫でた。

「羽田鋼業に対する不正融資は、焦げつきになってるのか」

「いや」武本が力なく首を振った。「実は、今週初めに一括で返済されている。利子分も含めてだ」

「その金は——」

「どこから出たかは分からない。ただ、銀行は金の出所までは調べないからな。しかし変だぞ。休業している会社が、どこから金を調達できる？」

「そうだな」大友はうなずくしかできなかった。唇がやたらと乾く。「一気に解決できるかもしれない」

「全部が全部、つながればな。お前の頭の中で、今どんな化学変化が起きてるのかは想像できるけど、そう簡単にはいかないと思うぜ」

「分かってる」大友は苛立ちを何とか押し殺しながら低い声で言った。「しかしこの件は、詰められる」

「お前ならそうするだろうな。鉄の意思を持つ男だから」自分の下手な洒落に、武本が硬い表情のまま笑い声を上げた。「名前通りに、な」

「その冗談は聞き飽きてるんだ」

「分かってるよ」武本が手をひらひらと舞わせた。「問題は支店長の自殺なんだ。この件、どう係わってくると思う？　仮にも、焦げつきそうな一億円がきちんと返済されたんだぜ。安心こそすれ、自殺なんて考えられない」

「一つだけ、考えられる理由はある」

「それは聞かないでおく」武本が右手を伸ばし、大友の顔の前で掌を広げた。「余計な先入観が入ると、こっちの捜査の邪魔になるからな」

「先入観か……僕と同じことを考えてるのか？」

「たぶん」

「さすが、二課の刑事さんは頭の回転が速い。説明の手間が省けて助かるよ」

「茶化すな」

「一つ、聞かせてくれ」

「何だ」

「支店長を巡る人物相関図はできてるのか？　もちろん、融資に関しては支店長が大きな権限を持ってるはずだけど、それ以前の段階……話を持ってくる行員がいるはずだよな。もちろん、支店長がゼロから自分でやった件もあるだろうけど、全部が全部そうじゃないだろう」

「人物相関図とまではいかないけど、前の支店で一緒に仕事をしていた人間に関しては、把握してるよ」今までになく真剣な面持ちで、武本が手帳を広げて肩書きと名前を読み上げる。五番目の名前が、鉤爪《かぎづめ》でも持っているかのように大友の心に食いこんだ。そうか……そういうことか。ここしばらく心に刺さっていた疑問が氷解し、その痕に残った傷がかすかな痛みを呼び起こす。

「おい、テツ、大丈夫か？」

「あ？　ああ……」

二人分のチャーハンが運ばれてきて、会話は一時打ち切りになった。それなりの値段のチャーハンだったが、大友にはまったく味が分からなかった。


目黒署の特捜本部に戻ると、美雪が連行されている、と聞かされた。柴が取り調べに当たっているという。あの男のことだから、また彼女を怖がらせているのではないかと思い、クッションになるために取調室に入った。だが予想に反して、二人の間に流れる空気は穏やかだった。

「顔を確認してもらったぜ」柴がにやにやしながら言った。「間違いない。あの野郎は、誘拐犯だよ。今、杵渕さんが逮捕状の準備をしてる」

「そうか……」

「何だよ、これで一気に解決じゃないか」文句があるのかと言いたげに、柴が唇を捻じ曲げる。

「いや、それはそれでいいんだが」

「よくないだろうが。言いたいことがあるなら言えよ」

因縁のような柴の要請には応えず、大友はデスクに乗った佐倉の写真を手に取った。しばらく凝視してから、美雪に視線を投げる。

「こいつで間違いないんだね？」

「はい」

美雪の声はしっかりしていた。現金の運搬役をしていた二人に関しては不問に付す、という決定が、地検も交えた話し合いで概ね決まっている。善意、ではないが単なる第三者という位置づけだ。無理に絞り上げて萎縮させるよりも、罰しない、逮捕しないという保証を与えて自由に喋らせた方がいい。

「こんなことになるとは思わなかっただろう。こういう男が犯罪の片棒を担いでいるとは、普通は考えないよね」

「ええ……そうですね」美雪の顔から血の気が引いた。保証された身の安全が脅かされた、と思ったのかもしれない。

「人を騙す人間は、大抵見た目は信用できそうなんだ。騙すためにそういう仮面を被るのか、信用される人柄を利用して犯罪を犯すのか……」

「テツ、お前、何か変だぞ」柴が心配そうに言った。

「変か？　変かもしれないな」認めて写真をデスクに置き、大友は取調室を出た。僕は確かに変なのだろう。だが、話が本当に変になるのは、たぶんこれからなのだ。

6

刑事たちが一斉に招集された。「佐倉に逮捕状」という重大な局面を迎え、捜査一課長の早川《はやかわ》も顔を出している。杵淵が状況を詳しく説明した後、早川がゆっくりと立ち上がり――芝居じみた動きが好きな男なのだ――檄を飛ばす。

「いいか、この事件で一課は舐められた。この汚名を晴らすためにも、ここで一気に攻めこむ。一刻も早い佐倉の身柄確保、共犯の割り出しに全力を注いでくれ。ここからは短期決戦だ！」

「オウ！」

一斉に刑事たちが席を立ち、鬨《とき》の声が上がる。体育会系の人間ではない大友は、警察特有のこういうノリについていけないとうんざりすることもあるのだが、いつも背筋が伸びるのは間違いない。

特に何の役目も負わされなかった大友は、刑事たちを見送ってから、もう一度椅子に座りこんだ。ここから、事態は急展開するだろう。最後がどうなるかも想像はつく。それを、今のところ何も事情を知らない他の刑事たちに任せてしまっていいものか……少しでも分かっている自分が決着をつけるべきではないか。しかしそれは、あまりにも出過ぎた行為に思えた。僕はあくまで手伝いをしているだけなんだ、ここまで十分役目は果たしたと思うし、何も最後の重責を背負いこむことはない――。

「テツ」

顔を上げると、早川がズボンのポケットに両手を入れて立っていた。頭が大きく顎が細い、特徴的な逆三角形の顔立ち。白髪の混じった髪。長身の人間にありがちな猫背である。大友はゆっくりと立ち上がり、一礼した。

「ご苦労だったな」

「いえ」

「どうする？　お前は今回、イレギュラーな形で捜査に参加してきた。これで終わりにすることもできるぞ。総務課長には俺から礼を言っておく」

「いや……」

「何かあるのか？」

「最後まで見届けさせてもらえませんか？」早川の顔を正面から見すえた。「ここまでやったんですから、どう決着するか、見ておきたいんです」

早川が大きな目で大友をまじまじと見た。全てを見透かすようなこの目つきを恐れる部下は多いのだが、大友は動じなかった。人間の観察眼なんて、底が知れている。どれほど時間をかけ、深く入りこんだつもりでいようが、何一つ分からないことともままある。僕がそうだったように。

「分かった。総務課長にもそのように言っておく」

「お願いします」

「それとも自分で言うか？　自慢にはなるだろう」

「いえ、それは……」

「ガツガツしてないのが、お前のいいところだな。弱点かもしれないが」早川の顔に緩い笑みが浮かんだ。「俺としては、最大限、褒めておくよ」

「恐縮です」

「恐縮か……最近、そんな言葉を聞いたのはいつだったかな。若い連中は礼儀を知らんから」

「私はそれほど若くもありませんが」

「とにかく、これから仕上げだ」早川が大友の肩をぽん、と叩いた。「やるなら最後までしっかり頼むぞ」

了解です、と言う代わりに小さくうなずいた。やるべきことから逃げてはいけない。問題は、それが本当にやるべきことなのかどうか、自分でも分からないことだ。

大友はずっと特捜本部で電話番をしつつ、武本と情報交換――ほぼ一方的に武本から話を引き出すだけだったが――を続けていた。時間が経つに連れ、推測めいたものが確信に変化していく。武本は落ち着きを取り戻し、何とか事件を二課に持っていけないものかと画策している様子だった。

「逸るなよ」一応、忠告してみた。刑事総務課の立場としては、どちらの味方にも立てない。現在の優先順は誘拐事件の方が高いが、武本の狙いも叶えてやりたかった。総額数億円に上る不正融資となれば、滅多にある事件ではない。ただ、最大のネックがあった——主犯格と見なされている支店長が、既に死んでいる。

「支店長の関係者に会えないかな」

「何だよ、いきなり」武本が怒りと警戒心丸出しで言った。「こっちの事件にも首を突っこんでくるつもりか？」

「そうじゃない……分かるだろう？」

「ああ」武本の怒りがすっと引いた。「そっちの関係として、だな」

「そういうこと」

「分かった……俺のネタ元を紹介する。急ぐんだろう？」

「誘拐の方は、解決まで時間の問題だ。犯人逮捕になったらばたばたする。それまでに話を聞いておきたいんだ」

「少し待ってくれ。また電話する」

電話を切り、大友は腕組みをして天井を見上げた。目黒署の庁舎は既に三十歳を数え、あちこちにガタがきている。染みのついた天井の眺めは、妙に眠気を誘った。一瞬目を閉じ、貴也の顔を思い浮かべる。これから——妄想はすぐに武本からの電話の音で打ち破られた。

「早いな」

「午後五時、新宿三丁目の伊勢丹本館の前だ」

「分かった。相手は？」

「名前は津山《つやま》。年齢は五十歳。悪いけど、これ以上の個人情報は教えられない。俺にとっては今回の件で最大のネタ元なんでね。会っても、あまり詳しく突っこまないでくれ。本人も、自分のことを知られるのを嫌がってる」

「それじゃ、信頼できる相手かどうか、分からないだろう」

「俺を信用しろ。それじゃ担保にならないか？」

しばらく押し問答を続けたが、結局大友の方で折れた。武本が、不正融資事件で最も信を置いているネタ元だというのだから、信じるしかあるまい。外見を確認する。

「向こうにも、お前のことを話しておいたから」

「どんな風に？」

「その辺にいる中で、一番ハンサムな奴を捜せってさ」

「そんな適当なことで分かるか？」

「お前の方で見つけるだろう？　目はいいもんな」

「いや、相手の特徴は――」

電話は切れていた。腕時計を見る。午後四時。少し早いが出かけよう。経済事件の情報源は、異常なほどに警戒しているものだ。少しでも遅れたら、さっさと帰ってしまうかもしれない。待ち伏せだ。

「出かけるのか、テツ？」杵淵が目ざとく気づき、受話器を肩に置いて訊ねた。

「ええ。すぐ戻ります」

「いいのか？　佐倉の立ち回り先が割れそうだぞ」

一瞬、躊躇した。誘拐事件の大きなターニングポイントに立ち会うべきではないだろうか。しかし、立ち回り先が割れても、本人がすぐに捕まる保証はない。大友は支店長の件を優先させることにした。

「できるだけ早く戻ります。手が足りないようだったら、連絡を下さい」

「こういう力仕事でお前みたいな優男の手を借りるようじゃ、一課もおしまいだよ。俺たちは、やる時はやるからな」

俺たちは、か。その一言にかすかな疎外感を感じながら、大友は特捜本部を出た。

津山は、五十歳という自称の年齢よりはかなり老けて見えた。猫背のせいか、背も低く見える。髪は後退し、額の面積が広くなっていた。目は落ち窪み、頰はこけ、あらゆることに疲れ切った様子である。着ている服が上等なダブルのスーツでなければ、とても人に信用されそうなタイプには見えない。服装が人を決める――芝居をしていた頃に先輩に教わった格言めいた言葉は正しかったと、大友は改めて思った。

二人は、伊勢丹本館の近くにある喫茶店に腰を落ち着けていた。落ち合ってすぐ――声をかけてきたのは津山だった――この店を迷わず指定したのは津山の方で、それで新宿にかなり詳しい人間だということが知れた。新宿は日々化粧が変わる街なのだが、この喫茶店の中だけは時が止まっているようであり、津山は何十年も通い続けているに違いない。コーヒーが運ばれてくる間を利用して、大友は相手の値踏みを始めた。やはり銀行関係者、と推測する。出世レースから外れてはいるが、銀行マンとしてキャリアが長いだけに、裏の事情もよく知っているタイプ。今回は不正を許しかね、警察に情報を提供したのではないか。確認するわけにもいかなかったが、それほど外れてはいないだろう、と確信する。武本がネタ元として信頼している人間なのだ。銀行外部の人間ではあり得ない。

「武本さんの同期なんですって？」津山の声は、しけたイメージとは裏腹に甲高く張りがあった。人ごみの中でも、その声だけがよく通るタイプである。

「ええ」

「同期っていうのはいいものですよね。組織の中では友だちはできにくいけど、同期は信用できる。一緒に入って一緒に辞めて……もう会社にしがみつく人生は流行らないかもしれませんけど、私は同期という言葉、好きですね」

「私は武本とは、あまり仲が良くありませんが」

津山が苦笑して煙草に火を点ける。今時珍しいショートホープだった。

「まあ、人それぞれですが……私にとって、同期はやはり特別な存在なんですよ」

瞬時に事情を知り、大友は自分の不明を恥じた。この男は、自殺した支店長の佐川の同期であると暗にほのめかしているのだ。はっきり名乗れない津山にしては、最大限の譲歩なのだろう。

「佐川さんはどんな人だったんですか」

「若い頃は、馬力ばかりで仕事をしていてね。スマートさには欠けていましたけど、上の連中は勢いを買っていた。融資の最前線にいた頃は、ちょうどバブル真っ盛りだったから、あいつの強気の営業は銀行をだいぶ儲けさせたはずですよ。ところが、バブルというのはやっぱりよろしくないもので……」津山がゆっくりと煙草の灰を灰皿に落とした。何かを諦めてしまった人間に特有の、スローな動き。「短期間でどんどん金が儲かるけど、不安定なものです。その後は長い不況の時期が続いて、佐川も隠忍自重でぐっと我慢の十年だったんだけど、数年前に一気に反転攻勢に出たわけですよ。十年間我慢して、逆襲というわけですね」

「リーマンショック直前の、景気のいい時期ですね」

「そうです。貸して貸して貸しまくる。そういう強気な商売を悪く言う人もいるけど、ニーズがあるからこそ、銀行の商売は成り立つんです」

「ところが、焦げついたんですね」

「ええ……読みきれなかったんだろうな。あんなにたくさんの会社が、あんな短期間で潰れるとは……今までにない、誰も経験したことのない不況なんです。銀行だって生き残れるかどうか、分からない」

「でも、不正融資のうち、羽田鋼業に貸しつけた一億円は戻ってきたんでしょう？」

「あなた、変だと思いませんか」津山がぐっと身を乗り出した。「融資が焦げつきそうになった場合、しかも相手が中小企業の場合、まず百パーセント、回収不能になります。それだけ体力も弱ってきているわけですからね。そんな会社が、金を都合できるわけがないでしょう」

「それで、今回の羽田鋼業の件に関する津山さんの見立ては？」

「さあ、分かりません」肩をすくめる。最初の印象と違って、随分気取った男のようだ。

「ただ、まともな金とは思えませんね」

「例えばどんな？」

津山は無言を貫き、しきりに爪をいじっている。核心部分については話をしたくないようだったので、大友は質問を変えた。

「佐川さんの自殺については、どう見ているんですか」

「どうでしょう」電気のスイッチが切れたように、津山が急に元気を失った。

「病気を苦にして、という話もありましたけど」内海から出た情報だ。

「おやおや」津山の顔が皮肉に歪んだ。「刑事さんだからって、常に正しい情報を摑んでいるわけじゃないんですね」

「どういうことですか」背筋を冷たいものが走った。

「病気のはずがないんですよ。人間ドックでも、何も引っかからないのを自慢してたぐらいですから。この年になると、必ず何らかの異常が見つかるものですけどね」

「そうですか。だったらどうして――」

「そこは、私には何とも言えません。ただ、ここのところ急に落ちこんでいたのは事実です」

「ここのところ？　正確にはいつ頃からですか」

「一か月……いや、三週間ぐらい前からですかね。一緒に食事をしたんですが、普段は賑やかな男なのに、その時はやけに無口で。焦げつきの件を気にしているのかと思って聞いてみたんですけど、そういうわけでもなかった」

「警察の捜査が迫っていることを知っていたんじゃないですか」

「それは違うでしょう」

やけに自信ありげな態度に、大友は裏の事情を嗅ぎ取った。三週間前の時点では、二課はまだ不正融資の端緒を摑んでいなかったに違いない。その後で、おそらく津山が情報提供したのだ。理由は分からない。正義感からなのか、銀行内のライバルを叩き落そうというエゴからなのか。どちらにしてもその時点では、佐川は警察の影を心配していなかった可能性が高い。

「佐川さんは何をしていたんですか？　どうして落ちこんでいたんですか」

「さあ、私も全てを知っているわけじゃないから」

「銀行という組織は、情報が回るのが早いイメージがあります」

「ただし、津々浦々まで行き渡るとは限りませんよ。私のところに情報が届いていないだけかもしれないし、そもそも刑事さんが想像しているようなことはなかったのかもしれない」

「私は何も言ってませんよ」

指摘すると、津山の耳が少しだけ赤くなった。上手い演技に生じた破綻。大友は、佐川の行動に対して何の推理も披露していない。なのに津山は、大友と情報を共有しているように喋ってしまった。

「津山さん、何か摑んでますね？　武本にも言っていないことがあるでしょう」

「私は、そんな……」

津山の顔が今度は白くなった。押しに弱いタイプだ、と判断してペースを上げる。

「私は、不正融資そのものについては、興味がありません。知りたいのは一つだけ、佐川さんの自殺の背景には何があったか、です。あなたはそれを知っている。本人に確認はしていないかもしれませんが、かなり確度の高い情報をお持ちのはずだ。話してもらえませんか？」

「何も知りませんよ、私は」白を切ったが、煙草を持つ指先は細かく震えている。

「津山さん」大友は低い声で呼びかけておいてから身を乗り出した、「知っていて隠していると、あなたが罪に問われる可能性もある」

「まさか」

「何だかんだと理屈をつけて、一般人を逮捕することも可能なんですよ。必ずしも起訴、裁判に持っていけなくてもいい。逮捕されただけで、人は信用をなくしますからね。特にあなたのような立場の人にとって、信用は何よりも大事じゃないんですか。一晩身柄を拘束されれば、人生は終わります」
津山の喉仏がゆっくり上下した。顔面はさらに蒼白で、立ち上る煙草の煙が、葬儀場の線香の煙のようにも見える。これで武本は大事なネタ元を失うかもしれない。あいつは激怒するだろうが、僕にとってはやはり、誘拐事件の全容を明らかにする方が大事だ。刑事部全体に目を配るべき刑事総務課の人間でありながら、大友は自分が心底一課の人間なのだ、と意識せざるを得なかった。

津山に会った翌日、佐倉はやはり間の抜けた男だと大友は実感した。立ち回り先を一つずつ潰していったところ、その日の朝早く、鹿児島にある実家に電話をかけていたことが分かったのである。その時残した一言、「麻紀《まき》のところに行くから」。あれだけ巧妙に身代金を奪っておきながら、佐倉は全体には迂闊だった。クレジットカードを使った件も、今回の件もそうだ。
麻紀——大隈《おおくま》麻紀は佐倉の恋人で、品川区内に住んでいる。立ち回り先として真っ先にリストに載っていた名前で、既に本人に対する事情聴取も終えていたが、麻紀は「いない」「しばらく会っていない」と即座に否定していた。その嘘が証明された格好である。親のところまで手が回ると考えていなかったのか、あるいは親にアリバイ工作の片棒を担がせるのを遠慮したのか。いずれにせよ捜査の焦点は、ＪＲ西大井駅前にある麻紀のマンションに移った。

「佐倉の野郎、阿呆じゃねえか」車の中で柴が吐き捨てた。「婚約者がいるのにこんなことをして……無事に済むと思ってるのかね。認識が甘いんだよ」

「ひどい話ですよねえ」森嶋も同意する。大友は優斗を聖子に預け、今夜は三人一組で張り込みに当たっていた。目の前のマンションに佐倉がいる可能性が高いということで、緊急事態に備えて刑事を集中させたのだ。

大友は先ほど、歩いて近くを一周してきた。マンション周辺の様子を脳裏に思い浮かべる。四階建てのまだ新しいマンションで、一方通行の道路同士が交わる角にある。駅から徒歩五分ほどなのに、周辺には住宅しかなかった。商業施設は、基本的にこのマンションとはＪＲの線路を挟んで反対側、駅の東口に集中しているらしい。待機中の覆面パトカーは三台。マンションの正面入り口を九十度の角度で挟みこむ格好で二台、さらに少し駅に近い路上に一台。これで、どんな動きも見逃すことはない。

今夜は雨が激しく、パトカーの屋根を強くリズミカルに打っている。ともすれば眠りを誘う音だが、大友はむしろ、貴也が軟禁現場から連れ出される時に聞いたという音について考えていた。あれはやはり、羽田鋼業の階段だったのではないか。

少しだれた雰囲気を打ち破るように、柴の携帯電話が鳴った。柴は相手と二言三言話しただけで電話を切り、隣に座る大友に報告した。

「佐倉の家のガサ入れが終わった。何も出なかったそうだ」

「そうか……僕は、軟禁現場はあそこじゃないと思う」

「とすると、羽田鋼業の方か？」

「おそらく。誘拐の時、羽田鋼業は既に一時休業していたから、軟禁にも使えたはずだ。閉まった工場なら、誰にも気づかれない」

「となると、やっぱり羽田社長が主犯なんですかね」森嶋が言った。「借金を返すために誘拐って……ひどい話ですよね」

「そんな単純なことじゃないんだよ、阿呆」柴が厳しい声で叱責する。「捜査会議で話を聞いてなかったのか」

「いや、聞いてましたけど……」森嶋の反論が頼りなく宙に溶ける。居眠りでもしていたのだろう。「こういう金絡みの話は苦手なんですよ」

「何もお前に、不正融資事件の全容を解明してくれとは言ってない。そもそもお前の頭じゃ無理だろうからな。だがな、これは誘拐の動機につながるかもしれない話だぜ。そういう状況は頭に叩きこんでおけ。だいたいな、ほとんどの犯罪は金絡みで起こるものなんだ。それぐらい、捜査のイロハのイだろうが」

「分かってますよ」運転席に座る森嶋が、むっつりした声で答えた。

森嶋をいじめるのにも飽きたようで、柴は会話の相手を大友に代えた。

「羽田はどうしたのかね」こちらの所在については、まだまったく摑めていない。

「高飛びかな……だけどそれじゃ、意味がないんだよな」大友は自分の爪をじっと見つめた。

「ああ。家族が庇ってるんじゃないのか？」

「その可能性は……ないかな」羽田は四人家族だが、息子二人のうち長男は自動車メーカーに就職して、愛知県在住。次男は大阪の大学に進学しており、東京に残っているのは夫婦二人だけだった。「子どもは二人とも、何も知らないと言ってるんだろう？」

「ああ」

「本当に知らないと思うよ」

「まさか」柴が疑義を呈した。「親子だぜ？」

「事情を知らないんじゃないか？　羽田は、子どもには何も話してないかもしれない」

「そうかねえ」

「子どもには心配をかけたくないと思うのが、普通の親の気持ちだよ。自分たちの尻拭いをしてもらう気にはなれないだろうな」

「子どもはいつまで経っても子どもじゃないか」

「それも間違いないんだけど、子どもだからこそ、親の恥を押しつけるわけにはいかない、という気持ちもあるはずだ。子どもを共犯者にするわけにはいかないだろうし」自分もいつか、優斗に尻拭いをさせることになるのだろうか、と大友はふと不安になった。

「まあ、そうかな」不満そうに唇を捻じ曲げたが、柴が同意した。「だけど――」

「来ました。大隈麻紀です」

大友たちの会話は、森嶋の一言で寸断された。大友は前席の隙間から顔を突き出し、雨で濡れたフロントガラス越しに、何とか目の前の状況を把握しようとした。

「出るぞ」

柴は、フロントガラス越しに観察、などというまどろっこしいことをする男ではない。すぐにドアを開けて雨の中に駆け出して行った。大友はわずかに間を置くことにした。跡を追う。何人も同時に車から飛び出せば、相手も気づいて不審に思うはずだ。ドアに手をかけた森嶋を押し留める。

「ここで待機してくれ。相手を警戒させたくない。他の張り込み組にも待機するように伝えるんだ。ここは僕と柴で追う」

「了解」

短く言って、森嶋が無線に手を伸ばす。それを見届け、大友は車から出た。頭を打つ雨は、一瞬痛みを感じるほどの激しさで、傘を差した途端にばらばらと激しい音が響き渡り、五感のうち視力と聴力を奪われたように感じる。柴は先行して、大友の十メートルほど先をゆっくりと歩いていた。

マンションを出た麻紀は、ゴム製らしいてかてかしたブーツと撥水性の高そうなパーカ、大きな傘で完全武装していた。午後九時……仕事ではないだろう。彼女は田町にある事務機器メーカーに勤めており、今日も午後七時に帰宅していた。それ以前から部屋の監視は続けられていたのだが、麻紀の不在時に灯りが灯ることはなかった。結論——

佐倉はどこか外にいて、麻紀がこれから会いに行く。

　麻紀は真っ直ぐ駅に向かっていた。途中、張り込んでいたもう一台の覆面パトカーの脇を通り過ぎる。市田が、彼女の後に続いて通過した瞬間、曇ったウィンドウの中にちらりと目をやった。市田が、ぼうっとした表情でうなずきかけてくる。眠たいわけではなく、元々こういう顔つきなのだ、と分かってきた。

　麻紀の足取りは、さほど速くなかった。柴が歩調を合わせてゆっくり歩いているうちに、追いついてしまう。

「雨のお出かけ、ご苦労さんだな」

　柴がつぶやき、さらに歩調を緩めた。大友が先に出る格好になる。二人で尾行する際の基本だ。不自然にならないようにするためには、時々前後を入れ替えるのがいい。大友は麻紀の足元に意識を集中した。暗い街の光景に消えてしまいそうな暗緑色のブーツだが、膝丈より少し短いスカートとブーツの間に覗く足の裏側が妙に白く、目立っていた。これなら見逃すことはないだろう。傘を深く前に倒し、仮に麻紀が振り返っても自分の顔が見えないようにしながら尾行を続ける。雨のせいで歩きにくいのか、麻紀の足取りはひどくゆっくりしており、合わせるのが一苦労だった。

　駅までは徒歩五分ほど。麻紀はまったくスピードを変えずに歩き続け、ガード下をくぐった先の信号で右に折れる。駅前はロータリーになっており、オフィスビルやマンションが周囲に建ち並んでいた。麻紀は駅の方には向かわず、信号が変わるのを待って交差点を渡り、向かいにあるスーパーに入って行った。買い物か……大友は少し気が抜けるのを覚えながら、彼女の背中を追った。

買い物ではなかった。麻紀は入り口近くの野菜売り場をパスし、肉売り場にも目をくれず、ひたすら店内の奥を目指した。スーパーの中は迷路のようなものだが、大友は迷わず彼女を追跡することができた。毎日のようにスーパーに通っているから、基本的な構造が分かっているんだよな……男手一つの子育ても悪いことばかりではない、と考えると苦笑が漏れる。

「おい、こいつは一体何なんだ」追いついてきた柴が、困惑した様子で訊ねる。

「少なくとも買い物じゃないと思う」

麻紀は、缶詰が並んだ一角に立っていた。何かを物色する振りをしているが、誰かを待っているのは明らかだった。大友は柴の腕を引いて、麻紀から少し離れた。背後は鮮魚売り場で、濡れた体に冷気が襲いかかってくるようだった。

「応援を呼んでくれ」

「あの女が、ここで佐倉と待ち合わせてるって思うのか？」

「あるいは。人が多い場所の方が目立たない」

「分かった」

麻紀に聞かれないようにと、柴がその場を離れようとした。大友はもう一度柴の腕を摑んで引き寄せ、耳元で囁いた。

「柴、ここは無理しないで欲しいんだ」

「無理って、何が」説教されているとでも思ったのか、柴がむっとした表情を浮かべる。

「ここで一気に勝負をかけたい気持ちは分かるけど、手荒な真似は避けたい」

「お前はあくまで応援だろうが」食いしばった歯の隙間から言葉を吐き出すように、柴が抗議する。「指図するな」

「頼む」大友は素早く、しかし深く頭を下げた。この想いが柴に届くようにと願いながら。

柴は何も言わず、まじまじと大友の顔を見ていたが、やがてふっと体の力を抜き、息を細く吐いた。

「分かったよ……悪かったな、ひどいこと言って」

「いや、僕は間違いなく部外者なんだから。こっちこそ出過ぎた真似をしたよ。だけど、佐倉が根っからの悪人だとは思えないんだ」そう言う間も、大友の目は麻紀の姿を追っていた。スープの缶を見ている。白い絵柄——クラムチャウダーらしい缶を手に取った。ああ、あれか。大友は思わず苦笑した。自分も何度も使ったことがある。そのまま温めても食べられたものじゃないぞ。ジャガイモとアサリをたっぷり加え、牛乳で味を調整しないと。具はほとんど入っていないし、塩味もきついのだ。

「甘いな、お前は」柴が溜息をついた。「悪人じゃなけりゃ、あんな事件は起こさないんだよ」

「誰も悪くなくても、事件が起きることはある」

「その考えを改めないと、いつか裏切られるぜ。ワルは所詮ワルなんだ」

ワル――その言葉は佐倉には合わない。裏切られることになるかもしれないが、今は自分の勘を信じたい。そう決意を固めた大友の目に、こちらに向かって来る佐倉の姿が入った。

7

大友は今にも飛び出しそうな柴の肩を、思い切り摑んだ。一度も見せたことがないほど激しい形相で柴が睨みつけてきたが、大友は静かな表情でそれを迎え、ゆっくりと首を振った。

「森嶋に連絡して、応援をもらってくれ」もう一度頼みこんで背中を軽く押し、二人からできるだけ離れているように、と祈る。

佐倉は眼鏡を替えていた。雨の降る夜なのに、サングラス。顔の半分ほどを隠す大きさだが、それ故に逆に目立ってしまっていた。こいつは変装の基礎を知らない。外見を変えるためには、オリジナルとわずかな差異をつけるだけでよく、あまりにも派手にやり過ぎると、かえって人目を引いてしまうのだ。サングラスだけではなく、短丈の革のフライトジャケットを着ているのも致命的である。七月にあの格好では、嫌でも人混みの中で浮き上がる。確かに今夜は、少しひんやりするのだが……。

佐倉に気づいた麻紀が缶を棚に戻し、駆け寄る。トートバッグに手を突っこみ、何かを取り出して手渡した。佐倉は素早くうなずいて受け取り、フライトジャケットの前を開けて突っこむ。何なのかは分からないが、ポケットには入らない程度の大きさだ。

二人が立っているのは細い通路の真ん中で、大友から見て左が缶詰、右が乾物の棚になっている。通路の向こう、レジに近いところに柴が姿を現した。大友に向かってうなずきかけ、さりげなく棚を見るようにしながら麻紀に近づいて行く。

大友は、佐倉を基本的に素人だと判断していた。犯罪のプロ――それこそ暴力団の構成員のような人間なら、もう少し慎重に動くはずだが、婚約者と落ち合うのにこんな場所を選ぶのが、素人であることの何よりの証拠である。普段は羽田鋼業で、真面目に螺子を作っているのだろう。それがたまたまこういう事件を起こし――巻きこまれ、必死で逃げ回っているだけなのだ。冷静な状況判断ができなくなっていたとしても、不思議ではない。

二人はほとんど体がくっつきそうな距離を保ったまま、何か囁き合っていた。さすがに内容までは聞き取れない。大友は棚の下の方にある鰹節に目をやる振りをしながら、二人の様子を観察した。必要な物を渡し終えたらすぐに別れればいいのに、麻紀の方で未練がましく佐倉の腕に手をかけ、何事か話しかけている。佐倉の表情は大きなサングラスに隠れてはっきりとは見えないが、唇がきゅっと引き結ばれているのを見る限り、困りきった様子だった。

こういう時、我慢のできない人間ほど厄介なものはない。柴がじれて、ついに動き出した。一言も発せずに走り出し、佐倉を確保しようとする。しかし佐倉は周囲の空気が変わったのに気づいたようで、麻紀を棚に押しつけて進路を確保し、踵を返して大友に向かって走り出した。

大友は反射的に通路に躍り出て、両腕を広げた。佐倉は長身だがひょろりとした男で、格闘技の経験はなさそうだ。大友は荒事は得意ではないが、動きを止めるぐらいはできるだろう。最悪でも時間を稼いでおけば、必ず応援が来る。

「佐倉！」

柴が背後から声をかけると、佐倉が急制動をかけ、また方向転換した。動転した麻紀はその場にしゃがみこんだまま、恋人の動きを心配そうに見守っている。大友は佐倉の背中に飛びかかろうとしたが、予想外の動きに邪魔された。佐倉が長い左腕を振るい、棚に並ぶ缶を一気に床に叩き落としたのだ。数十個の缶が転がって床を埋め、柴の動きが止まる。ついには缶を踏んでしまい、顔面から突っこむ形で床に倒れた。それを見て、佐倉が柴の体を飛び越えて逃げようと試みる。しかし柴は、文字通り、転んでもただでは起きなかった。必死の形相で右手を伸ばして佐倉の足首を摑み、バランスを崩す。大友は一瞬動きが止まった佐倉の背中に飛びかかった。よろけた佐倉が膝をつき、姿勢を立て直した柴が中腰のまま腹にタックルした。倒そうというよりも、みぞおちに肩をぶつけて痛みを与える狙いである。佐倉の口からうめき声が漏れ、それに麻紀の悲鳴が重なった。

大友は呼吸を整えながら立ち上がろうとしたが、突然体の自由を奪われているのに気づいた。振り返ると、麻紀が涙を流しながら大友の腰にしがみついている。「逃げて！」という必死の呼びかけに、佐倉は突然パワーを得たようで、柴の体を振り払った。

「失礼」大友は小さな声で言って、麻紀の額に掌を当てて力をこめた。さすがに体格差があるので、麻紀の体が離れて床に転がる。大友は跳ね上がるように立ち上がって、佐倉の腰にタックルをしかけた。全体重がかかって、佐倉が耐え切れずに這い蹲《つくば》る。どこかを打ったのか、鈍い音が聞こえてきた。

すかさず立ち上がった柴が、素早く佐倉の前に回りこみ、肩の辺りを蹴飛ばす。荒い息を漏らしながら、二度、三度と繰り返した。何とか立ち上がろうと両手をついてこらえていた佐倉が、ゆっくりと床に沈みこんでいく。

「てめえ！　何のつもりだ！」柴の興奮は収まらず、なおも佐倉の体を蹴り続けた。佐倉の姿勢が低くなっていたので、その一発がもろに頭に当たる。

「柴！　ストップ、ストップ！」

大友は今度は、柴を止めにかからなければならなかった。佐倉の体を離し、立ち上がって正面に立ちはだかる。壁になったつもりだったが、小柄な柴は大友の足の間から佐倉の頭を蹴り続けた。

「柴、もういいから！」叫びも彼には届かない。仕方なく、大友は柴の背後に回って、レスリングのフルネルソンの姿勢で両腕を絞り上げた。柴は万歳する格好になったが、なおも暴れて戒めから逃れようとしながら、足を前に伸ばして佐倉に蹴りを見舞っていく。覚悟を決めて、大友は柴を制圧にかかった。力を振り絞って強引に体を持ち上げ、缶の棚の方を向かせる。そのまま右足を柴の右足に引っかけてバランスを崩させ、顔面から棚に激突させた。棚が大きく揺れ、二人の頭上から缶が降り注ぐ。何個かが柴の頭を直撃し、それでようやく動きが止まった。

到着した応援部隊が、倒れたままの佐倉の確保にかかった。とはいっても、佐倉は既に抵抗する気力も体力も失った様子だった。泣き叫ぶ麻紀を何とか宥めながら佐倉を立たせ、最後は森嶋が手錠をかける。

「何だよ……」柴が情けない声を出した。「何で最後に森嶋が出てくるんだよ」

「お前が無茶するからだ」小言を見舞っておいてから、大友は柴の自由を奪っていた腕を下ろし、体を離した。息は荒く、両腕が震えている。

「だからって、あの野郎に一番美味しいところを持っていかれるのは……」柴がゆっくりと振り返った。缶が当たったのがかなりの衝撃だったのか、額に赤い痣ができている。

「愚図愚図言うな。あのまま続けていたら、佐倉は大怪我してたんだぞ」

大友は、後ろ手に手錠をかけられた佐倉を見た。鼻血が噴き出して顔の下半分を赤く汚し、ずれたサングラスの陰から怯えた目が覗いていた。

「面倒なことになる前に止めてやったんだから、ありがたく思えよ」柴に忠告する。

「煩い！」柴が大声で文句をつけたが、その顔を赤く染めるのが怒りではなく照れであるのは明らかだった。「森嶋！」

「はい？」いきなり呼びつけられ、森嶋がきょとんとした顔つきで柴を見た。

「ここの缶、片づけておけ。終わるまで戻って来るなよ。それと、店の方にもちゃんと謝っておくんだぞ」

「そんな……」森嶋の唇がすぼまった。

「一々文句を言うな！　下っ端は下っ端らしい仕事をしてろ！」


事態は急展開した。逮捕された時点で観念したのか、佐倉はすぐに羽田の居所を吐いてしまったのだ。深夜、羽田が身を隠していた上野のホテルを急襲。部屋のドアが開いた時点で、羽田は全てを悟って、諦めたようにうなずくだけだった。部屋には妻も一緒で、こちらも事情聴取のため、目黒署の特捜本部に連行されることになった。

この機会に恨みを晴らそうというつもりか、佐倉の取り調べは柴が名乗りを挙げて担当していた。大友は少し遠慮して——自分が主役ではないという意識が未だにある——森嶋が担当する羽田の取り調べに同席させてもらうことにした。

雨の音がかすかに聞こえてくる深夜の取調室で、森嶋は型通り人定質問から始めた。

氏名、生年月日、住所、職業……既に大友の頭には入っている事柄ばかりだが、直接本人の口から聞くことに意味がある。職業――「会社経営です」。つまり羽田は、今になっても会社を潰す意図はないのだ。

五十六歳。小柄だが、年齢の割に引き締まった体型で、背筋も真っ直ぐ伸びていた。体つきからするとかなり大きな手をデスクの上に置き、森嶋の顔を真っ直ぐ見据える。その手は、いかにも職人のそれらしく、機械油に痛めつけられ、深い皺が刻まれていた。右手の親指に大きな切り傷の痕があるのに大友は気づいた。危うく指を切断するほどの傷だったことは、容易に想像できる。

羽田は背中をぴしりと伸ばしたまま、森嶋の質問に明確に答えていたが、かなり無理をしているのがすぐに明らかになった。語尾が時に曖昧になり、口籠ってしまう。額には汗が滲み、ずっとデスクに置いていた手が時折震えるようになった。

「――あなたの会社は、首都銀行から融資を受けて、返済不能状態に陥っていましたね。それなのに今週初め、全額を一括返済しています。その金はどこから出てきたんですか」森嶋の声は冷静だったが、それ故に羽田を追い詰める効果があった。

「それは……」うつむき、羽田が唇を嚙んだ。

「先週から、実質的に工場を休業していますね。金が回る状態ではなかったはずです。金はどうしたんですか」森嶋が畳みかけた。どうにも頼りない男だと思っていたが、さすがに手柄のチャンスを逃すつもりはないようだった。羽田を落とせば、事件は全面的に解決する。

「いや……」羽田の声が細くなる。

「先週、目黒区で誘拐事件が起きました。身代金は一億円。それに係わっていたのが、あなたの会社の社員、佐倉です。これはどういうことなのかな。額が一致する。社員が誘拐に係わっていた。偶然のわけがない！」森嶋が突然、両の拳をデスクに叩きつける。激しい音に、羽田がびくりと体を震わせたが、森嶋は追及の手を緩めなかった。「あんたが計画したんじゃないのか！　子どもを怖い目に遭わせて、家族を絶望させて、すまないと思わないのか！」

明白な脅しだ。こういう手が通用する場合もあるが、このまま続ければ、羽田はますます自分の殻に閉じこもってしまいそうだった。

「森嶋、代われ」

森嶋が慌てて振り向いた。自分の仕事を奪うつもりか、とでも言いたそうに唇を捻じ曲げる。

「いいから代われ。無理するな」

顔をしかめたまま、森嶋が立ち上がる。思い切り椅子を蹴飛ばすようにして、大きな音を立てた。嫌がらせのつもりだろうが、大友は平然とそれを無視した。ゆっくりと椅子の位置を直して座り、森嶋には冷たい飲み物を用意するよう命じた。一瞬間を置いて、森嶋が音を立ててドアを開け、部屋を出て行く。

「若い奴は、気が短くていけませんね」大友は穏やかに話しかけた。羽田は無反応。ひたすらデスクを睨みつけ、内面の恐怖と戦っているようだった。

「暑いですね……ここは冷房があまり効かなくて。申し訳ないです」

「いや」羽田が短く答えた。「慣れてます」

「工場は相当暑いんでしょう？」

「夏は、ね」

「その暑い中で、ずっと一生懸命頑張ってこられたんですよね。頭が下がります」

「そんなことは――」

一瞬声を荒らげた羽田が、すぐに言葉を呑みこんでしまう。大友は両手を組み合わせ、柔和な笑みを浮かべた。

「こういう仕事をしていると、いろいろな人に会います。犯罪者、被害者、善意の第三者……自分より年上の人も多いんですよ。そういう人の話を聴いていると、自分の未熟さを意識しますよ。日々勉強になります」

何が言いたいのか、とでも問いたげに、羽田が大友の目を覗きこむ。大友はゆっくりうなずき、次の言葉を捜した。

「最近、お仕事は厳しい状況だったようですね。話はいろいろ聞いています」

「それは、まあ」

「首都銀行から受けた一億円の融資なんですけど、運転資金ですか」

「設備投資です」羽田の声に一本芯が通った。仕事のことなら自信を持って語れるということか。「工作機械というのは高額なもので……長く大事に使うんだけど、それでも新しい機械を入れなくちゃいけないタイミングがあるんですよ」

「その後が大変だったんですね」

「こんな不況、誰が予想できますか?」自分に言い聞かせるように、羽田が静かに言った。言葉と一緒に溜息が漏れ出る。「まさか……と言っても、今さらどうしようもないですけどね。うちみたいに小さな会社は、余剰資金なんかない。毎日が自転車操業なんですよ。その動きが止まった時にどうなるかは、刑事さんも想像できるでしょう」

「止まると倒れてしまう」大友は立てた右掌をぱたんと横に倒した。

「そうなんです」羽田が顔をしかめながらも大きくうなずいた。「きついですよ、これは。仕事に追われるのが当たり前になって、仕事がない時の辛さなんて、想像もしてませんからね」

「あの会社は、羽田さんで三代目だそうですね」

「ええ」羽田の目が暗くなった。「爺さんが始めて親父が継いで……三代目の私が潰すっていうのは、何だかお約束のパターンみたいですよね。私に能力がなかったということなんでしょう」

「どんな会社でも同じじゃないでしょうか。会社の全盛期は、二十年ぐらいしか続かないと聞いたことがあります」

「それは、もっと大きい会社の話ですよ」羽田が皮肉っぽく言った。「うちは会社といっても、実態は単なる町工場です。業績だって、爺さんが会社を始めてから何十年も、そんなに大きく変動しているわけじゃない。今までは、景気のいい時も悪い時も、そこそこ安定していたんです。私がそれを駄目にしてしまったんだから、責任は重いですよ」

「誰が経営していても避け得ないことじゃないんですか？　今は、いろんな会社が倒産してますよね。経営者だけに責任を押しつけられない状況だと思います」

「そんなことはない」羽田の声のトーンが上がった。「どういう状態であっても、経営者は社員と家族を守らなくちゃいけないんです。私にはそれができなかった。社長失格です」

「でもあなたは、現在の職業を『会社経営』と言われましたよね。一時的に工場を閉めてはいるけど、会社が潰れたわけじゃない。そういう意識じゃないんですか」

「つい、言ってしまっただけです」羽田が目を逸らした。

「じゃあ、会社は潰すんですか？　従業員を路頭に迷わせるんですか？」

「そんなことはさせない！」

羽田が両手をデスクに叩きつけ、その勢いで立ち上がった。記録係の若い刑事が釣られるように立ち上がり、制止しようとする。それを見て、羽田は力なく首を振りながら腰を下ろした。

「融資を受ける時、首都銀行の人はどんな風に持ちかけてきたんですか？」

突然本題に入ったせいか、羽田が身を硬くするのが分かった。構わず大友は質問を続ける。

「首都銀行は、御社のメインバンクですよね。普段からつき合いがあった。でも、一億の融資というのはかなり大きな取り引きです。首都銀行の方から持ちかけてきた話ですか？」

「それは……」うつむき、羽田が唇を嚙んだ。

「担当していたのが佐川さんですね」

「ええ」

「話すと都合の悪いことがあると思っているんでしょう？」

「それは……」

「佐川さんに義理を感じる必要はありません。彼は亡くなりました」

電流に打たれたように、羽田がびくりと体を震わせて顔を上げた。額の汗は玉になって、今にも滑り落ちそうになっている。

「自殺です。理由については、今のところはまだ分かっていません」

大友はぐっと身を乗り出した。その時、間の悪いことに森嶋が戻って来た。相変わらず不機嫌な表情で、両手に持った紙コップを乱暴にデスクに置く。

「代わります」

「ちょっと待ってくれ」

大友は一声で森嶋を黙らせた。森嶋は何か反論しかけたが、結局口を閉じて壁に背中を預けてしまう。いいところを持っていきやがって——彼の頭の中は容易に読めた。申し訳ないとも思う。だが大友は、どうしても自分で羽田から真実の言葉を引きずり出したかった。

改めて羽田に向き合う。紙コップの中身は冷たいウーロン茶らしい。一口飲んで確め、羽田にも勧めた。羽田は手を伸ばそうとせず、うなだれたまま背中を丸めている。顔を滑り落ちた汗が一粒、デスクを濡らした。

「羽田さん、これがどういうことだったのか、私は分かっているつもりです。でも、あなたの口から直接聞きたい」

「私は……」羽田が顔を上げた。目は真っ赤になり、汗と涙で顔がぐしゃぐしゃになっていた。「私は誰も傷つけていない！」

「本当にそうですか？」

「誰一人！　誰一人傷つけていない」

「物理的にはそうかもしれません」大友はウーロン茶を一口啜った。少し刺々しい味が、心をささくれ立たせる。「しかし、私はあなたを許せないんです。この件で傷ついた人が間違いなく一人いる。しかもそれは、子どもなんですよ」

貴也は不安そうに部屋の入り口に立ったままだった。目の前は畳敷きの六畳間。テーブルが一つ、テレビ、それに隅で畳まれて山になっている数組の布団。休憩室、と羽田は言っていた。従業員が自由に使っていい部屋、ということだ。ここで昼食を取る者もいたし、忙しい時には泊まりこむ者もいる。きちんと掃除されてはいるが、古い畳に特有の、わずかに湿った臭いが部屋に籠っていた。窓を開けたいという欲求を、大友は辛うじて押さえつけた。外は今日も雨。窓を開ければ容赦なく吹きこみ、畳を濡らすだろう。

突っ立ったままの貴也のところへ行き、肩に手をかける。貴也がびくりと体を震わせ、助けを求めるように大友の顔を見上げた。

「大丈夫だから」大友は膝を曲げ、貴也の顔の高さに目線を合わせた。「今日は僕が一緒だからね。他にも応援してくれてる人が一杯いる。心配いらないよ」

貴也がようやく畳に一歩を記した。そこで一度脚が止まってしまったが、何とか勇気を振り絞って部屋の中央まで進み出る。

狭い六畳の部屋には、二人の他に柴、森嶋、それに鑑識課員が数人入っている。それだけで息が詰まるようだった。大人たちは部屋の隅に身を寄せ、空いた空間に貴也が一人、ぽつんと立っている。不安そうに周囲を見回していたが、やがて部屋の隅にある布団に目を留めた。

「そこにいたのか？」

大友は助け舟を出した。貴也がこっくりとうなずく。目は虚ろで、緊張のあまり肩はハンガーを入れたように盛り上がっている。部屋の外では両親が待機していた。とは言っても、瑞希はただ待っているのが我慢できないようで、ドアのところで両手を胸に当て、貴也の様子を見守っていたが。

貴也がゆっくり布団に近づき、腰を下ろした。少し迷ってから、折り畳まれた布団に背中を預け、両足を投げ出す。布団の高さは、座った貴也の頭まで達していた。

「そこにいたんだね？」

再度確認すると、貴也がもう少しはっきりとうなずく。もちろん、ずっと目隠しされていたのだから、部屋の様子を覚えているはずがない。だがこの現場検証に先立ち、鑑識が徹底して部屋の中を調べ上げた結果、貴也のものらしい毛髪を発見している。

「封筒がどの辺にあったか、覚えてるかな」

大友はキャッチャー座りになり、貴也と視線の高さを合わせた。貴也がまた部屋の中を見渡し、困ったように目を細める。後ろを振り返って自分の居場所を確認すると、テレビの横の壁を指差す。あまりにも曖昧だが、大友にはそれで十分だった。

「テレビの左横？」

貴也が無言でうなずく。これでオーケイだ。貴也を立ち合わせての現場検証に先立ち、部屋では首都銀行の封筒が見つかっている。中身は場違いな住宅ローンの案内だったが、それでも貴也がここに軟禁されていたという証拠としては十分だった。

「よし、貴也君、お疲れ様」大友は勢いよく言って立ち上がった。膝がぽきぽきと軽い音を立てる。「よく頑張ったな。ちゃんと思い出してくれてありがとう。もう一つ、助けてくれないか？　さっきこの部屋に上がってくる時、階段を使っただろう？　あそこをもう一度見てくれないかな。たぶん、君が覚えてる階段だと思うんだ……森嶋？」

呼ばれて、森嶋がぶすっとした表情を浮かべたまま近づいてくる。先日の羽田との一件以来、大友に対しては明らかに距離を置いている。今も、こうやって大友が現場を仕切っているのが気に食わない様子だった。不貞腐れた森嶋の背中を、柴が思い切り平手で叩く。緊張しきった現場に不似合いな甲高い音が響き、森嶋は思わず二、三歩よろめいて前に出た。

「ほら、返事はちゃんとしろ。大事な現場なんだから、しゃきっとな」柴がにやにや笑いながら、森嶋に説教した。

「階段の方を頼む。貴也君を連れて行って、確認してくれ」

大友の声が引き金になり、部屋にいた全員がぞろぞろと出て行った。最後になった貴也の手を、瑞希がぎゅっと握り締める。貴也は単に緊張しているだけだが、瑞希の目は不安のせいか潤んでいた。

「大変申し訳ありません」大友は頭を下げた。「貴也君を不安にさせるつもりはなかったんですけど、これはどうしても必要な捜査なんです」

「いえ……」瑞希が目を逸らす。貴也を抱きしめていたが、息子を庇っているというよりは、息子の体温を貰って自分を元気づけようとしているようだった。

「これで、貴也君に話を聴くのは終わりです。もう、辛い気持ちにさせることはありません。あとは申し訳ないんですが、ご家族の……あなたのフォローでよろしくお願いします」

「はい」ようやく安心したように、瑞希の声から緊張感が去った。

「もう一つ、いいですか？」

「何でしょう」

「失礼ですが、ご主人の血液型を確認させて下さい」

瞬時に瑞希の顔が紅潮する。目を大きく見開き、言葉を失ったまま、大友の顔を凝視し続けた。

「……どうしてそんなことを知りたいんですか」

「気になるから、としか言いようがありません」

「どういう……」

「分かりません」大友は首を振った。「私の思い違いだといいんですが」

内海はその場で立ち尽くしたまま、二人のやり取りを聞いていた。下あごを突き出すようにして大友を一睨みしたが、すぐに体の力を抜くと、軽く一礼して、瑞希を部屋の外に押し出した。結局、内海の血液型は確認できなかった。

「ああ、内海さん？」

内海が振り返る。柴と森嶋は無視して彼を置き去りにした。その顔に浮かんだ表情は――死相、という表現が最も相応しいのではないか、と大友は思った。

8

内海は部屋の隅、布団の前で胡坐をかいた。背中に布団が当たっている。貴也がずっと座らされていた場所。布団に背中を預けるわけにもいかず、不安定に体を揺らした。大友は部屋の中央で正座し、背筋をぴしりと伸ばして内海と正対する。昔から正座は苦にならない。父親のせい――お陰と言っていいかもしれない――だろう。謹厳実直を絵に描いたような高校教師だった父親は、大友が小学生の頃、毎日夕食後の一時間を読書の時間と決めていた。その時には、どういうつもりか必ず正座を強要していたのである。読書には正しい姿勢が必須だと思っていたのかどうか……数年前に帰郷した時、訊ねてみたのだが、「そんなこと、あったかな」と惚けられて終わってしまった。

「何ですか、一体」内海は精一杯平静を保とうとしていた。だが、心の揺れは体にも現れる。胡坐をかいているのだが、体は安定せず、かすかに左右に揺れ続けていた。

「一つ、確認させてもらいたいことがあるんです」

「どうぞ。でも、犯人は捕まったし、貴也もここを確認したんでしょう？　もう聴かれるようなことは何もないと思いますけどね。もちろん、捜査には協力しますけど……それで、何ですか」

「どうして私に嘘をついたんですか」

「はい？」内海が右目だけを細くした。「それはどういう――」

「あなたは私に嘘をついた」

「何ですか、いきなり」内海が声に怒りをこめたが、どうにも迫力がない。虚勢を張っているのは見え見えだった。「私がいつ嘘をついたって言うんです？　ずっと捜査にも協力してきたじゃないですか。だいたい私たち家族は、誘拐事件の被害者なんですよ。犯人が逮捕されたんだから、もう放っておいてくれてもいいじゃないですか。静かな暮らしに戻りたいですよ」

「戻れます……貴也君と奥さんは」

「私は？」内海が自分の鼻を指差した。「どうして私が除外されてるんですか」

「最初に、あなたの嘘の話をしましょう」大友は座り直した。脚が痺れたわけではないが、緊張感は頂点に達しようとしている。狭い六畳間の空気が帯電しているようだった。

「佐川支店長の件です」

「佐川さんが何か？」

内海が大友を凝視した。だがそれが演技であることは大友にはすぐに分かった。視線は大友の肩の辺りに固定され、目を合わせようとはしない。

「あなたは、佐川さんを知らないと仰った。『面識はありません。うちの銀行も大きいんですよ』確かそういう台詞でしたね」

「言いましたよ……正確にそういう言葉だったかどうかは忘れましたけど」

「正確にそう仰いました。それが最初の嘘です」大友は人差し指を立てて見せた。「あなたは渋谷支店に配属される前、城南支店にいましたよね。そこで中小企業向けの融資を担当していた。その時の直属の上司が佐川さんです」

「それは――」内海が何か言いかけ、言葉を呑んだ。喉仏が大きく上下し、額が汗で濡れる。

「佐川さんの周辺を調べて、すぐに分かりました。ほぼ丸二年、あなたは佐川さんと一緒に仕事をしています。面識がないどころか、非常に濃いつき合いがあったんじゃないですか？」

「あの時は、動転していたんです」内海が叫ぶように言い放った。「知り合いが自殺したら、まともな精神状態ではいられないでしょう。それでもあなたは私を責めるんですか？」

「責めてはいません。事実を確認したいだけです」

「だったら――」

「今の説明は到底信じられませんが、百歩譲ってそういうことにしましょう。でもあなたは、もう一つ嘘をついた」中指を加え、Ｖサインを作る。

「いい加減にして下さい」内海が立ち上がりかけたが、大友が素早く前に立ちはだかると、体を押されたように布団に身を預けてしまう。

「自殺の理由です。病気のことがある、とあなたは言いましたね。でも、そういう事実はありません。表立っては、佐川さんが自殺した理由は誰にも分からないんです。遺書もありませんでしたしね……この件に関しては、担当の刑事が相当詳しく調べたんですよ」

「だから？」内海の声に苛立ちが混じった。

「あの時、あなたは何と言いましたか？『佐川さんの場合は病気の問題があったそうですよ……私はそういう風に聞きましたけどね』です。覚えてますよね？」

「覚えてません」腹立たしげに内海が言い放った。「だいたい、あなたも適当なことを言ってるだけじゃないんですか。録音していたわけでもないのに、人の台詞をそんなにはっきり覚えてるわけがないでしょう」

「ところが私は、記憶力だけは人一倍いいんです。特に人が喋った台詞については」大友は耳の上を人差し指で突いた。「学生時代に芝居をやっていましてね。台詞を頭に叩きこむのは、基本中の基本なんですよ。そういう習性は、社会人になっても変わらないんですね」

「だからといって、本当に私がそんなことを言ったかどうかは……」

「内海さん、言った言わないの水掛け論は、この際やめましょう。私はあなたを信じていない。だから、自分の記憶力を信じるしかないんです。うちの刑事が聞き込みをした結果、佐川さんの周囲で、彼の病気のことを耳にしている人は誰もいませんでした。家族も、です。人間ドックの記録も確認しましたが、やはり病歴はありませんでした。あの年齢の人にしては、きちんと節制して、年に一度は必ず人間ドックにも入っていたんです。病気、ですか……あなたは一体誰から、そんな話を聞いたんですか？　あなた自身の声ではなかったんですか」

「そんなことはない！」内海が声を張り上げる。しかしかすかに震えているのを、大友は聞き逃さなかった。逃げ場を求めて視線があちこちを彷徨《さまよ》ったが、大友を倒さない限り、この部屋からは出られないと気づいたようだ。浮かしかけていた腰を落とし、だらしなく布団に背中を預ける。

「どうしてもあなたに聴かなければならないことがあります。そうは見えないかもしれないけど、私は怒っているんですよ」

「何に対して」

「自分の子どもを誘拐に巻きこむのはどんな気分ですか？　危害を加えられることはないと分かっていても、それで安心できるものなんですか？　私だったら絶対に無理だ。そもそも、そんな計画を考えつくはずもない。あなたはどうしてあんなことができたんですか？　子どもよりも金が大事だったんですか？」

「仕事を失えば、家族も何もかも、全部終わりになるんだ！」内海が悲鳴のような叫び声を上げる。「何とかするしかなかったんだ、何とか……」

「内海さん」長くなるのを覚悟し、大友は正座を崩して胡坐をかいた。「どうしてこんなことをしたんですか。仕事を失いそうになる恐怖は理解できますけど、でもこの件がばれたら、それこそ仕事だけじゃなくて社会的な信用も家族も、何もかも失うんですよ」

自分は何を聞きたいのだろう、と大友は改めて考えた。謝罪の言葉？　しかしそれは、家族に向けられるべきだ。謝られても少しも心は晴れないだろう。

一つの家族が崩壊する——その瞬間に立ち会ってしまった不運を、大友はつくづく呪った。

「あなたと佐川支店長は、数年前から城南支店で無理な融資を続けてきました。いわゆるいざなみ景気の頃で、中小企業を対象に、活発に営業活動を仕かけていきましたね。その過程で、不正融資が行われました。主な手口は、決算書の改ざんです」

大友の言葉に、内海は反論も同意もしなかった。魂を抜き取られてしまったように、ぼんやりした表情を浮かべたまま、布団に背中を預けている。この話をするのは自分の役目ではないと思いながら、大友は話し続けた。ここを確認しておかないと、その先に進めない。

「五千万円規模の融資になれば、融資先の最低三期以上の決算報告書をチェックしますよね？　その間が赤字でなければ、融資対象として許可が下りる、赤字なら却下というのが普通でしょう。例えば問題の会社、羽田鋼業の場合は、その条件を満たしていませんでした。それでもあなたたちは、融資をしたかった。それによって儲かる融資ブローカーもいますし、あなたたちも実績を上げられる。ただしそれは、無事に融資金を回収できれば、の話です。相当危ない会社も融資対象にしていたんじゃないですか？　焦げつきが生じて、銀行内でも問題になってきましたよね。その件に関する捜査が進んでいたのは、ご存じでしたか？」

内海が力なく首を振った。指先をいじりながら、のろのろと顔を上げる。

「特に大きかったのが、羽田鋼業に対する一億円の融資です。これが焦げつきそうになり、銀行内でも問題になりました。その時あなたたちは何を考えたか」

「俺じゃない」弱々しい声だったが、内海ははっきりと否定した。「俺が考えたんじゃない」

「今となっては、誰が最初の発案者だったか、特定するのは難しいでしょう。一人は死んでしまっているんですから……とにかくあなたたちは、焦げつきを何とか穴埋めしようと考えた。このままでは、自分たちの責任が問われるのも避けられませんからね。一億円をどこから調達してくるか、頭を捻った末に考えたのが、誘拐だったんです」

内海の目に力が戻る。大友はいつの間にか、部屋の中が明るくなっているのに気づいた。雨がやみ、日が射し始めたのだろう。室内の温度も上がっており、かすかな息苦しさを覚えた。内海の顔は汗でてらてらと光り、青いワイシャツの襟は湿って黒くなり始めている。大友は立ち上がり、小さな窓を開けた。かすかに風が流れこんできたが、じっとりと湿って熱い。かえって室内の温度が上がりそうだし、外の音も遠慮なく飛びこんでくるので、結局閉めてしまった。改めて内海の前で胡坐をかき——先ほどよりも距離は近くなった——話を続ける。

「計画を立てたのはあなたと佐川支店長、実行犯は羽田鋼業の羽田社長と若い社員の佐倉さんです。計画自体は巧妙でした。それは認めます。正直言って私は、このまま事件が迷宮入りするかもしれないと思ったぐらいですからね。そうなったら、羽田さんは融資金を無事に返済、あなたたちも回収できて、貸した方も借りた方も丸く収まる、というシナリオだったんでしょう。奪った金は、あなたがどこかで洗って、返済資金としたんじゃないですか？　身代金とはばれないように」

「あなたは、銀行のことを何も知らない」

「そうですね」大友は肩をすくめて認めたが、内海の顔が強張っていたことから、自分の推理が当たったと確信した。「知識は皆無と言っていいでしょう」

「銀行というところはね、不祥事を極端に嫌うんです。世間の評判が大きな柱になりますから、何か問題があってもできれば丸く治めたい。そのためには、深く突っこまず、何もなかったことにしてしまうのも珍しくないんですよ。結果的に焦げつきも解消されるわけだし……」

「甘いですね」大友は指摘した。内海の顔がにわかに強張る。「銀行の中だけで解決していたら、あなたの思う通りになっていたかもしれない。しかし、誘拐となれば当然警察が動きます。我々に知らせずに、銀行の中だけで身代金の受け渡しをする方法もあったはずですよ」

「しかし、警察に届けないのは不自然だ。後でばれたら腹を探られる」自分のシナリオのどこに穴があるか、未だに気づいていない様子だった。穴があるからこそ、こうやって今、追及を受けているというのに。

「誘拐でも、実際には被害が届けられないケースもあるんです。大人が人質になった時には、警察を介入させずに、手っ取り早く金を払って解決しようとすることもありますからね」

誘拐を装い、警察を掌の上で転がそうとした――内海は甘く見ていたのだ。この男は、被害者のためだと考えた時に、己の能力以上の頑張りを見せる刑事がいることを考えてもいなかったのだろう。大友は、憤りで体が熱くなるのを感じた。

「家庭を壊す恐れがあってもやるべきことだったんですか？　私だったら、そんなリスクは背負えない」

「ばれなければ――」

「ばれるんです」大友は声に力を入れた。「犯罪は――特に誘拐は割に合わないものです。あなたたちは素人だ。金に関してはプロかもしれないが、今回あなたたちが企んだのは、慣れた方法での金儲けではなかったんです。失敗するのは必然でした」

「甘かったですか」自嘲気味に、内海が唇を歪める。「最近の警察を見ていると……上手くすり抜けられそうな気がしたんだけどね」

「そう思われても仕方がないかもしれません。最近、取りこぼしが多いのは間違いないですからね。でも、警視庁には私がいます」

内海が呆気に取られて、大友の顔を見た。ほどなく硬い表情が崩れ、喉の奥から笑い声が零れ始める。

「驚いたな。こんなに自信満々の人は初めて見た」

「今回の事件では、子どもが犠牲になった。そういう犯罪を、私は絶対に許せないんです。火事場の馬鹿力じゃないですけど、あなたは私を怒らせてしまった。普段以上の力を出させてしまったんですよ」

「しょうがなかったんだ」内海が大声をあげ、畳に両の拳を叩きつけた。綺麗に掃除されていたと見えた部屋だが、埃が舞い上がる。大友は口で息をしながら、突っ伏した姿勢で肩を震わせる内海を見守った。やがて内海が、ゆっくりと上体を起こす。正座の姿勢になり、両手を腿にしっかりと置いた。

「貴也君が傷つくとは考えなかったんですか」

「そんなことは絶対にあり得なかった。全部芝居だったんだから」内海が強い口調で否定した。「万全の対策を取ったんだ。怪我なんかするはずがない。無事に帰って来るのが当然だったんだ」

「心の傷までは考えていなかったんじゃないですか。貴也君はいずれ、真実を知ることになります。金のために、父親が自分を利用したと。それを理解できるかどうかはともかく、心の傷はもっと深くなるでしょうね」

「話したのか」内海の表情が一気に青褪める。

「いえ」大友は首を振った。「それを話すのはあなたの義務です」

「そんなこと、俺に……」

「話すのはあなたの義務です」大友は強い口調で繰り返した。「我々の口から聞かされるのと、あなたから教えられるのと、どっちが貴也君にとって残酷か、考えて下さい。あなたから告げられる方が残酷でしょうね」

「だったら――」

「後々のことも考えて下さい。我々が説明した後、父親と会えなくなった。何年か後に、彼はそのことをどう思うでしょうね。あなたがちゃんと反省して、自分で説明して謝った方がいいんじゃないですか？　一時はショックを受けるでしょうが、その方がましだと思います。内海さん、私にはあなたにそんなことをさせる義務はないんです。今すぐ逮捕できる材料は揃っているんですから。でも、私の判断で時間を差し上げます」

「しかし……」

「甘えるな！」

大友は、窓ガラスを震わせそうな大声を上げた。内海がびくりと肩を震わせ、怯えた表情を浮かべる。

「あなたは自分の意思で家庭を崩壊させたんですよ。私は……私は望んでもいないのに家庭を失った。妻が亡くなったのは事故です。私に言わせれば、金を言い訳にして家庭を危機に晒したあなたのような人間は、最低です。守るべき物が何か、勘違いしていたんじゃないですか」

「家族を守りたかったんだ……」涙声になり、内海がうなだれる。

自分にこんなことをする権利があるのか。大友は自問自答した。内海の口から事情を語らせる——それが将来的に貴也のためになるとは思っていたが、そもそもこの家族が今後も一緒にいられる可能性は極めて低い。内海は実刑を受ける可能性が高いし、瑞希は「裏切られた」という思いを強くするだろう。

「一つ、教えて下さい」内海が声を震わせながら訊ねた。「いつから私を疑っていたんですか」

「貴也君が帰って来た直後から、かもしれません」

「どうして？」

「あなたは明る過ぎた」

訳が分からないとでも言いたげに、内海が首を振る。

「子どもが無事に帰って来たのだから、安心するのは当然です。喜ぶのも当たり前ですよね。でも、それが極端過ぎたんですよ。帰ってこない可能性を考えて不安になったり、苛々するのが普通でしょう？　でもあなたは、単純に喜んで、まったく平静な精神状態を保っていた。そんな被害者を、私は見たことがありません」

「それは……」

「嫌なことを考えました。確認させて下さい。あなたの血液型は？　貴也君はＡＢ型、瑞希さんはＡ型です。例外はありますが、あなたはＢ型かＡＢ型でなくてはならない」

内海が口をつぐむ。両手をきつく握り、腿の上に置いた。顔は紅潮し、目は細くなり。一瞬瞬きすると、両の目から涙が一つ分ずつ零れ落ちた。

「貴也は俺の子じゃない」

予想された告白だが、大友は周囲の世界が歪み始めるのを感じた。内海が唾を飲み、喉仏が大きく上下する。腿に置いた手の甲を見つめたまま、細い声で話し出す。

「結婚してすぐ、瑞希が妊娠しているのが分かった。自分の子どもだと思っていたけど……あいつが本当のことを言ったのは、貴也が産まれた後だった。瑞希は結婚前に、俺の他にも別の男とつき合っていて、そいつの子どもだったんだ。分かっていてずっと、俺を騙し続けていた」

「今でも許していないんですか」

「いや」内海が顔を上げる。「子どもは子どもだ。罪はない。育てていけば可愛くなってくるものだし……」

「心の底からそう言えますか？　自分の子どもじゃないと思ったからこそ、他人に誘拐されても平気だったんじゃないですか」

「違う！」内海が悲鳴のように声を上げた。「親子は、ＤＮＡで決まるんじゃない。一緒に暮らして初めて親子になるんだ。俺は貴也の父親なんだ！　あいつをこんなことに巻きこむまでに、どれだけ悩んだか――」内海の叫びがぴたりと止まる。初めて見せるおどおどした顔を大友に向け、「どうして貴也が俺の息子じゃないって思ったんですか」と低い声で訊ねる。

「本当の子どもだったら、芝居だと分かっていても、誘拐に巻きこんだりできないはずです。私には分かるんですよ」大友は透明な笑みを浮かべた。これ以上内海を追い詰めても何にもならない。「私も父親ですから」

疲れた――足取り重く、大友は町田駅の改札を出た。これから買い物をして、聖子の家から優斗を引き取り、家で夕食の準備をする。いつもやっていることが、大変な荒行のように感じられた。あまり寝ていないし、精神的な落ちこみも激しい。しかしとにかく、自分にとって事件は終わったのだ。これで、あのきりきりと魂を絞られるような日々からは解放される。

町田駅は、小田急線の中で新宿駅に次いで二番目に乗降客の多い駅である。ＪＲと接続――ＪＲの駅はかなり離れているが――する駅なので乗り換え客も多く、駅の周辺では常に人が流れている。これだけ大きな駅にしてはどこの出入り口も小さく、いつもごった返していた。大友は北口を出て、夕陽に赤く染め上げられた街をゆっくりと歩き始めた。いつもよりずっとゆっくりと。

早く優斗に会いたいのだが、その前に気持ちを整理しておきたかった。

瑞希に事情を聴いた結果、彼女も貴也が内海との間の子ではない、と認めた。そして、この誘拐に内海が嚙んでいるかもしれないと最初から疑っていた、と打ち明けた。内海は普通に貴也を可愛がっていたが、ずっと透明な壁があるのを瑞希は感じていたという。

「本当の父親じゃないから……私が悪いんですけど」憔悴しきった瑞希は、全ての責任は自分にあるとでもいうように、泣き続けた。その涙は、大友の体に小さな無数の穴を穿つようだった。

貴也はまだ何も知らない。しかしいずれは全ての事情を知ることになるだろう。服役後、内海は家族の許に帰るのだろうか。瑞希はそれを受け入れるのだろうか。

そして貴也は、両親を許すのだろうか。

足取りが重くなる。目黒署の捜査本部を出る前に福原と電話で交わした会話を思い出した。

『どうだった、今回の事件は』

『最悪ですね』

『そうか』

『父親が、金のために自分の子どもを利用したんですよ。こんな馬鹿な話が……しかも支店長が自殺しています。まだ詳しいことは分かりませんが、誘拐にまで手を出してしまったことを後悔したんじゃないかと思います。主犯格は内海だったんです。結果的に、支店長はそれに引っ張られただけなんでしょう』

『そうか』

『自殺した支店長の佐川は、内海にとって営業の指南役だったんですよ。その苦境を助けるために、強引な、無理な計画を立てたのが内海だったんです。佐川はそれに乗ったんですが、結局重圧に、責任に耐えきれなかったんです。身代金が銀行に払いこまれたのを確認して、自殺したと考えられます』

『自分で自分の首を絞めたようなものか。ということは、今回の件で一番損をしたのは支店長だな』

『いえ、子どもです。貴也君です。自分の父親が、自分の誘拐を仕組んだんですよ。そのことを今は理解できているかどうか分かりませんけど、いずれ分かるでしょう。そうなった時、何を感じるか……残念です。一組の家族が崩壊しました』

『そうだな。誰だってそんなものは見たくない。できれば捜査だってしたくない』

『そうです……指導官、恨みますよ』

『ゲーテも言っている。苦難も過ぎ去ってしまえば甘い』

今回の事件がリハビリになるのかどうか、自分では結論が出せない。今後も協力を求められることがあるだろうが、受けていいのかどうか、判断できなかった。そもそもこれから自分がどうしたいのか、まったく分からない。事件の現場に復帰するのか、あくまで優斗のために時間を使うのか。両立する、という考えは現実味がない。仕事も子育ても、全力を必要とされるものなのだ。両立の試みは、中途半端な結論しかもたらさない。聖子の勧めに従って見合いでもしてみるべきなのか——。

焦るな。大友は自分に言い聞かせた。性急に結論を求めれば、失敗することも多い。それは仕事も家庭も同じだ。僕にはまだ時間が残されているはずだ。長く伸びる自分の影を踏みながら、大友はゆっくりと顔を上げた。今はひとまず、家へ帰ろう。荷物を降ろして、聖子の家に優斗を迎えに行く。取り敢えずは、いつもと変わらぬ日常を取り戻すのが第一だ。料理を作りながらでも、優斗と一緒に風呂に入りながらでも、考えることはできる。

考えることをやめた時に、人生は停滞するのだ。前へ進めなくなるのだ。

自室の前に立った時、ドアに白いビニール袋がぶら下がっているのが見えた。何だ……不審に思って取り上げると、「伝間屋《でんまや》」の名前が入ったシュークリームである。町田駅前にある古い洋菓子店で、ここのシュークリームは優斗の好物だ。いったい誰が……。

中を覗くと、カードが一枚入っていた。取り出すと、金釘流の文字で福原の署名がある。

『優斗に謝っておいてくれ』

大友は思わず周囲を見回した。保冷剤がまだ硬いままだから、福原はつい先ほどまでここにいたのだろう。まだ近くにいるのではないか、探して駅の方に戻るべきではないか——いや、よそう。顔を見せずにシュークリームだけを残していったのは、福原の照れ隠しなのだ。

しかし、刑事部のナンバースリーが、わざわざ平の刑事の家にシュークリームを届けてくるとは……大友は頰が緩むのを感じた。どうも、あの人のことはよく分からない。分からないが故に、つき合うと面白いのだが。

早く優斗に会いに行こう。愛する者と一緒の時間を過ごそう。シュークリームを揺らさぬよう気をつけながら、大友はゆっくりと階段を下りた。

本作品は文春文庫のための書き下ろしです。